Gefahr per Post

Ein John Pickett Krimi

Sheri Cobb South

Übersetzt von Susanne Doering

1

In dem John Pickett einen neuen Fall übernimmt

Die hohe Standuhr in der Halle schlug sieben, die absteigenden Töne ihres Whittington–Glockenspiels hallten bis zu den Schlafzimmern im Stockwerk darüber. John Pickett schlug die Decken zurück, setzte sich auf und schwang seine Beine aus dem Bett, wobei er gähnte und mit den Fingern durch seine zerzausten braunen Locken fuhr. Hinter ihm bewegte sich ein Berg zerknitterter Laken und eine schläfrige weibliche Stimme schnurrte:

„Mhmmm, es ist nett, neben dir aufzuwachen."

Er drehte sich um und sah überrascht die Frau an, die seit drei Monaten seine Ehefrau war. „Oh?"

Julia lächelte ihn verschlafen an. „Du findest das überraschend?"

„Allerdings", gestand er und wandte sich dann ab, um das verschmitzte Lächeln zu verbergen, das er nicht ganz unterdrücken konnte. „Ich dachte nicht, dass du vor dem Mittag, frühestens, aufwachen würdest."

Als sie in gespielter Empörung protestierte, beugte sich Pickett vor, um nach der Hose zu greifen, die auf einem Stuhl neben dem Bett lag. Damit beging er einen taktischen Fehler, denn sie nutzte die Gelegenheit, um ihm einen Klaps auf sein nacktes Hinterteil zu geben. Solche weibliche Frechheit durfte nicht ungestraft bleiben, daher krabbelte er zurück ins Bett, entschlossen, sich an seiner lachenden besseren Hälfte zu rächen. Infolgedessen war mehr als eine halbe Stunde vergangen, bis er das Stadthaus in der Curzon Street verließ und sich auf den Weg zur Bow Street machte.

„Spät, spät, spät", murmelte er leise um einen Bissen Brötchen herum, das er auf dem Weg nach draußen aus dem Frühstückszimmer geholt hatte, um es im Gehen zu essen.

Doch leider war es trotz seiner größten Anstrengung fünf Minuten nach acht, als er die Amtsräume in der Bow Street betrat, und jede Hoffnung, die er vielleicht gehegt hatte, unbeobachtet hineinschlüpfen zu können, wurden zerstört, als Harry Carson, eines der neuen Mitglieder der berittenen Wache, ihm zurief: „Ein bisschen knapp, wie, Casanova?"

Woher *wussten* sie es, fragte Pickett sich und wurde knallrot, weil ein Dutzend Gesichter ihn wissend angrinsten. War es so offensichtlich? Konnte man es auf seinem Gesicht ablesen?

„Wie nett, dass Ihr Euch uns anschließt, Mr. Pickett", sagte der Richter und sah weit weniger erheitert aus als seine Männer.

„Tut mir leid, Sir", begann Pickett, doch Mr. Colquhoun brachte ihn mit einem Blick zum Schweigen. Er beendete die Anweisungen, die er den Männern erteilte und entließ sie zu ihren Pflichten, schloss dann aber mit: „Ihr nicht, Mr. Pickett." Während Pickett sich in Erwartung des kommenden Tadels innerlich wand, wartete der Richter, bis die Gruppe sich zerstreut hatte. Sobald er sicher sein konnte, dass niemand mithörte, musterte er seinen jüngsten Läufer mit einem unfreundlichen Blick. „Das ist das dritte Mal seit Eurer Heirat, dass Ihr zu spät kommt, nicht wahr, Mr. Pickett?"

Pickett erinnerte sich an mehrere späte Abende und bestimmte außerplanmäßige Aktivitäten am Morgen und konnte es nicht leugnen. „Es tut mir leid, Sir. Es – es soll nicht wieder vorkommen." Er dachte über seine letzte Bemerkung nach. „Eigentlich wird es wohl vorkommen, aber ich werde mich nicht wieder verspäten. Das heißt …" Er dachte an die warme und einladende Umarmung seiner Frau und lächelte in liebevoller Erinnerung. „… ich werde versuchen, nicht wieder zu spät zu kommen."

Mr. Colquhouns schottisches Gebrumm holte ihn wieder in die Gegenwart zurück. „Ihr könntet etwas weniger selbstzufrieden auszusehen versuchen, Mr. Pickett. Ihr habt nichts Neues erfunden, wisst Ihr."

„Für mich ist es neu", widersprach Pickett, was Mr. Colquhoun bestätigte, was er bereits vermutet hatte.

Der Richter seufzte. „Ihr hattet keine besonders schöne Hochzeitsreise, oder?", fragte er, nicht ohne Mitgefühl.

Dem konnte Pickett nicht zustimmen. „Zwei Wochen in Somersetshire", erinnerte er seinen Richter, „mit Lohn."

„Während denen Ihr Euch nicht nur mit einem Fall einer vermissten Person und einem Mord konfrontiert saht, sondern die gesamte Zeit unter dem Dach Eures Schwiegervaters

5

untergebracht wart. Und sagt mir nicht, dass das Letztere weniger als das Erstere den Flitterwochen einen Dämpfer aufgesetzt hat."

Pickett erinnerte sich an seine unangenehme erste Begegnung mit seinen entsetzten Schwiegereltern und schauderte. „Nein, Sir, das werde ich nicht."

„Da dies so ist, würde Euch eine Reise in den Lake District mit Eurer Frau zusammen gefallen? Sagt mir, was Ihr hiervon haltet."

Mr. Colquhoun streckte seine Hand über das Geländer, das die Richterbank vom übrigen Raum trennte, aus und reichte Pickett ein gefaltetes Blatt Papier, ein Papier, das an *Patrick Colquhoun, Esq., Bow Street 4, London,* adressiert war. Pickett öffnete es und überflog die wenigen darin enthaltenen Zeilen. Die Nachricht war kurz und knapp: *Bitte sendet einen Eurer Männer in das Dorf Banfell in Cumberland. Er kann im Hart and Hound logieren.*

Pickett schaute zu dem Richter auf. „Es gibt keine Unterschrift."

Mr. Colquhoun nickte. „Offensichtlich hat die Ehe Euren messerscharfen Verstand nicht getrübt."

Pickett bestätigte diesen verbalen Stoß mit einem eher verlegenen Grinsen. „Nein, aber es gibt nicht viel, was man hieraus entnehmen kann, nicht wahr?"

„Nein, das tut es nicht. Um die Wahrheit zu sagen, ich bin ein bisschen verärgert darüber, dass ich einen Shilling zahlen musste für den zweifelhaften Vorzug, es annehmen zu dürfen. Und doch, wer auch immer das geschrieben hat, erwartet, dass ich einen Mann auf eine teure und zeitraubende

Reise schicke, ohne auch nur einen Hinweis darauf zu geben, zu welchem Zweck das sein soll. Ich weiß nicht, ob ich Euch in den Lake District schicken oder diesen Zettel ins Feuer werfen sollte."

„Doch was, wenn er nicht mehr sagen konnte?", schlug Pickett ein wenig verzweifelt vor, da er die in Aussicht gestellten Flitterwochen vor seinen Augen entschwinden sah. „Was, wenn er keine Zeit hatte, mehr als eine schnelle Nachricht zu kritzeln, aus Angst, dass jemand anders sie sehen könnte? Oder vielleicht Angst hatte, genauer zu werden, falls sie in die falschen Hände geriete?"

„Ja, da könntet Ihr ins Schwarze getroffen haben", sagte der Richter nachdenklich und trommelte mit seinen Fingern auf der Bank. „Wenn ich Euch mit so wenigen Informationen nach Cumberland schicken würde, Mr. Pickett, wo würdet Ihr anfangen?"

Pickett sah auf die wenig erklärende Nachricht in seiner Hand hinab und seufzte. „Ich schätze, ich würde damit beginnen, mir ein Zimmer im Hart and Hound zu nehmen und es bekannt werden zu lassen, dass ich aus London komme und darauf warten, dass unser anonymer Briefschreiber sich zu erkennen gibt."

„Ja, und in der Zwischenzeit wäret Ihr und Eure Gattin nur ein frisch verheiratetes Paar auf der Hochzeitsreise, was Eure schauspielerischen Fähigkeiten nicht übermäßig beanspruchen sollte. Ich schätze, es könnte funktionieren. Ihr könntet den Ortswechsel vielleicht sogar genießen. Die Landschaft im Lake District ist wild und wunderschön. Erinnert mich ein bisschen an meine Heimat Schottland, an das Land um den Loch Lomond."

Pickett fand nur ein Problem bei diesem Plan. „Ich bin nicht sicher, ob Julia in ihrem Zustand reisen sollte."

„Wie weit ist sie?"

Es war für beide Picketts, ihn wie sie, ein Schock gewesen, als sie entdeckten, dass Julia – die nach sechs Jahren kinderloser Ehe mit ihrem Ehemann geglaubt hatte, unfruchtbar zu sein – fast sofort nach dem Vollzug ihrer neuen Ehe ein Kind empfangen hatte. „Ungefähr drei Monate – keinesfalls länger."

„John, nach einem weiteren Monat, höchstens nach zweien, wird ihr Zustand sichtbar werden und sie wird bis nach der Geburt ans Haus gefesselt sein. Wenn Ihr einen guten Rat von einem Mann annehmen wollt, der es siebenmal mit seiner eigenen Frau durchgemacht hat, lasst sie so viel wie möglich ausgehen, solange sie es noch darf."

Für Frauen von Picketts eigenem Stand ging das Leben weiter wie gewöhnlich, ob sie schwanger waren oder nicht, daher verstand er die Sitte des Adels nicht, schwangere Frauen außer Sicht zu verstecken – dachten sie, Babys würden vom Storch gebracht? – doch er hatte keinen Zweifel daran, dass seine Frau, die als Lady geboren und erzogen war, beabsichtigte, sich an eine Sitte zu halten, die für sie zweifellos völlig vernünftig schien. Dann war da noch die Tatsache, dass sie ihn hatte begleiten wollen, als er das letzte Mal gezwungen gewesen war, im Laufe einer Ermittlung zu reisen. Er hatte sich geweigert, es ihr zu erlauben, ohne zu erkennen, dass sie ihre Gründe dafür hatte, nicht gern allein in London bleiben zu wollen. Was dann folgte, war ihr erster (und, klopf auf Holz, einziger) Streit gewesen und ihm lag nicht daran, diese Erfahrung zu wiederholen. Außerdem, wenn das Baby erst da wäre, war er nicht sicher, ob sie es lange genug bei seinem Kindermädchen würde lassen wollen, um ihn auf eine Ermittlungsreise zu begleiten. Sie würden vielleicht keine andere Gelegenheit mehr bekommen.

„Gut, Ihr habt mich überzeugt", sagte er schließlich.

„Guter Mann! Zufällig habe ich einen alten Freund, der in dieser Gegend lebt, einen Mann namens Robert Hetherington. Wenn Ihr ein wenig warten wollt, schreibe ich Euch ein Empfehlungsschreiben. Wer weiß, ob es für Euch nützlich werden könnte, einen Einheimischen dort zu kennen."

Einige Minuten lang gab es kein anderes Geräusch als das Kratzen der Feder, während der Richter seinen Brief schrieb. Schließlich stellte er die Feder wieder in ihren Stand, streute Sand über seine Nachricht, um die Tinte zu trocknen, faltete und versiegelte sie.

„Normalerweise würde ich Euch anweisen, die Postkutsche zu nehmen, doch in Anbetracht der Tatsache, dass Ihr mit einer Dame reist – und einer schwangeren Dame noch dazu, die zweifellos an jedem passenden Ort zwischen hier und Penrith wird anhalten wollen – werde ich den Unfug einer Mietkutsche unterstützen."

„Vielen Dank, Sir", sagte Pickett ziemlich überrascht, der nicht daran gewöhnt war, auf Kosten der Bow Street so luxuriös zu reisen.

„Aber keine Dienstboten", fügte der Richter hinzu. „Ich muss die Kosten so niedrig halten, wie ich kann. Meint Ihr,

Eure Frau wird zurechtkommen?"

„Da bin ich mir sicher", versicherte Pickett ihm mit nicht geringem Stolz in seiner Stimme über die unerwartete Vielseitigkeit seiner Frau. In der Tat war er überrascht gewesen, wie gut seine hochgeborene Frau sich an das Leben in seiner eigenen Wohnung in der Drury Lane gewöhnt hatte während der beiden Wochen, die sie dort verbracht hatten, obwohl er nicht beabsichtigte, sie zu bitten, auf Dauer ein solches Opfer zu bringen.

„Ausgezeichnet! Ihr werdet mehr als eine halbe Woche brauchen, um Cumberland zu erreichen", fuhr Mr. Colquhoun fort und kritzelte den Namen seines Bekannten auf die Außenseite des Briefs, bevor er ihn über das Geländer reichte. „Noch eine halbe Woche für die Rückreise und ich erwarte, Euch in, sagen wir, drei Wochen wiederzusehen. Solltet Ihr mehr Zeit benötigen – Zeit für Eure Ermittlungen, heißt das, nicht für Eure Flitterwochen – könnt Ihr mir schreiben, um mir das mitzuteilen. Was das angeht, solltet Ihr mich darüber informieren wollen, was Ihr dort feststellt, werde ich gern alle Briefe annehmen, die Ihr zu schicken habt."

„Vielen Dank, Sir." Pickett wusste, dass dies kein kleines Zugeständnis war, da die Gebühr für den Erhalt des Briefs aus dem Haushalt des Amtes der Bow Street kommen würde, wenn nicht aus Mr. Colquhouns eigener Tasche. Und diese Korrespondenz würde auch nicht billig werden: ein einzelner Brief, der durch die Königliche Post aus einem so abgelegenen Ort überbracht würde, dürfte den Empfänger nicht weniger als einen Shilling kosten – vier Prozent von Picketts wöchentlichem Lohn. „Ich verspreche, dieses

Privileg nicht zu missbrauchen. Wenn Ihr einen Brief von mir erhaltet, könnt Ihr sicher sein, dass ich wichtige Neuigkeiten zu berichten habe."

„Ich bezweifle ohnehin, dass Ihr viel Zeit zum Schreiben haben werdet, Mr. Pickett", sagte der Richter und fügte dann mit einem Augenzwinkern hinzu: „Schließlich seid Ihr ja auf Eurer Hochzeitsreise."

* * *

Pickett kehrte kurze Zeit später in die Curzon Street zurück, um Julia im Esszimmer zu finden, wo sie weiße Leinenstreifen auf dem Tisch ausgebreitet hatte und zuschnitt.

„So bald schon zurück?", fragte sie, als sie mit allen Anzeichen von Freude von ihrer Arbeit aufblickte. „Es ist doch alles in Ordnung, hoffe ich?"

„Nein, aber – Schatz, ich bin sicher, dass du einen sehr guten Grund haben musst, aber warum zerschneidest du das Tischtuch?"

„Das ist kein Tischtuch, Dummchen", sagte sie und hielt lange genug bei ihrer Arbeit inne, um ihn mit einem Kuss zu begrüßen. „Ich mache Windeln für das Baby."

„Windeln?" Picketts erstaunter Blick wanderte über die Berge großer, weißer Rechtecke, die auf mehreren Stühlen gestapelt waren, sowie die Stoffbahn, die Julia in noch mehr davon verwandelte, und er hatte eine ziemlich gute Ahnung, welcher Nutzung diese „Windeln" zugeführt werden sollten. „Wie viele Windeln braucht ein durchschnittliches Baby wohl?"

„Mein lieber John, du willst sicher nicht andeuten, dass unser Kind ‚durchschnittlich' sein wird!"

„Sagen wir, es gibt einige Dinge, bei denen es mir lieber wäre, wenn es sich nicht darin auszeichnen würde", sagte Pickett und rümpfte seine Nase bei der Vorstellung. „Aber du musst sie doch nicht selbst nähen, weißt du. Ich bin sicher, dass wir es uns leisten können, sie zu kaufen." Es war für ihn immer noch ein wunder Punkt, dass er ihr nicht die vielen kleinen Luxusdinge verschaffen konnte, an die sie gewöhnt war; er vermutete, es würde immer so sein, ganz gleich, wie oft sie ihm versicherte, dass das keine Rolle spielte. Trotzdem konnte er sich nicht vorstellen, dass diese Ausgabe seine Möglichkeiten übersteigen würde.

„Oh, aber ich möchte es gern! Ich *möchte* etwas zu tun haben in diesen letzten Monaten. Ich dachte, wenn ich sie jetzt zuschneide, solange ich mich noch problemlos über den Tisch beugen kann, könnte ich sie später, wenn ich das Haus nicht mehr verlassen kann, die Ränder einrollen und säumen, um ein Ausfransen zu verhindern. Doch du wolltest mir sagen, warum du so früh nach Hause kommst", erinnerte sie ihn.

„Ich muss packen."

„Oh?" Ihre Schere glitt durch den Stoff, ohne auch nur innezuhalten. „Musst du verreisen?"

Er hätte durch ihre scheinbare Gleichgültigkeit enttäuscht, ja verletzt sein können, hätte er nicht bemerkt, wie entschlossen sie war, ihn nicht anzusehen. Er stützte eine Hand auf den Tisch und beugte sich vor, was es ihr fast unmöglich machte, seinem Blick auszuweichen. „*Wir* werden verreisen", berichtigte er sie. „Wie würde es dir gefallen, mit mir in den Lake District zu fahren?"

Die Schere fiel klappernd auf den Tisch, das Baby und

seine Windeln waren vorübergehend vergessen. „Oh John, ist das dein Ernst?"

„Ja." Wieder einmal fühlte er einen Stich von Schuldgefühlen, weil die Ehe mit ihm sie förmlich aus der Gesellschaft ihrer eigenen Klasse ausgestoßen hatte. Mr. Colquhoun hatte recht: Er musste sie in den nächsten ein oder zwei Monaten so oft wie möglich außer Haus mitnehmen. Und danach, wenn das Verstecken ihres Zustands vor der Welt ihr helfen würde, ein wenig ihres durch ihre Heirat verlorenen Status' wieder zurückzuerlangen – ganz zu schweigen davon, dass es ihr erlauben würde, der Öffentlichkeit fernzubleiben, bis der Klatsch über ihre ungleiche Ehe vergessen werden könnte – nun, wer könnte sie tadeln? „Mr. Colquhoun denkt, wir könnten überzeugend ein frisch vermähltes Paar darstellen – ich kann mir nicht vorstellen, wie er darauf kommt – während ich verdeckt nebenbei ein wenig ermittle."

„Was für ein Fall ist es?", fragte sie. „Wann reisen wir ab?"

„Ganz früh am nächsten Morgen, wenn du so schnell bereit sein kannst. Was die Art des Falls angeht, nun, es ist eine seltsame Angelegenheit." Er nahm den Brief aus der Tasche und reichte ihn ihr.

„Allerdings seltsam." Sie überflog die kurze Nachricht, ebenso, wie er es vor kurzer Zeit gemacht hatte, drehte sie dann um und suchte vergeblich nach einem Hinweis auf eine Frankierung, die es ermöglicht hätte, den Brief ohne Zahlung zuzustellen. „Und außerdem anmaßend zu erwarten, dass dein Richter einen Shilling für nicht mehr als dies zahlen würde."

„Ja, Mr. Colquhoun sagte, er wäre ein bisschen ‚verdattert' darüber gewesen, was, wie ich annehme, bedeutet, dass er nicht gerade zufrieden war."

„Ich kann nicht sagen, dass ich ihm das verübeln würde." Eines der wenigen Dinge – der *sehr* wenigen Dinge – die sie an ihrer ersten Ehe vermisste, war der Verlust von Lord Fieldhursts Privileg, Briefe freimachen zu können. Sie nahm an, der Cousin ihres Ehemannes, George, der neue Viscount, würde ihre Briefe frankieren, wenn sie ihn darum bäte – er hätte es kaum ablehnen können, ohne wie der Pfennigfuchser zu wirken, der er war – doch sie weigerte sich, ihm die Befriedigung zu gönnen, ganz richtig glauben zu dürfen, dass ihr zweiter Ehemann nicht in der Lage war, ihr allen Luxus zu bieten, an den sie gewöhnt war. Stattdessen, da sie sich neuerdings der Kosten eines Haushalts (und der Notwendigkeit, diese mit dem Seelenfrieden eines Mannes, dessen Einkommen viel geringer war als ihr eigenes, abzustimmen), sparte sie sich ihre Korrespondenz dafür auf, wenn sie wirkliche Neuigkeiten mitzuteilen hatte – oder, wie ihr zunehmend bewusst wurde, um einen ziemlich großen Gefallen bitten musste. „In der Tat bin ich überrascht, dass Mr. Colquhoun dich auf so wenige Informationen hin überhaupt losschickt."

„Oh, er war sehr in Versuchung, den Brief ins Feuer zu werfen, aber ich habe ihn vom Gegenteil überzeugt."

„So? Wie das? Und vielleicht noch wichtiger, warum denn? Es sei denn, dass du darin eine Gelegenheit sahst, dass wir uns für ein paar Wochen an einen abgelegenen und malerischen Ort fortstehlen könnten, in welchem Fall du klüger bist, als ich gedacht hätte."

„Nein, ich fürchte, das nicht, so sehr es mich schmerzt, dir die Illusion zu rauben", gestand er. „Es wirkte nur ein wenig, ich weiß nicht, verzweifelt, könnte man sagen. Als ob, wer auch immer das geschrieben hat, – so viel da steht – sich nicht traute, mehr zu schreiben, aus Angst, es könnte in falsche Hände geraten."

„Es hört sich sehr kryptisch und geheimnisvoll an."

„Und könnte sich doch als eine Jagd nach einem Phantom erweisen – in welchem Fall Mr. Colquhoun nicht sehr zufrieden mit mir sein würde, weil ich ihn dazu überredet habe, diesen kleinen Ausflug zu finanzieren."

„Ich hätte gedacht, dass die Person, die nach dir geschickt hat, die Ausgaben würde tragen müssen."

„Ja, aber der Brief trägt keine Unterschrift", stellte er fest. „Wenn ich den Absender nicht herausfinden kann, wird die Bow Street die Rechnung tragen müssen, die erheblich sein wird, wenn wir eine Kutsche nach Cumberland und zurück mieten. Aber Mr. Colquhoun meinte, ich würde nicht wollen, dass meine Frau in der gewöhnlichen Postkutsche reist. Und damit hatte er recht", fügte er hinzu, nahm sie in die Arme und küsste sie erneut.

Ihr Gesicht wurde ernst. „John, wenn du lieber allein fahren möchtest, würde ich das verstehen. Ehrlich."

Er musste nicht fragen, um zu verstehen, dass auch sie an ihren kürzlichen Streit dachte. „Ich möchte dich bei mir haben, Julia, daran darfst du nie zweifeln. Außerdem", er zog sie fester an sich und tupfte ihr einen erneuten Kuss auf die goldenen Locken – „ich würde wie ein schöner Narr wirken, wenn ich ganz allein auf Hochzeitsreise ginge!"

* * *

Nachdem die Angelegenheit nun zur beiderseitigen Zufriedenheit geregelt war, schickte Pickett Andrew, den Lakaien, zur Poststation, um eine Kutsche zu mieten; obwohl er sich noch nicht ganz an seinen Aufstieg in der Welt gewöhnt hatte, den ihm seine Heirat eingebracht hatte, lernte er doch, wie er Dienern Anweisungen erteilen konnte, ohne allzu schüchtern oder zum Ausgleich der zuvor erwähnten Schüchternheit zu herrisch zu wirken. Als der Lakai zu dieser Besorgung aufbrach, ging Pickett zu seiner Lady ins Schlafzimmer, wo er sie fand, wie sie Betsy, ihrer Zofe, ebenso wie Thomas, seinem kürzlich zum Kammerdiener beförderten Lakaien, Anweisungen zum Packen der Koffer erteilte.

„Ah, da kommt ja Mr. Pickett", sagte Julia, als er den Raum betrat, gerade rechtzeitig, um Thomas seine Abendkleidung aus dem Schrank nehmen und vorsichtig auf dem Bett auslegen zu sehen. „Ich bin sicher, dass wir beide den Rest selbst erledigen können. Ihr dürft jetzt gehen, alle beide."

„Ich gehe schon und packe meine eigenen Sachen, ja, Sir?", bot Thomas eifrig an.

Pickett schüttelte den Kopf. „Nein, danke, Thomas. Mrs. Pickett und ich werden allein reisen." Als er den niedergeschlagenen Gesichtsausdruck seines Kammerdieners sah, fügte er hinzu: „Vielleicht beim nächsten Mal."

„Sehr wohl, Sir." Thomas wandte sich ab und brummte in sich hinein: „Genau das habt Ihr auch schon beim letzten

Mal gesagt."

Dass der Mann recht hatte, entschuldigte seine Unverschämtheit in keiner Weise. „Wenn du in deiner neuen Stellung unzufrieden bist", sagte Pickett mit einem Hauch von Härte in der Stimme, „bin ich sicher, ich könnte mit Andrew darüber sprechen, dass ihr eure Plätze tauscht."

„N–nein, Sir. Ich habe nicht sagen wollen …"

„Oh, ich denke doch", sagte Pickett mit einem Seufzer. Thomas war bei mehr als einer Gelegenheit ein unschätzbarer Verbündeter gewesen und Pickett wollte ihn nicht gern verlieren. Darüber hinaus konnte er die Sehnsucht nach Abenteuern verstehen und mitfühlen, die ein Mann etwa in seinem Alter empfand. „Und ich kann es dir nicht verdenken. Aber diese Reise ist schon teuer genug. Ich kann meinen Richter nicht bitten, eure zusätzlich zu meinen Ausgaben zu bezahlen."

„Jawohl, Sir." Thomas sah das Argument bereitwillig ein, aber sein fragender Blick wanderte zu Julia, für die die zusätzlichen Ausgaben keine besondere Belastung darstellen würden.

„Nein", fügte Pickett schnell hinzu, „also denke nicht einmal darüber nach. Mrs. Pickett wird auch ohne Betsy reisen."

„Ja, Sir", sagte Thomas erneut und kehrte ins Dienstbotenquartier zurück, wo, daran hatte Pickett keinen Zweifel, er und Betsy sich eine schöne Zeit machen und darüber klatschen würden, was für ein Geizkragen der neue Herr war.

Nun, daran konnte er nichts ändern, also schlug er sich

das Problem aus dem Kopf und wandte seine Aufmerksamkeit der dringlicheren Aufgabe zu, für die Reise zu packen. Er nahm die von Thomas so sorgfältig herausgelegte Abendkleidung und trug sie zurück in den Kleiderschrank.

„Es macht dir nichts aus, oder?", fragte er Julia entschuldigend. „Ohne Diener zu reisen, meine Ich. Außer den höheren Kosten bin ich auch nicht sicher, ob ich auf Thomas' Diskretion vertrauen kann. Die Versuchung, vor dem Personal des Gasthauses damit zu prahlen, dass er mich in Angelegenheiten der Bow Street begleitet, könnte zu groß sein, um ihr zu widerstehen."

„Nein, das macht mir nichts aus", sagte Julia und sah verwirrt zu, als er begann, seinen Abendanzug wegzuräumen, „aber was machst du da?"

„Diese Sachen werde ich mit Sicherheit nicht brauchen", widersprach Pickett. „Ich habe eine Ermittlung durchzuführen. Ich weiß nicht, welche Art von Fall es genau ist, aber ich bin ziemlich sicher, dass ich deshalb nicht auf einen Ball gehen muss. Zumindest hoffe ich das nicht", fügte er etwas erschrocken über diese neue und unwillkommene Neuigkeit hinzu.

Julia nahm ihm die Kleider vom Arm und trug sie wieder zum Bett. „Im Gegenteil, du überbringst doch ein Empfehlungsschreiben an einen alten Freund von Mr. Colquhoun. Es wäre sehr seltsam, wenn dieser Freund dich nicht zu einem Diner einladen würde. Und", veranlasste ein mutwilliges Teufelchen sie, hinzuzufügen: „Wenn er und seine Frau zufällig einen Ball geben, während wir in der Gegend sind, kannst du sicher sein, dass wir eine Einladung erhalten."

Pickett starrte sie an. „Das kann nicht dein Ernst sein!"

„Nun, vielleicht das mit dem Ball nicht", räumte sie mit einigem Bedauern ein. „Aber bei der Einladung zum Diner bin ich mir sicher. Etwas anderes zu tun wäre ein schockierender Affront gegen Mr. Colquhoun, wie du weißt."

Tatsächlich hatte Pickett es *nicht* gewusst. Er hatte angenommen, dass das Empfehlungsschreiben ihm ermöglichen würde, den Mann nach allen relevanten Dingen auszufragen, die er von jemandem, der sich in der Gegend und mit ihren Bewohnern auskannte, erhoffen konnte; er war sich keineswegs sicher, dass ihm die Vorstellung von gesellschaftlichen Pflichten behagte, vor allem in Anbetracht der Tatsache, dass er sich vor Kurzem in einer solchen Situation vor seinen Schwiegereltern zum Narren gemacht hatte.

„Ich habe keinen Zweifel daran, dass du alles sehr gut meistern wirst, unabhängig von den Umständen", versicherte Julia ihm und blieb, die Arme voller primelfarbenem Musselin, lange genug stehen, um ihm einen schnellen Kuss zu geben.

„Wenn du das sagst", sagte Pickett wenig überzeugt. „Auf jeden Fall werde ich mich mit dem Wissen trösten, dass Mr. Colquhouns Freund unmöglich furchterregender sein kann als deine Mutter."

„Und du hast es geschafft, sie für dich zu gewinnen, zumindest bis zu einem gewissen Grad, also siehst du", sagte Julia und wandte ihre Aufmerksamkeit wieder ihrem halb leeren Portmanteau zu.

Picketts eigene Packerei dauerte nicht lange, da seine Garderobe nicht umfangreich war (obwohl Julia ihr Bestes tat, um diese Lage der Dinge zu ändern) und leicht in einen einzigen Koffer passte. Er hatte den seinen gefüllt und wollte ihn gerade schließen, als Julia sagte: „Vergiss das hier nicht."

Er drehte sich um und sah, wie sie die Pistole, die er ganz hinten in einer der Schreibtischschubladen versteckt hielt, herausholte. „Ich hatte sie nicht vergessen." Er nahm ihr die Pistole ab und legte sie wieder an ihren Platz zurück. „Ich nehme sie nicht mit."

„Du nimmst sie *nicht* mit? John, du wirst irgendeine Waffe brauchen!"

Er starrte sie ungläubig an. „Schatz, warum sollte ein Mann eine Pistole auf seine Hochzeitsreise mitnehmen?"

„Dies ist nicht nur eine Hochzeitsreise", beharrte sie. „Dieser Fall, was auch immer daran sein mag, könnte sich als gefährlich erweisen."

„Wenn ich gedacht hätte, dass ich dich irgendwie in Gefahr bringen könnte, würde ich nie zugestimmt haben, dich mitzunehmen – und Mr. Colquhoun hätte das auch nicht von mir verlangt. Doch wenn jemand entdecken sollte, dass ich bewaffnet bin – nun, das könnte zumindest unangenehme Fragen bewirken."

„Du könntest sie in unserem Zimmer verwahren ..."

„Zimmer können durchsucht werden, wie du weißt, wenn jemand misstrauisch oder auch nur von Neugier überwältigt würde. Außerdem", fügte er hinzu, da sie nicht überzeugt war, „wenn sie in meinem Zimmer versteckt ist, würde sie mir auf jeden Fall nicht viel nützen, es sei denn, der

Verbrecher würde so freundlich sein, dass er an unsere Tür klopft und seine Absichten erklärt."

„Das ist nicht komisch", protestierte sie und warf dann einen anerkennenden Blick auf seine Person. Leider ließ die aktuelle Mode langschößiger Röcke, die vorn kurz geschnitten waren, wenig Raum, um etwas zu verstecken – einschließlich, zu gewissen Zeiten, was ihr Ehemann dachte. „Ich fürchte, du könntest die Pistole nicht hinten in den Hosenbund stecken, unter den Rockschößen?"

„Das klingt wie eine ausgezeichnete Möglichkeit, mich selbst in den Hintern zu schießen", sagte Pickett in einem Tonfall, der keine Widerrede duldete. „Es tut mir leid, Julia, aber die Antwort ist nein."

„Aber du weißt doch nicht, wo du da hineingerätst!"

Als er die Angst in ihren blauen Augen sah, zog er sie in die Arme und küsste sie lange. Als er schließlich seinen Kopf hob, erhellte der Hauch eines Lächelns seine braunen Augen. „Wenn ich mich in Gefahr finde", versprach er, „verstecke ich mich einfach hinter dir."

Die Zeit ihrer Werbung (wenn man es so nennen durfte) war mit ein oder zwei Leichen in der Nähe verstrichen und vor einem solchen Hintergrund von Mord und Chaos war es für Julia eine große Überraschung gewesen zu entdecken, dass ihr junger Bow Street Läufer einen ziemlich aufreizend selbstironischen Sinn für Humor hatte. Sie ließ sich daher von diesem feigen Versprechen nicht täuschen.

„Das könnte ziemlich schwierig werden, wenn man bedenkt, dass du einen ganzen Fuß größer bist als ich", erwiderte sie. „Außerdem glaube ich nicht, dass du dich in deinem Leben je schon vor etwas versteckt hast."

„Nur, weil du mich nicht mit vierzehn Jahren gesehen hast, einen gestohlenen Apfel in meiner Tasche und den Konstabler auf den Fersen." Etwas ernsthafter fügte er hinzu: „Glaube nicht, dass du eine Art Held geheiratet hast, Julia, mit oder ohne Pistole in meiner Hand. Nichts könnte der Wahrheit ferner liegen."

„Ich *glaube* nicht, einen Helden bekommen zu haben – ich *weiß* es! Ich muss jedoch zugeben, dass ich neugierig bin: Wie würdest *du* einen Mann beschreiben, der, als er sich in einem brennenden Theater mit der Frau, die er liebt, wiederfindet, ein Seil aus den Vorhängen bastelt und mit ihr auf dem Rücken dort hinabklettert?"

„Das war nicht heldenhaft", protestierte er. „Es war der einzige Ausweg. Glaube mir, wenn es einen weniger dramatischen Ausgang gegeben hätte, würde ich gern auf das Seil verzichtet haben. Außerdem hätte ein echter Held es geschafft, das zu tun, ohne einen Schlag auf den Kopf zu bekommen."

Julia konnte dieser Einschätzung natürlich nicht zustimmen, und es folgte eine sehr angenehme Diskussion über Picketts heldenhafte Eigenschaften oder auch deren Fehlen. Erst am letzten Morgen, lange, nachdem sie London hinter sich gelassen hatten, wurde ihr klar, dass er doch seinen Willen bekommen hatte.

Die Pistole lag immer noch im Stadthaus in der Curzon Street, ganz hinten in der Schreibtischschublade.

2

In dem Mr. und Mrs. Picketts
sehr unterschiedliche Absichten verfolgen

Spät am Nachmittag des sechsten Tages kamen sie im Hart and Hound an, und Pickett war überzeugt, dass er inzwischen die Bekanntschaft jedes stillen Örtchens an dieser Strecke gemacht hatte, wie sein Richter ihm prophezeit hatte. Pickett konnte seiner Frau wegen dieser häufigen Pausen keinen Vorwurf machen, da er ja für den Zustand, der sie verursachte, verantwortlich war. Was Julia anging, lächelte sie die viel beanspruchten Postjungen (die von ihrem ergebenen Ehemann im Voraus wegen ihres interessanten Zustands und der zu erwartenden Folgen, die dieser Zustand haben könnte, gewarnt worden waren) so lieb und dankbar an, dass auch sie ihr verfielen und Julia mit respektvoller Höflichkeit, Pickett aber mit nur schlecht verhülltem Neid behandelten. Trotzdem atmeten Passagiere und Postjungen gleichermaßen herzlich erleichtert auf, als die gelbe Postkutsche einen Hügel hinab fegte und durch eine Kurve in das Dorf Banfell einfuhr, wo sie im Hofe eines gepflegten zweistöckigen Gebäudes mit glatten, grauen Steinplatten im Erdgeschoss und weiß getünchtem Putz am oberen Stockwerk zum Halten kam.

Pickett wartete nicht darauf, dass die Postjungen abstiegen, sondern öffnete selbst die Tür und kletterte steif aus der Kutsche, um seine Gliedmaßen zu strecken, bevor er sich umdrehte, um Julia beim Aussteigen zu helfen. Ein Blick auf seine Umgebung machte ihm klar, dass das Hart and Hound einen guten Platz inmitten des Geschäftszentrums der Siedlung einnahm, wie an den umliegenden Geschäften zu sehen war. Abgesehen von dem üblichen Mietstall, Stoffhändler und Gemüsehändler, die in jedem Dorf zu finden waren – ganz zu schweigen von dem konkurrierenden Wirtshaus auf der anderen Straßenseite, das mit dem Namen Golden Feather prahlte – gab es mehrere Geschäfte, die besser nach London oder zumindest nach Penrith gepasst hätten: ein Schreibwarengeschäft, dessen Fenster auch eine Auswahl von Farben, Pinseln und anderem Künstlerbedarf zeigten; eine Buchhandlung, die groß genug gewesen wäre, um Hatchards in London Konkurrenz zu machen, und ein Porzellangeschäft, dessen Erkerfenster eine Reihe von Porzellantellern ausstellte, die mit Bildern von Bergen und Seen geschmückt waren. Die Erklärung für diese eher seltenen Einrichtungen war nicht schwer zu finden, denn hinter dem Hof der Poststation lag eine atemberaubende Kulisse von runden Hügeln, dessen nächstliegender dem Dorf seinen Namen gegeben hatte. Ganz offensichtlich war Banfell die Heimat eines florierenden Tourismus.

„Mr. Colquhoun hat nicht über die Landschaft gelogen", bemerkte Pickett.

„Wirklich nicht." Julia, die in den Mendip Hills im Westen aufgewachsen war, schien von diesen höheren Gipfeln ebenso beeindruckt. „Ob wir Zeit zum Wandern haben werden, was meinst du?"

Pickett, der einen großen Teil seiner Arbeitstage damit verbrachte, von einer Ecke Londons zur anderen zu laufen, konnte sich kaum eine Beschäftigung vorstellen, die ihn weniger reizte. Trotzdem, die Vorstellung, diese dramatische Umgebung aus der Nähe zu betrachten, hatte durchaus etwas Anziehendes. „Ich schätze, das wird davon abhängen, was – was wir herausfinden", sagte er und achtete darauf, den Fall (wenn man ihn so nennen konnte), der sie nach Norden geführt hatte, nicht in Hörweite der Postjungen zu erwähnen.

Er zahlte einen der Postjungen aus, während der andere ihre Taschen losband und sie von der Gepäckplattform vorn an dem Gefährt ablud. Als die Postkutsche davon ratterte, lud Pickett sich die Taschen auf (seine eigene unter den Arm geklemmt, die Griffe von Julias beiden größeren Portmanteaux sowie die Bänder ihrer Hutschachteln in seinen Händen) und war dankbar für die fünf Jahre, die er Kohlensäcke geschleppt hatte, wodurch er stärker geworden war, als sein schlanker Körperbau annehmen ließ.

„Du brauchst sie nicht zu tragen", protestierte Julia, als sie sah, was er vorhatte. „Wir können den Gastwirt bitten, jemanden zu schicken …"

„Öffne nur die Tür, ja?", fragte Pickett etwas atemlos und machte eine ruckartige Kopfbewegung in Richtung des

Eingangs.

Sie beeilte sich zu gehorchen und einen Augenblick
später waren sie drinnen und blinzelten, als ihre Augen sich
nach dem hellen Sonnenschein draußen an die trübere
Beleuchtung drinnen gewöhnten. Pickett entdeckte die Theke
direkt gegenüber der Tür und bewegte sich dorthin, so schnell
seine Last es ihm gestattete. Dort angekommen ließ er das
Gepäck zu seinen Füßen fallen, keuchte leicht, als er den
stämmigen Mann mittleren Alters hinter der Theke ansprach.

„Ich hätte gern ein Zimmer für mich und meine Frau."

Im Laufe von zwei Jahrzehnten als Betreiber eines
Postgasthofs hatte der Wirt ein Talent entwickelt, um auf
einen Blick den gesellschaftlichen und wirtschaftlichen Status
der verschiedenen Reisenden einzuschätzen, die von seiner
Gastfreundschaft Gebrauch machten. Das Paar, das jetzt vor
ihm stand, stellte seine Auffassungsgabe jedoch auf eine harte
Probe. Die Frau war offensichtlich eine Lady, doch er war sich
nicht darüber im Klaren, was er von dem Mann halten sollte.
Ein Gentleman würde sich nicht dazu herablassen, seine
eigene Tasche zu tragen – noch viel weniger fünf davon – und
doch war sein Verhalten der Lady gegenüber und ihres ihm
gegenüber zu vertraulich, als dass sie Diener und Herrin
hätten sein können. Bei Picketts Worten verschwand jedoch
die Umwölkung seiner Stirn. Wenn das der Ehemann der
Lady war, musste er ein Gentleman sein, wenn auch einer der
exzentrischen Exemplare dieser Art, die es amüsant fanden,
niedere Stände nachzuahmen. Nun, wenn der Mann sein
eigenes Gepäck tragen wollte, sollte er das tun; er würde es
kaum so unterhaltsam finden, wenn er es jeden Tag machen

müsste.

Und so begrüßte der Gastwirt ihn höflich, wenn auch nicht mit Wärme, und schob ihm das Register des Hauses über die Theke mit der Bitte, „hier zu unterschreiben".

Pickett, der die Gelegenheit sah, um seinen ersten Versuch zu starten, den unbekannten Briefschreiber zu identifizieren, nahm prompt die Feder zur Hand und reichte sie an Julia weiter.

„Wärest du so gut, Schatz?", fragte er, ohne zu versuchen, seine Stimme zu senken. „Du kannst dich ebenso gut daran gewöhnen, deinen neuen Namen zu schreiben: ‚Mr. und Mrs. John Pickett, Bow Street Nummer vier, London'."

Sie hatten zuvor vereinbart, die Adresse der Bow Street anzugeben statt die ihres eigenen Hauses in der Curzon Street, und als Julia im Gästebuch unterschrieb, schaute Pickett sich im Raum um, um einen Eindruck seiner Worte auf die anderen Anwesenden dort zu bekommen.

Daran mangelte es nicht, da der Gasthof dem Dorf auch als Wirtshaus diente, wie man an den verschiedenen Fässern mit Zapfvorrichtung und Fässern hinter der Theke sehen konnte, und Besucher wie Einheimische waren hereingeströmt, um sich hier zu erfrischen. An einem Tisch servierte ein Mädchen mit Apfelbäckchen Ale von einem Zinntablett und flirtete mit einem seltsam gekleideten jungen Mann mit fließenden schwarzen Locken und einer nicht gestärkten Krawatte, die zu einer schlappen Schleife gebunden war. Ein junger, blonder Riese in schlichtem Anzug, offensichtlich ein Bauer, sah das Paar mürrisch von der anderen Seite des Raums aus an. In einer dunklen Ecke hoben drei Männer ihre schäumenden Becher an die Lippen und wischten den Überschuss mit Ärmeln ab, die so schmutzig waren, dass die Träger nur direkt aus einer der Bleiminen gekommen sein konnten, die überall in den Bergen verstreut lagen. Näher an der Theke saß ein frommer Gentleman in einer altmodischen Perücke mit geschlossenen Augen beim Gebet, während eine seiner Hände auf der großen Bibel ruhte, die geschlossen vor ihm lag, als ob er in einem so verzückten Zustand wäre, dass er die Worte durch den Ledereinband erkennen könnte. Ein Besucher mit künstlerischen Neigungen hatte den Tisch direkt am Fenster belegt, vermutlich um das Licht, das dieses gab, zu nutzen, und vernachlässigte jetzt den Krug an seinem Ellbogen zugunsten eines Skizzenbuchs und Holzkohle. Am Tisch ihm gegenüber waren zwei Frauen jüngeren, mittleren Alters, die eher für körperliche Betätigung als nach der letzten Mode gekleidet waren in dicken Köperpelissen und stabilen ledernen Halbstiefeln unter viel Lärm auf die Stühle gefallen und riefen dem jungen Schankmädchen zu: „Lasst doch den Mann dort, holt uns lieber etwas Cider!"

Wenn die Adresse des Amtes in der Bow Street einem von ihnen etwas bedeutete, ließ er es sich nicht anmerken.

Pickett wandte sich wieder der Theke zu, wo Julia ihren Eintrag in das Gästebuch fertiggestellt hatte und nun die Feder zur Seite legte. „Wenn mir jemand mit dem Gepäck helfen würde …", begann er.

Er kam nicht weiter, da schon der Gastwirt hinter der Theke hervorkam und sich bereiterklärte, diese Aufgabe zu übernehmen. Offensichtlich hatte seine Meinung über seine

GEFAHR PER POST

neuesten Gäste sich schleunigst geändert. Eine aristokratische Braut zu haben, stellte Pickett fest, hatte über das Offensichtliche hinaus gewisse Vorteile.

„Wart Ihr bereits einmal im Lake District?", rief der Gastwirt ihnen über die Schulter zu, als sie ihm die Treppe hinauf folgten, wobei Pickett seinen Koffer und einen von Julias Portmanteaux trug, während der Gastwirt Julias andere Tasche und ihre beiden Hutschachteln trug. „Nein? Schöne Landschaft, aber schließlich bin ich auch hier geboren und aufgewachsen, also denke ich das natürlich, nicht wahr? Da wären wir, nur den Gang hinab links, dann die letzte Tür auf der rechten Seite. Das beste Zimmer des Hauses, wie ich immer sage, wegen der Aussicht auf die Fjells. Wenn Ihr so etwas wie ein Picknick machen wollt, nun, das Rheuma meiner guten Frau sagt, dass das schöne Wetter noch eine Weile andauern dürfte, und ich kann Euch einen schönen Platz empfehlen."

Inzwischen waren sie bei dem Zimmer angekommen und der Gastwirt stellte das Gepäck auf den Boden am Fußende des Betts. Pickett tat es ihm nach, während Julia durch den Raum ging, um den Vorhang aufzuziehen und aus dem Fenster zu schauen.

„Ihr könnt den Weg von hier aus sehen", erklärte der Gastwirt ihr und schnaufte noch leicht von seiner Last. „Er führt zu einer Stelle mit Blick auf den Fluss. Ihr könnt den Wasserfall flussaufwärts sehen und einen Blick auf den See in der anderen Richtung werfen."

„Oh John, bitte, lass uns das tun!", rief Julia aus und hob ihre leuchtenden Augen zu ihm. „Morgen vielleicht?"

„Besser übermorgen", fügte Pickett hinzu. „Morgen muss ich vielleicht einen Besuch machen."

Der Gastwirt wandte sich an Julia. „Ich werde meiner Frau sagen, sie soll einen Korb für Euch packen, wenn es recht ist."

„Das wäre wundervoll", versicherte ihm Julia mit warmem Ton. „Vielen Dank."

Der Mann schüttelte abweisend den Kopf. „Soll ja keiner sagen, dass Ned Hawkins sich nicht um seine Gäste kümmert – anders als andere, die ich da nennen könnte, die glauben, eine Flöte, eine Fiedel und ein oder zwei Flaschen ihres eigenen Gebräus wären ein Ersatz für gut gelüftete Laken, gutes englisches Essen und ein …"

„Sagt mir", unterbrach ihn Pickett, und kürzte damit eine unverständliche Rede ab, die drohte, noch einige Zeit zu dauern, „kennt Ihr einen Mann namens Hetherington?"

„Ja, das ist ein alter Name hier in Cumberland. Ihr findet hier überall Hetheringtons. Kennt Ihr seinen Vornamen?"

„Robert. Mr. Robert Hetherington."

Der Mann riss die Augen auf. „Oh ja. Das muss Mr. Robert Hetherington sein, der wo in dem großen Haus dort lebt." Er machte mit seinem Daumen eine unbestimmte Bewegung in Richtung Osten.

„Gibt es jemanden, der ihm einen Brief bringen könnte?"

„Ich lasse meinen Sohn das tun", versprach der Gastwirt und es schien Pickett, dass ein leicht unsicherer Tonfall sich in seine Stimme geschlichen hatte. „Wann möchtet Ihr ihn ausgeliefert haben?"

„Heute noch, wenn möglich." Pickett zog den Brief aus

seiner Rocktasche und übergab ihn.

„Ich werde Jem sagen, dass ihn sofort hinüberbringen soll." Er nahm den Brief und ging zur Tür, blieb dann an der Schwelle stehen und wandte sich wieder Pickett zu. „Wenn Ihr noch etwas braucht, fragt mich nur."

Pickett versprach dies und erwartete dann selbstverständlich, dass der Gastwirt auf seinen Platz unten zurückkehren würde. Er trödelte so lange an der Tür herum, dass Pickett sich zu fragen begann, ob er dem Mann Geld geben sollte. Er sah zu Julia, ob sie ihm einen wortlosen Hinweis geben würde, um ihm zu helfen, sah aber, dass sie ihren Gastgeber mit einem höflichen Lächeln betrachtete, das nicht weniger ratlos war, als Pickett sich fühlte.

Und dann, gerade, als der Moment sich so lange hinzog, dass er peinlich zu werden begann, verbeugte sich der Gastwirt in Julias Richtung und verließ den Raum.

„Na!", rief Julia aus. „Was meinst du, was das Ganze sollte?"

„Ich hätte ihm nicht Geld geben sollen, oder?", fragte Pickett, erleichtert, dass er nicht – schon wieder – etwas Falsches getan hatte.

„Ich denke nicht", sagte Julia und dachte kurz über die Frage nach. „Man kann sich der örtlichen Gepflogenheiten nie ganz sicher sein, aber ich hätte gedacht, dass irgendwelche Trinkgelder an die Bediensteten des Gasthofs gehen müssten, nicht an den Eigentümer selbst. Es sei denn, natürlich, dass er dachte, du könntest ihm etwas für seinen Sohn mitgeben, weil dieser unsere Besorgung erledigen soll."

„Ich schätze, das ist möglich", sagte Pickett zweifelnd.

„Wenn er mir eine Antwort bringt, werde ich ihn natürlich für seine Mühen entlohnen. Und trotzdem frage ich mich, ob ich vielleicht doch dem Picknick für morgen hätte zustimmen sollen."

„Du glaubst, unser Gastgeber könnte der Mann sein, der den Brief an die Bow Street geschrieben hat?"

Pickett zuckte die Achseln. „Bis jetzt habe ich keinen ausreichenden Beweis, um mir in die ein oder andere Richtung eine Meinung zu bilden, aber wäre möglich, dass er gedacht hatte, er könnte uns zu einem Picknick schicken, um ein geheimes Treffen zu arrangieren, fort von der Menge in der Schankstube." Er seufzte. „In diesem Fall habe ich vielleicht meine beste Chance vertan."

„Also was tun wir jetzt?", fragte Julia, nicht ohne Mitgefühl.

„Wir warten darauf, dass jemand – wenn nicht Ned Hawkins, dann jemand anders – sich bei uns bemerkbar macht. Bis dahin sollten wir uns wohl so benehmen, als wären wir in den Flitterwochen."

Sie sah ihn unter ihren Wimpern hervor schüchtern an. „Wir schließen uns in unserem Zimmer ein und kommen nur zum Essen heraus?"

Er grinste sie anerkennend an, schüttelte aber den Kopf. „Oh, ich würde dir da nicht widersprechen, aber Mr. Colquhoun könnte damit unzufrieden sein, gelinde gesagt."

„Darf ich in diesem Fall einen Vorschlag machen?"

„Ja, bitte."

„Du kannst dich darauf verlassen, dass sich im Dorf bereits die Nachricht verbreitet, ein Paar aus London habe sich im Hart and Hound eingemietet ..."

„Was, jetzt schon?", fragte Pickett verblüfft.

„Als gebürtiger Londoner verstehst du die Faszination nicht, die Fremde für die Menschen auf dem Land haben", sagte sie. „Wenn man Tag für Tag dieselben Menschen sieht, ist die Aussicht, neue Gesichter zu sehen – und vielleicht von Vorgängen jenseits der eigenen Umgebung zu hören – nahezu unwiderstehlich."

„Gut, ich gebe zu, dass ich unwiderstehlich bin", sagte er mit einem Zwinkern. „Also, was schlägst du vor?"

„Wenn sie uns sehen wollen, sollten wir ihnen die Gelegenheit dazu geben. Ich denke, man kann mit Sicherheit davon ausgehen, wenn derjenige, der in die Bow Street geschickt hat, von unserer Ankunft aus London gehört hat, er – oder sie – vielleicht schon ahnt, dass du es sein könntest ..."

„Ziemlich wahrscheinlich."

„Also machen wir vor dem Diner einen Spaziergang entlang der High Street. Dann, wenn jemand sich dir zu erkennen geben möchte, wird er wenigstens wissen, wie du aussiehst."

Pickett fand nichts gegen diesen Plan einzuwenden, und als sie dann ihre Taschen ausgepackt hatten – eine Aufgabe, die sie Thomas und Betsy überlassen hätten, wenn diesen erlaubt gewesen wäre, an der Reise teilzunehmen – machten sie sich auf zu einem Spaziergang die Hauptstraße des Dorfes hinab und wieder hinauf, schauten in die Fenster der Läden und bewunderten den dramatischen Hintergrund der zackigen Felsen. Obwohl Pickett sich mehr als eines neugierigen Blicks in seine Richtung (und mehr noch in Richtung seiner schönen

Frau) bewusst war, machte niemand Anstalten, sich ihm zu nähern. Schließlich kamen sie wieder zum Hart and Hound, wo die Frau des Gastwirts ihr Diner für sie fertig haben würde.

Als sie den Gasthof erreichten, entdeckten sie mehr als nur gebratenes Hühnchen und Kartoffeln: Ned Hawkins' Sohn war mit einer Antwort von Robert Hetherington zurückgekehrt, die Pickett informierte, dass er ihn am nächsten Morgen um elf Uhr besuchen könnte.

* * *

Am nächsten Tag küsste Julia ihren Mann liebevoll und schloss die Tür hinter ihm, bevor sie leise zu zählen begann. Sie konnte ihn beim Fortgehen nicht beobachten, da das Fenster einen Blick auf die Fjells bot, statt auf den Hof der Poststation, daher wartete sie, bis sie hundert erreicht hatte, um sicher zu sein, dass er wirklich weggegangen war. Als sie bei dieser Zahl angekommen war, öffnete sie den Klappdeckel ihres Reiseschreibtischs und holte Papier, Feder und Tinte heraus, setzte sich dann an den Tisch am Fenster, um einen Brief an Mrs. James Pennington auf Greenwillows, Norwood Green, Somersetshire, zu schreiben.

Die ersten Zeilen dienten der Frage nach der Gesundheit ihrer Schwester und der ihres Ehemannes und Tochter, und berichtete, dass Julia und John selbst gesund waren. Nachdem diese Formalitäten erledigt waren, kam Julia zum eigentlichen Grund ihres Schreibens.

Ich schreibe dir, weil ich um einen Gefallen bitten möchte, gestand sie. *Dir mag vielleicht nicht bewusst sein – was es Frauen nur sehr selten ist, selbst, wenn es uns am meisten betrifft – dass im Falle meines Todes meine*

Jahresrente als Witwe von Fieldhurst enden würde. (Du denkst zweifellos im Moment schon wieder an den Brief, den du mir zur Antwort schreiben willst, um mir zu versichern, wie unwahrscheinlich ein so düsterer Ausgang wäre. Das mag sein, wie es will, ich werde mich aber den kommenden Ereignissen mit größerer Kraft stellen können, wenn mein Herz über diesen Punkt beruhigt ist, also bitte tue mir den Gefallen, bis zu Ende zu lesen, bevor du deine Erwiderung schreibst.)

Wie ich sagte, das Ende meiner Witwenrente würde bedeuten, dass John nur mit sehr wenig Geld zurückbliebe, um auch noch ein Kind zu versorgen. Er würde natürlich immer noch das Haus in der Curzon Street haben, doch ohne genügend Mittel, um es zu nutzen, fürchte ich, würde er sich bald der Notwendigkeit gegenübersehen, es zu verkaufen; damit würden Vater und Kind dazu gezwungen sein, in einer gemieteten Unterkunft zu leben, die er sich von seinem Lohn leisten könnte.

Und hier kommen wir zu dem Gefallen, um den ich euch bitten muss. Wenn sich etwas Derartiges ereignen sollte, bitte versprich mir, dass du und Jamie meinem lieben John jede Hilfe gewähren werdet, die er braucht – oder, viel genauer, die er anzunehmen überredet werden könnte. Ich würde Mama und Papa um ein solches Versprechen bitten, aber jede Hilfe, die sie anbieten würden, käme zweifellos in der Form, dass sie das Kind völlig Johns Obhut entziehen würden, und diese Eventualität muss um jeden Preis verhindert werden. (Vielleicht bemerkt ihr, mit welcher Leichtigkeit ich über Jamies Erbe verfüge!) Ich weiß, dass ich dir und Jamie

35

vertrauen kann, dass ihr das Richtige für euren kostbaren Neffen oder Nichte tun werdet, ebenso für den geliebten Vater.

Und wenn ihr es nicht tut, könnt ihr sicher sein, dass ich aus dem Grab zurückkomme, um euch heimzusuchen.

Deine liebende Schwester

Julia Pickett

Postskriptum: Ihr wisst natürlich, dass ich Euch mit dem Spuken nur necke, aber Ihr müsst zugeben, dass es nicht mehr wäre als Ihr nach dem schäbigen Trick, den Ihr uns allen im März gespielt habt, verdient.

Nachdem sie diesen Epistel beendet hatte, wedelte sie mit dem Blatt hin und her, um die Tinte zu trocknen, während sie sich im Zimmer nach etwas umsah, um ihn zu versiegeln. Das Fenster bot genug Sonnenlicht, um eine Kerze überflüssig zu machen, zumindest bis später am Tage. Wenn sie eine anzünden würde, um Wachs zu schmelzen, könnte sie sich nicht sicher sein, dass ihr Ehemann (dessen Erfolg in der Bow Street nicht zuletzt seinem scharfen Auge für Details zu verdanken war) nicht den angebrannten Docht bemerken und sich darüber wundern würde. Nein, sie würde den Brief zusammenfalten und ihn weglegen, um ihn später zu versiegeln – vielleicht am Abend, nachdem er eingeschlafen war. Er war inzwischen sehr daran gewöhnt, dass sie nachts aus dem Bett aufstand, um sich des Nachttopfs zu bedienen, daher würde er sich nicht darüber wundern.

Zufrieden mit dieser Entscheidung steckte sie den Brief unten in ihren Schreibtisch und ließ sich nieder, um auf Picketts Rückkehr zu warten.

* * *

Während seine Frau mit heimlicher Korrespondenz beschäftigt war, folgte Pickett der Beschreibung des Gastwirts zum „Großen Haus", das, wie sein Name richtig besagte, sich als großes Herrenhaus aus den gleichen glatten grauen Steinen erwies, die den ersten Stock des Gasthauses bildeten. Nachdem Pickett seine Karte dem Butler, der auf sein Klopfen hin öffnete, überreicht hatte, wurde er in ein nach männlichem Geschmack in Brauntönen eingerichtetes Arbeitszimmer geführt. Ein paar mit Nägeln beschlagene Armsessel mit Lederpolstern, die zu geschmeidiger Weichheit abgenutzt waren, standen vor dem Feuer, das selbst im Sommer notwendig war, da die Sonnenstrahlen (soweit sie durch die schweren, braunsamtenen Vorhänge gelangten), diese Westseite des Hauses nicht bis lange nach dem Mittag erreichen würden.

Dort allein gelassen, um auf seinen Gastgeber zu warten, mit keiner anderen Gesellschaft als dem Ticken der Kaminuhr, sank Pickett in den Stuhl, der dem breiten Mahagonischreibtisch gegenüberstand und musterte dieses beeindruckende Möbelstück, ob es etwas über den Eigentümer verraten würde.

Dies ist ein Höflichkeitsbesuch, keine Ermittlung, ermahnte er sich, obwohl er, um ehrlich zu sein, sich wohler gefühlt hätte, wenn er eine Ermittlung durchzuführen gehabt hätte, anstatt einen schlichten Besuch zu machen. Auf jeden Fall konnte ihm die große Bibel, die den Ehrenplatz in der Mitte des Schreibtisches innehatte, nicht entgehen; ihr Ledereinband war so abgenutzt, dass er in der Mitte durchhing. Noch als der Gedanke in Pickett aufstieg, dass er genau dieses Buch bereits einmal gesehen hatte, öffnete sich die Tür zum Arbeitszimmer. Pickett erhob sich von seinem Stuhl, als ein Mann den Raum betrat, ein Mann von ungefähr fünfundsechzig Jahren, der eine altmodische Perücke trug.

„Ich kenne Euch!", platzte Pickett heraus und nahm die angebotene Hand des Mannes. „Das heißt, ich *kenne* Euch eigentlich nicht – wir wurden einander nie vorgestellt – doch ich habe Euch gestern gesehen. Im Gasthaus." Er unterbrach sich abrupt, als ihm schmerzlich bewusst wurde, dass seine Manieren Mr. Colquhouns Patronage keineswegs Ehre machten, nur, um sich mit einiger Empörung an sein Gespräch mit dem Gastwirt ein paar Minuten danach zu erinnern. „Ich fragte Ned Hawkins, wie ich Euch einen Brief zukommen lassen könnte. Er hätte mir sagen können, dass Ihr genau in dieser Minute in der Schankstube wart!"

„Hat er Euch gesagt, wie Ihr mir einen Brief schicken könntet?"

„Er sagte, er würde seinen Sohn damit losschicken."

„Und das hat er auch getan, denn der junge Jem hat ihn mir noch am selben Tag gebracht. Die Leute auf dem Land können Dinge sehr buchstäblich nehmen, Mr. Pickett."

Pickett war verärgert und hatte das Gefühl, zum Narren gehalten worden zu sein. „Wollt Ihr damit sagen, wenn ich gefragt hätte, wo Ihr Euch aufhieltet, hätte er gesagt, dass Ihr unten im Schankraum wäret?"

„Ziemlich wahrscheinlich. Wenn Ihr die richtigen Antworten wünscht, Mr. Pickett, müsst Ihr die richtigen Fragen stellen." Er bedeutete Pickett, sich zu setzen, während er sich in dem Stuhl hinter dem Schreibtisch niederließ. „Aber es tut mir leid, dass ich nicht gehört habe, wie Ihr Ned gefragt habt, sonst hätte ich Euch viel Aufwand erspart. Ich kann mich aber auch nicht erinnern, Euch gesehen zu haben."

„Das Gespräch fand erst statt, als Mr. Hawkins meine Frau und mich bereits in unser Zimmer gebracht hatte. Dass Ihr mich nicht gesehen habt, muss daran gelegen haben, glaube ich, dass Ihr beschäftigt wart", sagte Pickett mit einem Blick zu der Bibel auf dem Schreibtisch. „Um die Wahrheit zu sagen, ich nahm an, Ihr wäret der Pfarrer."

Mr. Hetherington lachte leise. „Nein, nein, nur ein schlichter Gutsbesitzer. Doch ich schaue zwei oder drei Mal in der Woche in die Schankstube und bringe oft meine Bibel mit."

„Es scheint ein etwas lauter Ort zum Beten."

„Womit Ihr sagen wollt, ich sollte 'in meine Kämmerchen gehen und die Tür schließen', wie die Heilige Schrift sagt."

„Ich – ich wollte nicht respektlos klingen, Sir ..."

„Ihr habt durchaus recht", versicherte Mr. Hetherington ihm und wehrte Picketts gestammelten Widerspruch mit einer Handbewegung ab. „Es *ist* dort bisweilen laut, vor allem, wenn die Postkutsche aus Penrith eintrifft. Trotzdem biete ich den Einheimischen gern ein gutes Beispiel. Besuchern auch, was das angeht."

„Kommen denn so viele Leute hierher?", fragte Pickett leicht überrascht und erinnerte sich an die Geschäfte in der High Street, die offensichtlich Touristen bedienten. „Ich hätte gedacht, es würde für viele Besucher zu abgelegen sein."

Mr. Hetherington Schultern bebten, als er lachte. „Und

Ihr hattet gehofft, mit Eurer jungen Frau ein wenig Einsamkeit zu finden, wie? Patrick Colquhoun schreibt mir, dass Ihr in den Flitterwochen seid." Er klopfte auf die linke Brust seines Rocks, wo der Brief Mr. Colquhouns zweifellos in einer Brusttasche verstaut war. „Oh, Ihr werdet feststellen, dass es hier viel ruhiger ist als in London, aber ich kann nicht leugnen, dass wir hier mehr Besucher haben, seit dieser dichtende Kerl sich hier niedergelassen hat. Habe selbst noch nie etwas für dieses Zeug übrig gehabt. Gedichte, meine ich. Mir scheint, wenn ein Mann es sich leisten kann, den ganzen Tag in seinem Cottage zu sitzen und traurige Betrachtungen über den Tod zu kritzeln, während andere Männer sich damit abmühen müssen, als Bauern oder Schreiber zu arbeiten oder in die Minen hinabzusteigen, um Essen auf den Tisch zu bringen und ein Dach über ihren Köpfen zu haben, kann er sich nicht über viel beklagen."

Pickett, dessen eigener Geschmack an Lektüre sich auf Zeitungen und einen gelegentlichen Roman beschränkte, neigte dazu, ihm zuzustimmen – obwohl ihm die Ironie nicht entging, dass diese Meinung von jemandem ausgesprochen wurde, der aller Wahrscheinlichkeit nach noch keinen Tag in seinem Leben hart gearbeitet hatte. Andererseits, wenn Robert Hetherington ein alter Freund von Mr. Colquhoun war, der sich ganz bestimmt seinen eigenen Weg aufwärts in der Welt erarbeitet hatte, könnte er sein Vermögen verdient, statt es geerbt zu haben; daher war Pickett, der sich sein Geld lediglich erheiratet hatte, nicht derjenige, der mit Steinen hätte werfen dürfen.

„Doch genug von diesem Schreiberling", fuhr sein

Gastgeber fort. „Ich habe erfahren, dass Ihr ein junger Freund von Patrick Colquhoun seid. Sagt, wie habt Ihr ihn kennengelernt?"

Pickett war kurz ratlos. Er wünschte, er hätte daran gedacht, den Richter zu fragen, was genau er in seinem Brief geschrieben hatte. Wenn Mr. Colquhoun Picketts Verbindung zur Bow Street erklärt hatte, würde Mr. Hetherington das doch sicher irgendwie erwähnt haben – oder nicht? Es sei denn, dass er einen Grund hatte, an der Diskretion des Mannes zu zweifeln und wünschte, Picketts Inkognito zu wahren – in welchem Fall er gut beraten wäre, diese Information selbst nicht weiterzugeben.

„Er hat mir vor Jahren einen großen Dienst erwiesen", sagte Pickett schließlich und wählte seine Worte vorsichtig. „Ich hatte kurz zuvor … meinen Vater verloren und Mr. Colquhoun war so freundlich, sich für mich einzusetzen. Das tut er noch immer, im Übrigen."

Das war vage genug, hatte aber den Vorteil, soweit doch der Wahrheit zu entsprechen. Zum Glück schien Mr. Hetherington diese Erklärung so, wie sie war, einfach zu akzeptieren.

„Nun, jeder Freund von Patrick Colquhoun ist auch mein Freund. Meine Frau und ich würden uns sehr freuen, wenn Ihr und Mrs. Pickett zum Diner kämet – sagen wir, morgen Abend? In der Zwischenzeit gibt es viele Möglichkeiten für ein junges Paar, sich zu amüsieren – die Schönheit der Fjells reizt natürlich dazu, sie zu erforschen, und Jedidiah Tyson, der, dem das Golden Feather gehört, hält mittwochabends Versammlungen – Ihr müsst das Haus gesehen haben, als Ihr ankamt, es liegt dem Hart and Hound direkt gegenüber. Die Gesellschaft dort ist nicht exklusiv, wohlgemerkt – wir können es uns nicht leisten, übermäßig wählerisch zu sein, so abgelegen, wie wir wohnen, und daher lassen wir jeden ein, der bereit ist, eine halbe Guinea Eintritt zu bezahlen – doch es ist nett genug, wenn jemand gern einen Abend mit Tanzen verbringt. Es gibt eine Liste für Abonnenten, wenn Ihr Euch eintragen wollt – ja, wir versuchen, ein Erholungsort für mondäne Leute zu werden, so wie Bath oder Tunbridge Wells. Wohlgemerkt, Ned Hawkins, Euer Gastgeber, wird sich nicht besonders freuen, wenn Ihr die Straße zum Feather hinübergeht, um Eure Namen in Tysons Buch einzutragen – die beiden sind große Rivalen."

Picketts Herz wurde schwer bei der Aussicht, an der Wand zu stehen und seiner Frau beim Tanzen zuzuschauen. Julia hatte nie ein Wort des Vorwurfs geäußert, doch es schien eine grausame Ironie zu sein, dass eine Lady, die so gern tanzte, sich in einen Mann verliebte, der nichts davon verstand. Trotzdem nahm er die Einladung zum Diner erfreut an und hoffte, dass dies sie bis zu einem gewissen Grad für den Verlust der Gesellschaft entschädigen würde, die ihr den Rücken zugekehrt hatte, als sie ihn heiratete.

„Ausgezeichnet! Dann erwarten wir Euch, sagen wir, um acht Uhr. Meine Frau hält sich lieber an städtische Zeiten zum Essen, und die Sonne geht so spät unter, dass ich Euch versprechen kann, dass Ihr einige Zeit vor Einbruch der Dunkelheit wieder in Eurem Gasthof sein werdet."

Pickett stimmte diesem Plan zu und da er sich an etwas erinnerte, was seine Frau einmal hatte fallen lassen, dass ein

Morgenbesuch nicht länger als fünfzehn Minuten dauern sollte, verabschiedete er sich. Er hatte bislang noch nichts besonders Nützliches erfahren, soweit es den Fall anging (es sei denn, dass eine Invasion von Dichtern als Grund gelten könnte, die Bow Street zu alarmieren), doch er hoffte, eine herzliche Beziehung mit einer möglicherweise nützlichen Quelle angebahnt zu haben.

Er war so zufrieden mit dem Ergebnis seines Morgens, dass er, als er in den Gasthof zurückkehrte (wo er von seiner Frau warm begrüßt wurde, die sich nur zu sehr des verräterischen Briefs bewusst war, der ganz unten in ihrem tragbaren Schreibtisch lag), und er sagte Julia, wenn sie noch an einem Picknick interessiert wäre, würde er sie nur zu gern begleiten.

„Oh, ja bitte!", rief sie begeistert aus. „Wenn du nach unten gehst und Mr. Hawkins bittest, seine Frau für uns einen Korb packen zu lassen, kann ich schnell meine Schuhe gegen andere austauschen, die sich besser zum Wandern eignen."

Pickett stimmte bereitwillig zu und gestand dann nach kurzem Zögern: „Mr. Hetherington sagt, im Golden Feather auf der anderen Straßenseite findet jeden Mittwoch ein Tanzabend statt. Wenn du gern tanzen würdest, könnten wir auf unserem Weg nach draußen die Abonnementsliste unterschreiben."

„Armer John! Dann wirst du schließlich doch gezwungen, an einem Ball teilzunehmen! Es sei denn, du würdest lieber …"

„Nein, nein", log er galant und hoffte auf etwas, irgendetwas, das ihm diese Qual ersparen würde.

Er hatte keine Ahnung, auf welch ironische Weise sich diese Hoffnung fast erfüllen würde.

3

In dem ein schöner Ausflug
eine tragische Wendung nimmt.

Als Pickett die Treppe hinab kam, um nach dem versprochenen Korb zu fragen, fand er den Platz hinter der Theke leer; Ned Hawkins hatte seinen Posten offenbar verlassen. Nachdem Pickett jetzt darüber nachdachte, konnte er sich nicht daran erinnern, den Mann gesehen zu haben, als er von seinem Besuch bei Robert Hetherington zurückgekehrt war. Er schaute sich in der Schankstube um (die jetzt nicht so voll war wie zu dem Zeitpunkt, als Julia und er am Tag zuvor angekommen waren), bemerkte jedoch keine Spur des Gastwirts unter den wenigen Gästen.

Ein Geräusch hinter ihm ließ Pickett sich gerade rechtzeitig umdrehen, um das junge Schankmädchen aus einem Hinterzimmer herauskommen zu sehen, mit blitzenden Augen und aufgeregt roten Wangen.

„Ach, Ihr seid es", sagte sie und wrang die Schürze in den Händen. „Kann ich Euch helfen?"

„Ich suchte nach Mr. Hawkins", sagte Pickett.

„Papa ist ausgegangen."

„Das sehe ich. Darf ich dann mit Eurer Mutter sprechen?"

„Sie ist *nicht* meine Mutter, nur eine Stiefmutter! Und wenn Ihr mit ihr sprechen wollt, könnt Ihr das gern tun, denn *ich* habe mit Sicherheit nichts mit ihr zu besprechen!" Mit einem Aufwirbeln ihrer Röcke war sie fort und blieb an der Tür stehen, durch die sie gekommen war. „Nun? Kommt Ihr mit, um mit Stiefmama zu reden oder nicht?"

Pickett murmelte etwas, das ebenso gut ein Dank wie eine Entschuldigung hätte sein können und folgte ihr durch die Tür, die in eine Küche führte.

„Jemand will mit dir sprechen", informierte das Mädchen ihre Stiefmutter kurz, eine Frau in den Vierzigern, die vor einem zerkratzten Arbeitstisch stand und etwas in einer großen Schüssel umrührte.

Pickett hatte angenommen, dass das Mädchen einen hastigen Rückzug antreten würde, um so wenig wie möglich mit ihrer Stiefmutter zu tun zu haben, aber zu seiner großen Überraschung setzte sie sich auf einen nahe gelegenen Hocker und trotz ihrer erklärten Zurückhaltung, mit diesem Ersatz für ihre Mutter zu sprechen, nahm anscheinend die Fäden des Gesprächs auf, das er unterbrochen hatte, und verkündete: „Percival will, dass ich seine Muse werde!"

„Ich schätze, das wäre eine Bezeichnung dafür, doch ich könnte ein anderes Wort finden", sagte die Frau, offensichtlich unbeeindruckt von dem Plan für die Zukunft ihrer Stieftochter. „Jetzt sei still, Lizzie, und lass den Gentleman sprechen."

Pickett war nun auch nervös, weil er sich mitten in einem Streit zwischen Mutter und Tochter – oder eher, einem Streit zwischen Stiefmutter und Stieftochter, wie Lizzie sicher schnell angemerkt hätte – wiederfand, und sich (fälschlicherweise) als Gentleman bezeichnen hörte, stammelte: „Ich wollte nur bitten – ich fragte mich, ob – Euer Mann sagte, Ihr wäret vielleicht so gut ..."

„Mein Mann?", fragte sie scharf. „Ist Ned also schon wieder zurück? Vielleicht kann er diesem dummen Mädchen ein wenig Verstand beibringen, denn *ich* kann es offensichtlich nicht!"

„Nein, ich fürchte, nicht. Äh, das heißt, ich habe ihn heute noch nicht gesehen", ergänzte Pickett hastig, da er keinen Verdacht über Lizzies Intelligenz schüren wollte. „Aber als meine Frau und ich gestern ankamen, schlug Euer Ehemann vor, dass Ihr bereit sein würdet, uns einen Korb zu packen, wenn wir ein Picknick machen wollten."

„Percival hat mich letzte Woche zu einem Picknick mitgenommen", sagte Lizzie mit einem sehnsüchtigen Seufzer. „Er hat eine Decke auf dem Boden ausgebreitet und nachdem wir gegessen hatten, das Gedicht vorgelesen, das er über mich geschrieben hatte. Und dann schlug er vor, wir sollten uns auf die Decke legen und uns ein bisschen ausruhen, aber ich bin nicht *so* dumm! Ich habe ihm gesagt, dass ich Arbeit zu erledigen habe, und besser nach Hause zurückkehren sollte."

„Was den Korb angeht ...", unterbrach Pickett.

„Ja, du wirst es noch bereuen, wenn du nicht aufpasst, mein Mädchen", sagte die ältere Frau und drohte ihrer

Stieftochter mit dem Löffel.

„Ich bin *nicht* dein Mädchen – Percival sagt, ich wäre *seines*! In seinem Gedicht nannte er mich …" Ihr Gesicht nahm einen seligen Ausdruck an und sie rezitierte verträumt: „‚denn der scheue Damenschuh bekleidete die nackten Füße einer Göttin, das heißt, die deinen.‘"

„Er nannte Euch einen Schuh?", fragte Pickett, für einen Moment von dem Zweck seiner Anwesenheit abgelenkt.

„Es geht um eine Blume", erklärte sie verächtlich, als ob jeder, der auch nur ein bisschen Intelligenz aufzuweisen hätte, geschweige denn, künstlerische Sensibilität, das hätte erraten müssen. „Dichter sprechen nun einmal so."

„Und woher er weiß, wie deine nackten Füße aussehen, würde ich gern wissen?", fragte ihre Stiefmutter mit misstrauisch zusammengekniffenen Augen.

„Wenn Papa Percival mag, sehe ich nicht ein, dass *du* das Recht hättest, etwas dagegen einzuwenden zu haben!"

„Wo Ihr Mr. Hawkins erwähnt", sagte Pickett und versuchte es erneut, „er sagte, Ihr wäret vielleicht …"

„Dein Papa mag das Geld, das der Kerl dafür zahlt, hier zu wohnen, während er seine dämlichen Verse schreibt, aber was das angeht, dass so ein Reimeschmied seiner Tochter ein kleines Andenken hinterlassen könnte, nun, da wirst du feststellen, dass er dazu eine ganz andere Meinung hat." Sie warf einen besorgten Blick zur Tür. „Kann mir nicht vorstellen, was ihn so lange aufhält. Ich wünschte, er würde heimkommen."

„Ich auch!", rief Lizzie heftig aus. „Dann würde er dir sagen – aber nein, du willst ja lieber, dass ich Ben Wilson heirate und – und den Rest meines Lebens als – als *Bauersfrau* verbringe!"

„Und wieso du glaubst, das wäre ein schlimmeres Schicksal, als das Flittchen irgendeines Dichters zu sein, das verstehe ich absolut nicht", gab Mrs. Hawkins zurück. „Ben Wilson bewirtschaftet sein eigenes Land, und das ist nichts, worüber man die Nase rümpfen müsste. Du könntest es viel schlechter treffen."

Pickett, da er das Gefühl hatte, ihm würde das Gespräch schnell außer Kontrolle geraten (falls er jemals Kontrolle darüber gehabt hatte), beschloss, dass es an der Zeit wäre, die Frauen an seine Anwesenheit zu erinnern. „Ähm, was diesen Korb angeht", sagte er, „ich würde Euch natürlich gern etwas für Eure Mühe zahlen …"

Vielleicht war es die Erwähnung von Geld, die etwas bewirkte. Aus welchem Grund auch immer, Mrs. Hawkins wurde sofort an ihre Pflichten erinnert. „Oh, ich bin sicher, das wird nicht nötig sein", versicherte sie ihm, obwohl ihr Tonfall ihm nahelegte, dass sie, wenn er darauf bestünde, sich doch zur Annahme einer Entlohnung würde überreden lassen. „Ich habe vom Diner gestern Abend noch etwas Huhn übrig, das ich Euch einpacken könnte, oder vielleicht auch Hammelbraten nach heute Abend. Wann möchtet Ihr ihn denn haben?"

„Heute Nachmittag, wenn das möglich wäre."

„Dann wird es Huhn, wenn es Euch recht ist."

„Sehr recht", sagte Pickett und nachdem er versprochen hatte, den Korb auf seinem Weg nach draußen abzuholen, ließ er die Frauen zurück, damit sie ohne Unterbrechung weiter über die jeweiligen Vorzüge von Bauern oder Dichtern streiten könnten.

Er kam in sein Zimmer zurück, wo er entdeckte, dass Julia ihr Morgenkleid gegen ein Ausgehkleid getauscht hatte, zu dem ein mit goldenen Tressen verziertes Jäckchen gehörte, und statt ihrer weichen Ziegenlederschuhe ein Paar stabile Halbstiefelchen trug.

„Sehr schön", sagte Pickett und beäugte seine gut gekleidete Braut anerkennend. „Habe ich das schon mal gesehen?"

„Nein, es kam erst ein paar Tage, bevor wir London verlassen haben, von der Schneiderin", sagte Julia und fügte dann zerknirscht hinzu: „Ich hätte es natürlich nicht bestellen sollen, aber da wusste ich noch nichts von dem Baby und als ich es herausfand, war es schon zu spät, um den Auftrag zurückzunehmen." Sie band die Schleife einer passenden Haube über ihren goldenen Locken zu und Pickett wunderte sich nicht mehr über die Anzahl der Gepäckstücke, die sie für die Reise als notwendig erachtet hatte.

Trotzdem hatte er gegen die Ergebnisse nichts einzuwenden. Sie verließen das Zimmer und verschlossen die Tür hinter sich und begannen dann, die Treppe zur Küche hinabzusteigen, wo sie Mrs. Hawkins mit dem versprochenen Korb vorfanden und einer Wolldecke; sie bestand darauf, dass sie diese unbedingt mitnehmen müssten.

„Denn Mrs. Pickett wird sich ihr hübsches Kleid nicht mit Grasflecken verderben wollen", erklärte sie, was Pickett sich fragen ließ, was genau die Frau annahm, das sie bei diesem Picknick zu tun beabsichtigten. Angesichts von

Lizzies Erinnerungen an ihr Picknick mit ihrem Dichter hatte er eine ziemlich genaue Vorstellung davon. Er machte sich nicht die Mühe, sie über ihren Irrtum aufzuklären, sondern klemmte sich die Decke unter einen Arm und hängte den Korb an den anderen, um dann gemeinsam mit Julia den Gasthof zu verlassen.

„Oh!", rief Julia, als Pickett um das Gebäude herumgehen und den Pfad suchen wollte, auf den Ned Hawkins sie hingewiesen hatte. „Wir wollten uns doch in die Abonnementsliste im Golden Feather eintragen!"

„Wie konnte ich das vergessen?", fragte Pickett mit einem deutlichen Mangel an Begeisterung.

Sie überquerten die Straße und betraten das konkurrierende Gasthaus. Anders als das Hart and Hound, das sich eines weitläufigen Hofs vor der Tür rühmte, wo Kutschen ihre Passagiere herauslassen und neue einsteigen lassen konnten (und es auch taten, wie Pickett es zu allen Tageszeiten bemerkt hatte und doppelt froh über ihr Zimmer an der Rückseite des Gebäudes war), saß das Golden Feather direkt an der Straße, ohne mehr als drei Fuß Bürgersteig zwischen der Vordertür und der High Street.

Doch stellte sich bald heraus, dass dieses Gasthaus Annehmlichkeiten bot, bei denen Ned Hawkins schwerlich mithalten konnte. Der Eingang war mit elegantem Holz getäfelt, das ein geübteres Auge als Picketts ohne Weiteres als Eiche hätte erkennen können, und Gesimse aus Stuck zogen sich am Rand der verputzten Decke entlang. Direkt gegenüber der Eingangstür führte der Zugang zu den oberen Stockwerken über eine geschwungene Treppe, deren kunstvoll geschnitztes Geländer spiegelblank poliert war und schwach nach Bienenwachs roch. Pickett spürte einen Stich des Bedauerns, dass seine Anweisungen ihn ins Hart and Hound geschickt hatten; es schien ihm, dass die Konkurrenz eher den Besuch seiner Frau verdient hätte. Andererseits hatte sein anonymer Briefschreiber vielleicht angenommen, dass das Golden Feather die Möglichkeiten eines Bow Street Läufers überstieg; nur knapp drei Monate zuvor hätte es die seinen jedenfalls überschritten.

All diese Überlegungen schossen ihm durch den Kopf in weniger Zeit, als es brauchte, um Julia an die Theke treten und nach dem Eigentümer fragen zu lassen. Der Mann an der Theke, ein Mann, der ebenso hager war wie ihr eigener Gastwirt stämmig, stellte sich als Mr. Jedidiah Tyson vor und musterte die Picketts ebenso interessiert, wie es Ned Hawkins bei ihrer Ankunft im Hart and Hound ebenfalls getan hatte.

„Ah! Willkommen im Golden Feather", sagte er in schmeichelndem Ton, da er offenbar zum gleichen Schluss gekommen war, wie ihr eigener Gastgeber. „Was kann ich für Euch tun? Ihr benötigt sicher ein Zimmer, ja?"

„Nein, vielen Dank", sagte Julia. „Wir wohnen im Hart and Hound auf der anderen Straßenseite. Aber man sagte uns, dass es hier jeden Mittwoch eine Gesellschaft gäbe und würden uns gern in die Abonnementliste eintragen, wenn das möglich ist."

„Natürlich, natürlich!" In der Erwartung, einen Eintrag für eines der Zimmer seines Hauses vornehmen zu müssen, hatte Mr. Jedidiah Tyson bereits das Register des Gasthauses unter der Theke hervorgeholt. Wenn er sich von der

Erkenntnis, dass er sich mit dieser Annahme geirrt hatte, enttäuscht fühlte, zeigte er es nicht; er schob nur das Register wieder an seinen Platz und verließ seinen Standort hinter der Theke, um mit einer Hand auf die große Treppe zu zeigen. „Wenn Ihr mir bitte folgen würdet?"

Das taten sie und fanden sich bald in einem Raum direkt darüber, einem großen Raum, der über ein erhöhtes Podium an einem Ende verfügte, jedoch nicht über Möbel außer einem Rednerpult, das direkt an der Tür aufgestellt war, und etwa einem Dutzend steifer Stühle, die an den Wänden standen. Pickett musterte diese mit der niederdrückenden Überzeugung, dass, sollte der Brief sich als ausreichend wichtig erweisen, seine längere Anwesenheit in Banfell zu erfordern, es sein Schicksal sein würde, einen dieser Stühle für den größeren Teil jedes Mittwochabends bis zu ihrer Rückkehr nach London zu besetzen. Mr. Tyson griff hinter das Rednerpult, um ein zweites Register aus dem eingebauten Fach zu ziehen.

„Wir haben auch gelegentlich improvisierte Lesungen oder Gedichtvorträge, doch sind diese nicht ebenso beliebt wie die Tanzabende", sagte Tyson, der anscheinend das Gefühl hatte, dass die Anwesenheit eines Rednerpults in einem zum Tanzen bestimmten Raum erklärungsbedürftig wäre. Er blätterte eine Seite mit Unterschriften nach der anderen um, bis er die fand, die er gesucht hatte, die erste mit leeren Zeilen. „Aha, da wären wir! Die Eintrittskarten für die Gesellschaft in dieser Woche kosten jede eine halbe Guinea."

Pickett war sich über seine Pflichten im Klaren und tastete in seiner Tasche nach der erforderlichen Münze, während Julia „Mr. und Mrs. John Pickett" auf die Zeile schrieb, auf die Mr. Tyson deutete – eine Tätigkeit, die der ehrgeizige Wirt mit Entzücken verfolgte und sich schadenfroh die Hände bei der Aussicht rieb, seinem Konkurrenten auf der anderen Straßenseite hochwohlgeborene Gäste (nun, jedenfalls einen hochwohlgeborenen Gast) abspenstig zu machen, wenn auch nur für einen Abend.

„Der Tanz beginnt pünktlich um acht und endet Schlag Mitternacht", teilte Tyson ihnen mit und warf Pickett einen Blick von der Seite zu. „Natürlich, wenn es geschehen sollte, dass ein Gentleman ein wenig zu sehr Gefallen an meinem Keller findet, von dem man sagt, er wäre ausgezeichnet – wobei ich sage, nicht ganz so, wie er sollte – halte ich immer ein paar leere Zimmer für solche Fälle bereit."

„Das muss man ihm wirklich lassen", meinte Pickett zu Julia, nachdem sie das Golden Feather verlassen hatten und sich auf dem Pfad befanden, den Ned Hawkins ihnen am Tag zuvor von ihrem Fenster aus gezeigt hatte. „Das Hart and Hound findet seine Kundschaft durch die Postkutschen und die Linienkutsche von Penrith, daher hat Tyson einen Weg gefunden, direkt unter Mr. Hawkins' Nase Gäste in sein eigenes Haus zu locken. Trotzdem werde ich nicht trinken, was zufällig aus seinem Keller angeboten wird, ganz gleich, für wie ‚ausgezeichnet' man es hält."

„Oh?", fragte Julia. „Du denkst doch nicht an Lady Washbourns Pfirsich-Ratafia, oder?"

„Nein", sagte er und schauderte ein wenig bei der Erinnerung an seinen letzten Fall und den Preis, den dieser beinahe von seiner Ehe gefordert hatte. „Doch unser Freund

Tyson war ein wenig zu schnell dabei, diese so passend reservierten Zimmer zu erwähnen. Während ich keinen Grund habe, ihn zu verdächtigen, die Gäste des Hart and Hound zu vergiften, würde ich es ihm durchaus zutrauen, etwas in die Getränke zu tun, das sie lange genug außer Gefecht setzen könnte, um sie dazu zu zwingen, die Nacht bei ihm zu verbringen."

„Also gut, dann werden wir die Befriedigung eines Bedarfs an flüssigen Erfrischungen hinausschieben, bis wir zum Hart and Hound zurückgekehrt sind", folgerte Julia. „Und wo ich davon spreche, ich denke nicht, dass wir die Gedichtlesungen bei Lizzies Dichter erwähnen sollten, meinst du nicht auch?"

„Nein, aber vielleicht wäre es nicht falsch, Ned Hawkins darüber etwas ins Ohr zu flüstern. Vielleicht möchte er das dem Kerl selbst erzählen."

Julia nickte weise. „Vielleicht würde er den Verlust des Dichters als Gast für einen kleinen Preis für den Erhalt der Tugend seiner Tochter halten. Ja, ich verstehe, was du meinst."

Das Dorf Banfell lag in einem langen, engen Tal, mit dem Ban Lake am südlichen Ende und dem Fluss Ban als östliche Grenze. Der Fußweg, den sie jetzt entlang gingen, schlängelte sich um eine Baumgruppe, nicht mehr in Sichtweite des Gasthofs, und verschwand dort, wo das Tal oben auf einem Felsen mit Blick über den Fluss plötzlich endete. Das Rauschen des Wassers war weit unten zu hören und eine gewölbte Brücke aus grauem Stein war über der Schlucht erbaut worden, um Zugang zu dem steil ansteigenden Boden auf der anderen Seite und einem unebeneren Weg zu ermöglichen, der vermutlich zum Gipfel des Fjells führte, der sowohl dem Fluss als auch dem Dorf seinen Namen gegeben hatte. In der Nähe gab es einen Pfad, auf dem weniger Wagemutige ihren Weg nach links fortsetzen konnten, der auch am Rande der Klippe entlang ging und den Biegungen des Flusses folgte, oder einen schmaleren Pfad nach rechts folgen, der in der Nähe des Wasserfalls anstieg.

„Sollen wir hier anhalten?", schlug Pickett vor, nicht willens, Julia weiter gehen zu lassen, bevor sie nicht besser wussten, auf welche Schwierigkeiten sie stoßen könnten. Er erinnerte sich an die beiden Damen mittleren Alters mit ihren kräftigen Stiefeletten und dachte, sie könnten sich als nützliche Quelle für diese Informationen erweisen.

„Ja, dies ist ein schöner Platz für ein Picknick", stimmte Julia zu. „Wir können die Wasserfälle von hier aus sehen, ohne einander anschreien zu müssen, um über den Lärm hinweg gehört zu werden."

Pickett stellte den Korb ab, damit sie die Decke unter einem Baum in der Nähe ausbreiten konnten. Nachdem das erledigt war, stellte er den Korb in die Mitte der Decke, woraufhin Julia sich auf die Knie niederließ und Brot, Käse, das versprochene kalte Huhn und – das Beste zuletzt – eine Flasche Wein und zwei Gläser auspackte. Es war Picketts Aufgabe, diese letzte Gabe mit dem Korkenzieher, den Mrs. Hawkins in weiser Voraussicht zur Verfügung gestellt hatte, zu öffnen, und er trat dazu von ihrer Picknickdecke weg, da er nicht riskieren wollte, Flecken darauf zu machen. Dies erwies sich als weise Entscheidung, denn der Korken zeigte wenig

Lust, sich entfernen zu lassen, und als er endlich der überlegenen Kraft nachgab, spuckte die Flasche ihren Inhalt aus, durchnässte Picketts Rockärmel bis zum Ellbogen und ließ Julia in lautes Gelächter ausbrechen.

„Oh, das findest du also komisch?", warf er ihr vor, aber seine Empörung wurde von seinem eigenen, eher verlegenen Grinsen Lügen gestraft.

„Ja", war ihre reuelose Antwort. „Wenn du dein Gesicht gesehen hättest!"

„Du wirst nicht lachen, wenn es sich im Gasthof herumspricht, dass dein Ehemann ein Trottel ist", sagte er voraus und versuchte ohne allzu viel Erfolg, die Flüssigkeit aus seinem Rockärmel zu wringen.

„Zumindest kannst du sicher sein, im Golden Feather einen Unterschlupf zu finden", bemerkte Julia scherzend. „Und es könnte dir helfen, dein Inkognito zu wahren, denn niemand würde vermuten, dass du in der Bow Street beschäftigt bist. Zumindest würde ich nicht *glauben*, dass es allzu viele Bow Street Läufer mit einer Neigung zum Trunk gibt."

„Nein, so etwas überlassen wir den Charleys in den Wachhäuschen."

„Ich bin erleichtert, das zu hören. Wenn wir in das Gasthaus zurückkommen, werden wir Mrs. Hawkins bitten zu sehen, was sie tun kann, um deinen Rock zu säubern, aber inzwischen kannst du ihn jedenfalls ausziehen und zum Trocknen hinlegen. Es ist niemand hier, der dich in Hemdsärmeln sehen würde."

Das war zweifellos richtig, denn ihre Umgebung war so

abgelegen, wie sich ein liebendes Paar nur wünschen konnte. Pickett zog den Rock aus und legte ihn auf das Gras, um sich dann in Hemdsärmeln zum Essen hinzusetzen. Nachdem sie alles verspeist und einen guten Teil des Weins getrunken hatten (oder doch so viel, wie der Flut entkommen war), holte Julia einen Zeichenblock und Stifte heraus, während Pickett seinen feuchten Rock zusammenrollte, um ein Polster für seinen Kopf zu haben, dann den Hut über die Augen zog, sich auf der Decke ausstreckte und den ungewohnten Luxus eines Mittagsschläfchens genoss. Sie verbrachten den größten Teil einer Stunde in geselligem Schweigen, ohne Geräusche, die die Stille störten, außer dem Gurgeln des Flusses unten und, dem Kratzen von Holzkohle auf Papier in der Nähe.

„Julia", sagte Pickett nachdenklich, und durchbrach das Schweigen, „was sollen wir ihm erzählen?"

„Wem erzählen?", fragte sie, obwohl sie es bereits wusste. Als sie trotz aller feststehender Sitten der Welt, in der sie beide lebten, geheiratet hatten, war das in der beiderseitigen Annahme geschehen, dass, da sie unfruchtbar war, kein unschuldiges Kind unter ihrer Entscheidung zu leiden haben würde. Die Entdeckung ihrer Schwangerschaft, so willkommen sie auch war, hatte diese Ausrede zunichtegemacht. Und während Julia vielleicht für sich selbst den Verlust ihrer Welt im Austausch gegen Liebe für wohlfeil hielt, wollte sie doch, dass ihr Kind auf eine Art aufwachsen sollte, dass es vielleicht wieder Zutritt in die Gesellschaft fände, der sie freiwillig den Rücken gekehrt hatte. Daher ihre verstohlene Bitte an ihre Schwester und ihren Schwager.

„Das Baby", sagte Pickett. „Eines Tages wird es den

Unterschied zwischen seinen Eltern bemerken – und wenn es das nicht tut, kannst du sicher sein, dass ein anderes Kind es darauf aufmerksam machten wird. Kinder können grausam zueinander sein, wie du weißt." Ein Schatten huschte über sein Gesicht und sie fragte sich erneut, wie sein Leben wohl gewesen war, bevor Mr. Colquhoun eingegriffen hatte. „Also was wollen wir ihm sagen?"

„Wir werden ihm sagen …" Sie hielt lange genug inne, um den Hut von seinem Gesicht zu nehmen und sich zu ihm zu beugen und ihn zu küssen. „… dass seine Eltern einander genug liebten, um alles aufzugeben, nur, um beieinander sein zu können. Ich versichere dir, viele Kinder im Adel würden es um ein solches Erbe beneiden, ganz gleich, was er anderes sagen könnte."

„‚Er'?", wiederholte Pickett. „Du klingst sehr sicher, dass es ein Junge sein wird."

„Gar nicht. Aber ich gehe davon aus, dass ein Junge in eine Schule geschickt wird – wo er durchaus auf die Art von Grausamkeit stoßen könnte, die du befürchtest – während ein Mädchen zumindest bis zu einem gewissen Grad davor geschützt werden kann, indem sie zu Hause erzogen wird. Trotzdem würde mir ein Mädchen eigentlich mehr leidtun."

„Weil sie keine Mitgift haben wird", stellte Pickett fest.

„Nein", sagte sie, hin und her gerissen zwischen Verzweiflung und Erheiterung. „Weil sie nie einen Mann wird finden können, der ihrem Papa das Wasser reichen könnte."

Pickett betrachtete sie mit einer Mischung aus Hoffnung und Angst. „Du glaubst also nicht, dass es mich verachten wird?"

„Lieber Himmel, nein! Es wird mit der Geschichte aufwachsen, wie Papa Mama vor dem Galgen bewahrt hat. Ich wage zu behaupten, dass es seine liebste Gutenachtgeschichte werden wird, und sie wird mit den Jahren so ausgeschmückt werden, dass du dich schließlich kaum mehr selbst erkennen wirst."

„Hmm", sagte Pickett und dachte mit überraschter Befriedigung über diese Vision seines väterlichen Selbst nach.

„Also wenn es das war, das dir Sorgen machte, beruhige dich und schlafe wieder ein", sagte Julia und ließ den Hut wieder über sein Gesicht gleiten. „Ich möchte damit fertig werden, den Wasserfall zu skizzieren, bevor der Fjell seinen Schatten darauf wirft."

Nicht lange, und der stetige Rhythmus seines Atems sagte Julia, dass er diesen Rat befolgt hatte, und sie hatte ihre Zeichnung fast vollendet, als sie bemerkte, dass sie nicht mehr allein waren. Zwei Männer waren weit voraus auf dem rauen Weg, der zum Wasserfall führte, erschienen; ihre Gestalten waren nur schwarze Silhouetten vor der Sonne hinter ihnen. Julia beobachtete sie einige Zeit und überlegte, ob sie sie ihrer Zeichnung hinzufügen sollte oder nicht. Würde die Anwesenheit menschlicher Gestalten von der Schönheit der Landschaft ablenken, fragte sie sich, oder würde ihre Hinzufügung die Zeichnung tatsächlich verbessern, indem sie einen Eindruck der Höhe des Wasserfalls und der Größe der dahinter liegenden Fjells vermittelten? Sie entschied sich zugunsten des Letzteren und wollte ihren Stift schon wieder auf das Papier setzen, als es plötzlich eine abrupte Bewegung zum Rand der Klippe gab und nur noch eine Gestalt blieb.

Es war so schnell passiert, dass Julia hätte denken können, dass sie es sich nur eingebildet hätte, wenn sie nicht zuvor mehrere Minuten damit verbracht hätte, sich über die Wirkung der beiden Gestalten auf ihre Zeichnung Gedanken zu machen. Aber nein, es waren mit Sicherheit zwei dort gewesen, wo jetzt nur noch eine stand – eine dunkle Silhouette, die gerade weiter von dem steilen Abgrund zurücktrat.

„John!", Obwohl sie viel zu weit weg war, als dass diese anonyme Gestalt sie hätte hören können, flüsterte sie nur, als sie Pickett an der Schulter rüttelte. „John, wach auf!"

„Äh – was …?" Obwohl er schlaftrunken war, erkannte er doch die Dringlichkeit in ihrer Stimme und schob den Hut von seinen Augen. „Was ist los?"

„John, ich glaube, ich habe gerade einen Mord gesehen!"

4

*In dem John Pickett eine Leiche untersucht
und Julia ein Opfer bringt*

Jede Spur von Schläfrigkeit verschwand. Ohne seinen Kopf
von dem provisorischen Kissen zu heben, drehte Pickett
sich in die Richtung um, in die sie starrte. Ein paar Hundert
Yards vor ihnen beugte sich die dunkle Silhouette eines
Mannes hinab und hob etwas auf, was aus dieser Entfernung
wie ein langer Stock aussah, richtete sich gerade auf, hob ihn
an seine Schulter und ...

„*Runter*!" Pickett packte Julia am Handgelenk und riss
sie zu Boden. Sie fiel mit genug Schwung über seine Brust,
dass es ihm die Luft aus den Lungen presste und im selben
Moment regnete ein Schauer von Splittern aus dem Baum
hinter ihnen herab.

„John – war das – hat er ...?"

„Ja – nein, bleib unten", sagte Pickett, der noch immer
nach Atem rang. Der Mann hatte nicht gewartet, um zu sehen,
ob seine Kugel ihr Ziel getroffen hatte, sondern eilte auf den
Pfad zum Wasserfall zu, vermutlich in die Richtung, aus der

er und sein Kamerad gekommen waren.

„Er – er hat den anderen Mann von der Klippe gestoßen", sagte Julia und reagierte verspätet mit einem Zittern. „Sie waren zu zweit und ich versuchte zu entscheiden, ob ich sie in meine Zeichnung aufnehmen sollte, und plötzlich stand er am Rand dort und der andere war – weg. Es geschah so schnell – es war fast, als wäre gar nie ein zweiter Mann dort gewesen, als ob ich mir das Ganze nur eingebildet hätte."

„Der Schuss war keine Einbildung", sagte Pickett und sah zu dem Baumstamm auf, dessen Rinde eine blasse, gezackte Narbe aufwies, die zuvor nicht dort gewesen war.

„Also was machen wir nun?", fragte Julia.

„Ich schätze, ich sollte mir einen Weg nach unten zum Fluss suchen", sagte Pickett. Niemand stand jetzt auf dem Weg zum Wasserfall, daher kroch er unter ihr hervor und erhob sich vorsichtig. Nachdem er sich davon überzeugt hatte, dass sie wenigstens einstweilen allein waren, nahm er ihre Hand und zog sie auf die Beine, hob dann seinen Rock auf und schüttelte ihn aus. Ein Ärmel war noch feucht und roch ziemlich stark nach Wein, doch er zog ihn trotzdem über. „Zuerst sollte ich besser die Kugel aus dem Baum holen, um sie als Beweis aufzubewahren. Ich möchte nicht, dass er – wer auch immer er sein mag – zurückkommt und den Tatort verändert."

Julia warf einen nervösen Blick den Weg hinauf. „Glaubst du, dass er das tun wird? Zurückkommen, meine ich?"

„Ich weiß es nicht, aber ich gehe kein Risiko ein." Er benutzte die Spitze des Korkenziehers, um die verschossene

Kugel aus dem Baumstamm zu holen – eine Operation, die unglaublich viel Zeit in Anspruch zu nehmen schien, während sie so dem Mörder, der sich vielleicht dazu entschließen mochte, zum Ort des Verbrechens zurückzukehren, ausgeliefert waren.

„Ich verstehe das nicht", sagte sie unsicher. „Wenn er eine Waffe hatte, warum hat er dann den anderen Mann von der Klippe gestoßen? Warum hat er ihn nicht einfach erschossen?"

Pickett sah lange genug von seiner Aufgabe auf, um sie sanft zu tadeln. „Denk nach, Julia. Wenn eine Leiche mit einer Kugel in der Brust gefunden wird, die offensichtlich aus nächster Nähe abgefeuert wurde, handelt es sich eindeutig um einen Mordfall. Doch ich schätze, wenn wir die Leiche am Fuße des Felsen finden, wird sie keine Verletzungen haben, die nicht die Folge eines versehentlichen Sturzes sein könnten – und das, könnte ich wetten, passiert in dieser Gegend häufig genug, dass niemand darauf käme, Fragen zu stellen."

„Und trotzdem hat er auf mich geschossen", stellte sie etwas scharf fest.

„Erst, nachdem ihm klar geworden war, dass er gesehen wurde."

Sie hob eine zitternde Hand an ihre Stirn. „Natürlich. Ich hätte es wissen müssen – ich fürchte, ich denke nicht sehr klar."

„Und wer könnte dir das verdenken? Ich bin selbst ein bisschen verwirrt wegen des Gewehrs. Die Jagdsaison hat doch noch nicht begonnen, oder?"

Sie schüttelte den Kopf. „Sie beginnt am zwölften

August, also erst in zwei Monaten."

„Könnten das dann Wilderer gewesen sein? Oder hatte vielleicht der Mann mit dem Gewehr gewildert und als der andere Mann ihn zur Rede stellte, wurde er deshalb getötet?"

Julia dachte zurück. „Das scheint einen Sinn zu ergeben, aber dennoch – dennoch wirkten sie so – so wie gute Bekannte, die beiden! In ihrer Haltung war keine Spur von Feindseligkeit und es gab auch nicht den Anschein eines Streits – jedenfalls nicht, dass ich es aus der Entfernung hätte sehen können."

Schließlich gab der Baumstamm seine Gefangene heraus. Pickett ließ die leicht verformte Bleikugel in die Innentasche seines Rocks fallen und trat zurück, um das Ergebnis seiner Arbeit zu mustern. Seine Operation hatte nicht dazu beigetragen, die Narbe in dem hellen, gesplitterten Holz, das hinter der aufgerissenen Baumrinde zum Vorschein kam, zu verschönern, aber das ließ sich nicht ändern; er würde nur hoffen können, dass es niemandem auffiele oder wenn doch, dass niemand sich darüber Gedanken machen würde. Im Moment jedoch lag irgendwo am Fuße dieser Klippe eine Leiche, die seiner Aufmerksamkeit bedurfte.

„Ich fürchte, du wirst mich begleiten müssen, Schatz", sagte er entschuldigend zu Julia. „Ich wage nicht, dich hier allein zu lassen; nach allem, was wir wissen, könnte er hinter der Kurve lauern und auf eine Gelegenheit warten, um zurück zu kommen und nachzusehen, ob alle Zeugen beseitigt worden sind."

Sie schauderte bei der Vorstellung. „Glaube mir, ich will bestimmt nicht zurückgelassen werden!"

„Ja, aber es könnte ein schwieriger Weg werden", warnte Pickett. „Es ist ein langer Weg nach unten, und der Pfad wird bestimmt steil sein."

„Du vergisst, dass ich auf dem Land aufgewachsen bin", sagte Julia blass, aber entschlossen. „Ich werde mithalten, ich verspreche es."

Sie hielt Wort. Der einzige Weg die Klippe hinunter war genauso rau und steil, wie Pickett befürchtet hatte. Er war eher für Wanderer und Forellenfischer geeignet, die zweifellos den größten Teil des Verkehrs ausmachten, als für eine adlige Dame in einem heiklen Zustand. Julias Kindheit im Westen des Landes kam ihr jedoch zugute, und da Pickett ihr über die schlimmsten Stellen half oder den Ginster festhielt, wenn er nach ihren Röcken schnappte, schafften sie es beide sicher bis an den Fuß der Klippe, wo das Wasser auf seinem Weg zum See weiter flussabwärts vorbeirauschte.

„Es ist wunderschön, nicht wahr", bemerkte Julia, als sie einen Moment Pause machten. „Welche Art von Mensch sieht eine solche Landschaft und nimmt sie nur als Mittel für einen Mord wahr?"

„Vielleicht können wir uns das besser vorstellen, wenn wir erst die Leiche gefunden haben", sagte Pickett. Als ob sie dieser Idee zustimmen wollte, sprang plötzlich eine Forelle aus dem Wasser, ein Aufblitzen bräunlicher Schuppen, das ebenso plötzlich verschwand, wie es aufgetaucht war. Als ihm einfiel, dass sein Richter ein begeisterter Angler war, bemerkte er: „Mr. Colquhoun würde sich wünschen, hier zu sein."

Julia schnitt eine Grimasse, ihre Gedanken waren

deutlich noch bei der Gewalttat, die sie mitangesehen hatte. „Ich würde ihm gern meinen Platz überlassen."

„Danke Schatz, aber nein, wirklich! So sehr ich ihn respektiere, ich habe keine Lust, mit Mr. Colquhoun auf Hochzeitsreise zu gehen."

Sie lachte etwas zittrig und Pickett nahm ihre Hand und zog sie durch seinen Arm, froh, sie abgelenkt zu haben, wenn auch nur für einen Augenblick.

Doch leider lagen noch größere Schwierigkeiten vor ihnen. Der Pfad hatte sie ein Stück flussabwärts von ihrem Picknickplatz geführt, und die Stelle, an der Julia die beiden Männer gesehen hatte, lag noch weiter entfernt, das hieß, sie würden dem Fluss eine Strecke flussaufwärts folgen müssen, bevor sie bei der Leiche ankämen. Jedoch war das Ufer sehr schmal, so schmal, dass an manchen Stellen das Wasser direkt an den Felsen schlug.

„Bleib hier", sagte Pickett und zog sich die Schuhe aus. „Ich komme zurück, so schnell ich kann."

„John, aber du wirst doch vorsichtig sein, ja?"

„Versprochen." Er trat barfuß in das Wasser und schnappte nach Luft. „Brrr! Es ist so kalt!"

„Ich wärme dich auf, wenn wir wieder im Gasthof sind", sagte sie und obwohl sie tapfer lächelte, war nur wenig von der koketten Art zu spüren, die normalerweise ein solches Versprechen begleitet hätte.

„Ich nehme dich beim Wort", antwortete Pickett und begann, sich seinen Weg gegen den Strom zu bahnen.

Er hatte keine Ahnung, wie lange er gewatet war – vielleicht fünfzehn Minuten? Zwanzig? – aber endlich stieß er auf etwas Rundes in Braun und Grau, halb im Wasser und halb am schmalen Flussufer. Pickett hätte es für einen Felsen halten können, wenn nicht die Schöße des altmodischen Rocks gewesen wären, die in der Strömung zappelten – und die breiten Schultern, die sich in schnellen, flachen Atemzügen hoben und senkten. Irgendwie, durch ein Wunder, lebte der Mann noch. Wie lange noch konnte man jedoch kaum absehen. Ohne darauf zu achten, wie sehr das Wasser aufspritzte, beschleunigte Pickett seine Schritte und trat bald neben dem Mann ans Ufer. Von diesem Standort aus konnte er sehen, dass ein Bein in einem unnatürlichen Winkel hervorstand.

„Es ist alles in Ordnung", sagte Pickett beruhigend, doch noch während er diese Worte aussprach, wurde ihm klar, wie absurd das klang. Es war alles andere als „in Ordnung"; selbst, wenn es möglich gewesen wäre, eine Bahre zu dem Mann herunter zu bringen, war die Chance, dass er den Weg zurück auf die Felsen überlebte, ohne entweder seinen Verletzungen zu erliegen oder von seinen Trägern fallen gelassen zu werden, gering bis nicht vorhanden. Trotzdem wusste Pickett es besser, als einem Sterbenden diese Möglichkeiten darzulegen.

„Es ist alles gut", sagte er erneut. „Ihr seid nicht allein."

„Was – wer ist da?" Die Stimme war ein bloßes Flüstern, doch schien der Mann bei vollem Bewusstsein zu sein.

„John Pickett. Ich bin ein Besucher aus London. Ich möchte Euren Kopf ein wenig weiter vom Wasser wegziehen, wenn ich darf. Wird es schmerzen, wenn ich Euch umdrehe?"

„Glaube – glaube nicht. Ich kann – kann meine Beine

nicht fühlen."

Dies war ein sehr schlechtes Zeichen, wie Pickett wusste, doch ein Blick auf die verdrehten Gliedmaßen sagte ihm, dass es vielleicht das Beste wäre. Der Mann würde sehr wahrscheinlich auf jeden Fall sterben; zumindest würde ihm so qualvoller Schmerzen erspart bleiben, die sonst unerträglich hätten sein müssen. Der Mann wog mit Sicherheit gute fünfzig Pfund mehr als Pickett, doch er packte ihn sich, so vorsichtig er konnte, auf den Rücken und achtete darauf, den Kopf aus dem Wasser zu halten. Als er das zerschlagene Gesicht sah, erlitt er einen Schock.

„Mr. Hawkins?", fragte er. „Ned Hawkins?"

Der Wirt bejahte mit einem winzigen Flackern der Augenlider. „John Pickett von der Bow Street."

„Ja, Sir." Wiederholte er nur die Informationen, die Pickett ihm gegeben hatte, als er und Julia sich in das Register des Gasthauses einschrieben, oder wollte er etwas ganz anderes damit sagen? Ein Blick auf Ned Hawkins' aschfahles Gesicht sagte Pickett, dass ihm nicht viel Zeit blieb, um das herauszufinden. „Wart Ihr es, der nach mir geschickt hat?", fragte er eindringlich.

„Rief ..." Er verstummte und sog rasselnd Luft ein.

„Habt Ihr um einen Läufer aus der Bow Street geschickt?", wiederholte Pickett.

„Rief ..." Die Worte verblassten zu einem Flüstern.

„Wer hat gerufen?", fragte Pickett, in dessen Stimme ein Hauch der Verzweiflung mitschwang.

„Nein – in meiner – in meiner Tasche – rief – rief –" Die Stimme verstummte und die hellblauen Augen wurden starr.

Ned Hawkins war tot.

Rief, hatte er gesagt. *Rief.* Aber wer und was hatte gerufen? Wer auch immer und was auch immer, es war Ned Hawkins wichtig genug gewesen, dass er seinen letzten Atemzug auf den Versuch verwandt hatte, dies mitzuteilen. Es hätte sich auf Mrs. Hawkins beziehen können, doch das würde voraussetzen, dass sie etwas wusste, mit dem Pickett tatsächlich etwas würde anfangen können. Oder vielleicht hatte er seine Tochter gemeint und er wollte Lizzie und ihren Dichter rufen – obwohl es ein Rätsel war, welchen Einfluss er dachte, dass Pickett in diesem Fall ausüben könnte. Hawkins hatte jedoch auch von seiner Tasche gesprochen, und in gewisser Hinsicht ließ das vermuten, dass dies etwas Licht auf das Geheimnis werfen könnte.

Es schien irgendwie falsch, die Taschen eines Toten zu durchsuchen, während der Körper noch warm war, doch der tote Mann hier hatte ihm irgendwie ja die Erlaubnis erteilt. Außerdem, wenn er den Tod erst gemeldet hätte, würde er kaum eine erneute Gelegenheit bekommen. *Wer nichts wagt, gewinnt nichts,* dachte Pickett und griff in den Rock des Mannes. Seine geschickten, als Taschendieb geübten Finger fanden die Brusttasche und glitten hinein. Unter seinen Fingerspitzen knisterte Papier, und er zog ein gefaltetes Blatt heraus, das mit rotem Wachs versiegelt war und in das ein Wappen mit dem Bild einer merkwürdig geformten Harfe gepresst war. Er drehte ihn um und stellte fest, dass er den Namen (leicht verschmiert) eines James Sullivan trug, zusammen mit einer Adresse in Dublin.

Also nicht „rief", sondern Brief? Das erklärte noch

immer nicht viel. Hatte Hawkins ihn gebeten, dafür zu sorgen, dass der Brief zugestellt würde, oder ihn gedrängt, ihn aufzuhalten? Er schaute zu dem Toten hinab, doch in seinen glasigen Augen stand keine Antwort. Eine rasche Suche in den anderen Taschen ergab nichts außer ein paar Kupfermünzen und einem silbernen Shilling, nichts, was Pickett im Geringsten interessiert hätte. Unterdessen wartete Julia auf ihn und Pickett war sich keineswegs so sicher, dass sie, wenn er zu lange zögerte, nicht käme, um nach ihm zu suchen. Er widerstand der Versuchung, die starren Augen zu schließen – es wäre nicht gut, jemanden wissen zu lassen, dass bereits jemand die Leiche gesehen hatte, geschweige denn, den Körper berührt – und steckte den Brief in seine eigene Brusttasche, um dann wieder ins kalte Wasser zu steigen. Er drehte sich wieder zu dem toten Mann um, formte seine Hände zu einer Schale und schöpfte Wasser auf das Ufer, um jeden Fußabdruck zu verwischen, die er vielleicht hinterlassen hatte. Schließlich, befriedigt, dass keine Spur seiner Anwesenheit verblieben war – keine Spur, hieß das, außer dem Fehlen des Briefs – watete er wieder den Fluss hinab zu Julia.

„Nun?", fragte sie drängend. „Hast du ihn gefunden?"

„Ja", sagte er knapp. „Es war Ned Hawkins, unser Gastwirt."

„Oh", sagte sie schwach. „War er – war er tot?"

Er schüttelte den Kopf. „Zuerst noch nicht. Jetzt aber schon."

„Oh", sagte sie erneut. „Ich kann nicht umhin zu denken, dass es besser für ihn gewesen wäre, gleich zu sterben. Ich hasse es, daran denken zu müssen, dass er dort mit Schmerzen lag und nicht wusste, wann jemand ihm zu Hilfe kommen würde …" Sie brach schaudernd ab.

„Es war überhaupt nicht so", sagte Pickett schnell und wollte nicht, dass sie sich Schreckliches vorstellte. „Ich glaube, seine Wirbelsäule war verletzt. Er sagte, er könnte seine Beine nicht fühlen, daher litt er nicht so sehr Schmerzen, wie er es sonst vielleicht getan hätte. Und was das Alleinsein angeht, am Ende war ich ja bei ihm. Ich konnte zwar nicht viel tun, doch er schien noch einen letzten Wunsch zu haben und ich werde mein Bestes tun, ihm diesen zu erfüllen."

„Einen letzten Wunsch? Was war es?"

Er seufzte. „Ich wünschte, ich wüsste es." Während er die Strümpfe über seine nassen Beine zog, erzählte er ihr von den letzten rätselhaften Worten des Gastwirts über einen Brief, einschließlich seines eigenen Missverständnisses, und von dem versiegelten Schreiben, das jetzt in seiner eigenen Tasche steckte. Fast wünschte er, er hätte ihr erlaubt, ihn trotz ihres Zustands zu begleiten; sie hätte vielleicht etwas bemerkt oder eine Bedeutung für die Worte erkannt, die ihm entgangen waren.

„Ich frage mich, was darin steht. Der Brief muss wichtig sein, wenn er mit seinem letzten Atemzug noch davon gesprochen hat." Etwas in Picketts Gesichtsausdruck musste ihn verraten haben, denn sie sagte vorwurfsvoll: „John! Du hast doch nicht vor, die Post eines anderen zu lesen?"

„Ich muss es tun", beharrte er. „Wie sonst soll ich wissen, was er damit tun wollte?"

„Ich verstehe", sagte sie nachdenklich und musterte ihn

aus schmalen Augen. „Du glaubst, es war Mr. Hawkins, der den Brief in die Bow Street geschickt hat."

„Ich halte es für sehr wahrscheinlich. Er konnte mich zuerst nicht sehen – er lag mit dem Rücken zu mir – doch erst, nachdem ich meinen Namen genannt hatte, begann er, über den Brief zu sprechen. Auf jeden Fall will ich versuchen, es herauszufinden. In der Zwischenzeit sollten wir besser zu unserem unterbrochenen Picknick zurückkehren."

„Sollten wir nicht zuerst den Friedensrichter benachrichtigen? Oder zumindest wieder in den Gasthof gehen und es Mrs. Hawkins erzählen?"

„Das dürfen wir nicht", sagte er mit einem Seufzer. „Ich weiß, dass es grausam klingt, ihn hierzulassen, doch ich darf keine unerwünschte Aufmerksamkeit auf mich lenken, nicht, solange ich nicht weiß, wer nach mir geschickt hat und warum. Ich tappe hier im Dunkeln, Julia. Jemand hier weiß, wer ich bin und warum er mich herbestellt hat, aber ich weiß nicht, wer es ist oder was ich für ihn tun soll. Was immer es auch sein mag, es war anscheinend heikel genug – oder gefährlich genug – dass es nicht schriftlich erklärt werden konnte. Noch ist Hawkins das Risiko eingegangen, seinen Namen darunter zu setzen – falls es Hawkins gewesen ist, der den Brief geschickt hat, was keinesfalls sicher ist. Es ist eine unangenehme Lage, um das Mindeste zu sagen."

„Aber Hawkins ist jetzt tot", stellte sie fest. „Was immer vor sich geht und wer immer dahintersteckt, sie können ihm nicht mehr schaden."

„Nein, aber mir schon", sagte er unverblümt. „Schlimmer, sie können mich noch mehr treffen, indem sie dir etwas zufügen. Deshalb darf ich niemanden wissen lassen, dass ich unten am Fluss war und die Leiche gesehen habe."

„Damit wird Mrs. Hawkins weiter warten und sich sorgen, und sich fragen, warum ihr Mann nicht nach Hause kommt."

„Ich fürchte, ja. Es klingt hart, ich weiß, aber indem ich jetzt schweige, könnte ich fähig sein zu entdecken, wer dies getan hat und warum. Könntest du ihn überhaupt beschreiben – den Mann, der Hawkins gestoßen hat, meine ich? Ich fürchte, ich habe nicht viel sehen können – es war ja schon vorbei, als ich aufwachte, und der Kerl war bereits auf der Flucht."

„Nein, ich hatte nicht einmal Hawkins erkannt und hatte die beiden doch einige Zeit beobachtet, weil ich mich zu entscheiden versuchte, ob ich sie auf meiner Zeichnung abbilden sollte oder nicht. Doch ich sah sie nur als Silhouette, weißt du, weil die Sonne hinter ihnen stand."

„Du könntest nicht sagen, ob er groß oder klein war, dünn oder dick?"

„Ich würde sagen, dass Mr. Hawkins und sein Angreifer ungefähr gleich groß waren, aber das ist nur ein Eindruck. Es liegt auf der Hand, nicht wahr, dass ein schmächtiger Mann Mr. Hawkins nicht so fest hätte stoßen können, dass er über den Rand flog? Schließlich ist er – war er – selbst recht stämmig."

Pickett gab keine Antwort außer einem unverständlichen Brummen, und Julia, die sich darauf konzentrierte, einen Fuß vor den anderen zu setzen, während sie den steilen Pfad hinaufkletterten, fand nichts Ungewöhnliches daran.

Schließlich erreichten sie den sanfteren Hang oben auf dem Weg und kehrten zum Gasthaus zurück. Julia dachte sich noch immer nichts weiter wegen seines untypischen Schweigens, sie nahm nur an, dass er über die unerwartet tragische Wendung nachdachte, die ihr Ausflug genommen hatte. Als sie die Schankstube betraten, war Julia erleichtert, dass sie keine Spur von Mrs. Hawkins hinter der Theke sah; da sie sich mit den Wünschen ihres Mannes über die Information der Witwe abgefunden hatte, war sie froh, dass sie der Frau nicht ins Gesicht sehen musste, solange sie ihr dies verschwieg.

Wieder oben legte sie Haube und Pelisse ab, während Pickett, anscheinend noch immer durchgefroren von seinem Marsch durch den Fluss, ein Feuer im Kamin entzündete. Als die Flamme das Holz ergriffen hatte, erhob er sich, wischte seine Hände ab und drehte sich zu ihr um; da wurde ihr die Richtung seiner Gedanken plötzlich klar.

„Julia", sagte er mit der Miene einer Person, die zu einer unangenehmen, aber notwendigen Entscheidung gekommen ist, „ich denke, du solltest am besten nach London zurückkehren."

„Ohne dich zurückfahren?", fragte sie bestürzt. „Aber warum denn?"

Er starrte sie in verblüfftem Unglauben an. „Schatz, ein Mann ist ermordet worden."

„Ich habe dir schon früher bei Mordfällen geholfen", sagte sie logisch.

„Ja, aber in diesen Fällen warst du nicht die Zeugin eines Mordes. Diesmal hast du gesehen, wie es geschah, und der Mörder hat offensichtlich auch dich gesehen, andernfalls hätte er nicht auf dich geschossen."

„Aber daraus folgt nicht notwendigerweise, dass er weiß, wer ich bin. Schließlich könnte ich ihn nicht identifizieren; woher wollen wir wissen, ob er mich erkennen könnte?"

„Du konntest ihn nicht erkennen, weil die Sonne hinter ihm stand; aber sie stand nicht hinter dir."

Diese Binsenwahrheit konnte Julia nicht leugnen, doch sie war trotzdem nicht zum Nachgeben bereit. „Wir sind angeblich in unseren Flitterwochen", erinnerte sie ihn. „Wie willst du erklären, dass du zurückbleibst, wenn ich nach London zurückkreise?"

Dies verschaffte ihr die Befriedigung, ihn ein paar Minuten auf den Dielen herumgehen zu sehen, während er über diese Frage nachdachte. Diese Befriedigung war leider nur von kurzer Dauer.

„Wir müssen uns streiten", sagte er schließlich. „Heute Abend, in der Schankstube, wo es jede Menge Zeugen geben wird. Dann kannst du morgen früh als Erstes mit der Postkutsche abreisen."

„Aber ich will nicht mit dir streiten", sagte sie düster. „Nicht einmal zum Schein."

Er hörte auf herumzulaufen und nahm sie in seine Arme. „Ich möchte mich auch nicht mit dir streiten", sagte er und wusste, dass sie wie er an ihren einzigen Streit dachte, der überhaupt nicht „nur zum Schein" gewesen war und zu den längsten – und fast letzten – sechsunddreißig Stunden seines Lebens geführt hatte. „Aber ich will auch nicht, dass du erschossen wirst. Himmel, Julia, wenn dir etwas zustieße …" Er brach ab und senkte den Kopf, um sein Gesicht in ihrer

Halsbeuge zu verbergen.

„Und es kommt dir nie in den Sinn, dass ich für dich das Gleiche empfinde?", fragte sie und strich ihm über die Haare. „Dass ich furchtbar unglücklich wäre, wenn ich allein in der Curzon Street herumlaufen müsste und nicht weiß, ob du in diesem Augenblick in einer Kutsche nach London sitzt, um zu mir nach Hause zu kommen, oder tot irgendwo in einem Graben liegst?"

„Na gut", sagte er entschlossen, als sie sich voneinander lösten. „Du kannst bleiben, unter einer Bedingung."

„Alles!", erklärte sie inbrünstig.

„Es wird dir nicht gefallen", warnte er sie.

„Sage es einfach."

Er holte tief Luft. „Dreh dich um."

Sie wandte ihm den Rücken zu und er machte sich daran, die Verschnürung hinten an ihrem Kleid aufzuknüpfen.

„John, das ist wirklich nicht der richtige Moment …"

„Ich werde es verbrennen."

„*Was* willst du tun?" Wenn jemand Pickett gefragt hätte, würde er geschworen haben, es wäre unmöglich, dass jemand verletzte Würde ausstrahlen könnte, der nur in Unterwäsche dastand. Es wäre ein Irrtum. Julia, die nur in ihrem Unterzeug und Korsett dort stand, während ihr Kleid als Stoffbündel zu ihren Füßen lag, bebte förmlich vor Empörung. Ihr bloßen Schultern wirkten im Licht der Nachmittagssonne wie frische Sahne und baten um seine Berührung, doch ein fein entwickelter Selbsterhaltungstrieb warnte Pickett, dass er das auf eigene Gefahr täte.

„Ich muss es tun, Schatz", sagte er in versöhnlichem Ton,

der sie aber kein bisschen rührte. „Er hat dich darin gesehen – wer auch immer er sein mag – und wenn er dich wieder darin erblickt, wird er ohne jeden Zweifel wissen, wer der einzige Zeuge seines Verbrechens war. Das werde ich nicht riskieren."

„Ich sehe aber nicht, dass du anbietest, auch *deine* Kleider zu verbrennen!"

„Nein, denn ich lag am Boden, wenn er mich also überhaupt bemerkt hat, kann er nicht viel von mir gesehen haben. Und selbst wenn, ich hatte doch meinen Rock ausgezogen und ein Herrenhemd sieht praktisch genauso aus wie das andere, vor allem aus der Entfernung."

„Ich werde dieses Kleid vor unserer Rückkehr nach London nicht wieder tragen", versprach sie. „Ich verstecke es ganz unten in meinem Portmanteau."

„Und wenn jemand das Zimmer durchsucht? Was dann?"

„Aber – aber ich *mag* dieses Kleid!"

„In ein paar Monaten wirst du es ohnehin nicht mehr tragen können", argumentierte er mit unangreifbarer Logik.

„Umso mehr Grund, es jetzt zu tragen, wo ich es noch kann! John, es ist neu", sagte sie bittend. „Es ist gerade erst von der Schneiderin geliefert worden."

„Ich weiß, Schatz, und es tut mir leid. Wenn wir nach London zurückkehren, kannst du dir ein neues machen lassen."

„Was nutzt mir das?", fragte sie bitter. „Bis es fertig ist, werde ich es nicht mehr tragen können – wie du mich ja gerade so großzügig erinnert hast."

„Na gut", sagte er und griff nach Strohhalmen, „wie wäre es damit? Welche Belohnung ich auch immer für diesen Fall bekomme, sie gehört dir und du kannst damit tun, was du willst, ganz gleich, wie hoch die Summe ist."

Sie musterte ihn nachdenklich. Es ging nicht um das Geld; ihre Leibrente von ihrem ersten Ehemann reichte durchaus, um das Kleid zu ersetzen, und noch ein oder zwei andere zu kaufen. Doch sie wusste, dass es ihn störte, die Tatsache, dass er sie nicht so versorgen konnte, wie ihr erster Ehemann es getan hatte; in Wahrheit war dies der Kern ihres ersten, bitteren Streits gewesen. Wenn er bereit war, jede Unabhängigkeit, die er hatte, aufzugeben, ohne auch nur zu wissen, wie hoch diese Summe sein mochte, dann war er um ihre Sicherheit besorgter, als ihr klar gewesen war. In diesem Fall konnte sie eine solche Geste nicht zurückweisen. Noch konnte sie ihn im Übrigen merken lassen, dass sie wusste, dass dieses Angebot weit mehr wert war als Geld. „Versprichst du es?", fragte sie und tat so, als dächte sie nur an Pfund, Shilling und Pennys.

„Ich verspreche es."

Sie sagte kein weiteres Wort, sondern sah nur zu dem Stoffhaufen zu ihren Füßen und trat langsam und vorsichtig daraus weg. Pickett packte ihn und das dazugehörige Jäckchen, bevor sie ihre Meinung ändern konnte. Der Stoff wurde schwarz und löste sich auf, sowie die Flammen ihn berührten.

„Was ist mit deiner Haube?" Er schaute durch den Raum und sah sie am Fuß des Betts liegen. „Hast du sie irgendwann abgenommen, während ich schlief?"

„Nein."

Er hob sie an der gefältelten Strohkrone hoch. „Gott sei gedankt dafür."

„Warum? Was meinst du damit?"

„Nur, dass niemand, der dich mit der Sonne auf deinen Haaren sieht, es je vergessen könnte", sagte er und übergab die Haube ebenfalls dem Feuer.

Er hatte diese Worte ohne jede Spur von Schmeichelei ausgesprochen, und ironischerweise rührten sie sie weit mehr, als jede Menge überschwänglichen Lobes es gekonnt hätte. „John Pickett!", schalt sie ihn. „Sag noch mehr solcher Dinge, und bald werde ich dich *anflehen*, meine Kleider zu verbrennen!"

In ihrer Stimme lag eine Mischung aus Ärger und Zuneigung und er hegte die Hoffnung, dass sie ihm verzeihen würde – vielleicht nicht jetzt gleich, aber doch irgendwann. Ermutigt legte er seine Hände auf ihre nackten Schultern. „Es tut mir leid", sagte er.

„Das weiß ich", gab sie zurück, küsste ihn aber trotzdem.

5

*In dem John Pickett sich an einer Suche beteiligt
und eine überraschende Entdeckung macht*

Der Brief erwies sich, nachdem er geöffnet und gelesen wurde, als Enttäuschung.

Mein lieber James, (stand da)
Ich hoffe, dass dieser Brief dich und deine Familie bei guter Gesundheit vorfindet. Ich wurde in letzter Zeit sehr von einem Anfall von Katarrh geplagt, der mir eine bös entzündete Nase und einen andauernden Husten einbrachte, doch ich hoffe, mit Gottes Willen wird mein Leiden bald der Vergangenheit angehören. Zum Glück hat keines meiner Kinder die Krankheit ihres Vaters bekommen und ich vertraue darauf, dass ihre gute Gesundheit so lange andauern wird, dass sie den 55. Geburtstag ihres Erzeugers am nächsten Donnerstag werden genießen können. Es tut mir nur leid, dass George, mein Ältester, uns keine Gesellschaft wird leisten können, da seine neue Stellung erfordert, dass er in Edinburgh bleibt, zumindest einstweilen. Es ist schwer zu

glauben, dass er selbst bald seinen 34. Geburtstag feiern wird. Meine arme erste Frau, Elizabeth (Gott hab sie selig), wäre sicher stolz auf den Mann, zu dem er geworden ist.

Was den Rest der Familie betrifft, wird Penelope im nächsten Frühjahr anfangen dürfen, auszugehen, wenn sie uns nicht lange vorher bis zu Tode quält. Meine gute Frau ist auch kaum besser, da sie nur ständig über die Notwendigkeit predigt, ein passendes Haus in Mayfair zu mieten, ganz zu schweigen von Schneiderinnen, Floristen und verschiedenen anderen, deren Künste zu zweifellos exorbitanten Kosten in Anspruch genommen werden müssen, um unser Mädchen angemessen in die Welt einzuführen. Ich habe mich immer für einen gut situierten Mann gehalten, doch ich könnte bankrott sein, bevor dies endlich erledigt ist. Ich hoffe nur, dass sie in ihrer ersten Saison eine passende Partie findet; ich fürchte, ich habe weder die Mittel noch die Geduld, ihr eine zweite zu ermöglichen.

Meine gute Frau teilt mir mit, dass du noch nichts von dem gesegneten Ereignis wissen kannst, das am sechsten Juni stattfand. Damit sie mich nicht beschuldigt, ein unnatürlicher Vater zu sein, muss ich dir unverzüglich berichten, dass meine ältere Tochter Lavinia eines gesunden Sohnes entbunden wurde, der nach dem stolzen Vater seiner Mutter Evelyn heißen soll. Meine Frau sagt vorher, ich würde so aufgeblasen werden durch meine eigene Wichtigkeit, dass es mit mir nicht mehr auszuhalten sein würde. Da ich ihren Glauben in mich nur ungern enttäuschen möchte, meine Rolle, wenn auch bescheiden, in ihrem neu entdeckten Talent als Prophetin zu spielen, werde ich mein Bestes tun, dabei nicht zu versagen.

Und jetzt, nachdem ich dich zur Genüge mit meinen Prahlereien über meine Familie gelangweilt habe, muss ich ein Geständnis machen. Es betrifft (wie du vielleicht vermutest, da du bereits früher seine Bekanntschaft gemacht hast), meinen jüngsten Sohn, Edward. Edward ist zurzeit in Eton, doch ich fürchte, es könnte falsch sein anzunehmen, dass er dort eine Erziehung bekommt. Obwohl ich derzeit 50 Pfund im Jahr zahle, von 22 weiteren für gelegentliche Ausgaben, wäre es wohl übertrieben, den unglücklichen Jungen einen Gelehrten zu nennen. Ich vermute, er verbringt mehr Zeit mit jugendlichen Streichen als mit Griechisch oder Latein. Doch dann erinnere ich mich an den Unfug, den du und ich früher gemacht haben, und kann nicht allzu hart zu ihm sein. Im Herzen ist er ein guter Junge und ich habe den Verdacht, dass an ihm nichts Unrechtes ist, das mit der Zeit nicht in Ordnung kommen wird. Bis dahin muss ich nur seinen entschlossenen Bemühungen widerstehen, seinen leidgeprüften Vater in ein frühes Grab zu schicken. Unterdessen verbleibe ich, wie immer,

Dein sehr gehorsamer Diener,
E. G. B.

Pickett war sich nicht ganz sicher, was er erwartet hatte, aber bestimmt doch mehr als dies.

„Wenn er erst fünfundfünfzig wird und bereits einen vierunddreißigjährigen Sohn hat, muss er seine erste Frau – Elizabeth, hieß sie wohl? – sehr jung geheiratet haben." Julia war durch das Zimmer zu Pickett gekommen, der an dem

Tisch am Fenster saß und hatte den Brief über seine Schulter hinweg mitgelesen. Nach der Zerstörung ihres Kleides hatte sie einen rosa Satinmorgenrock über ihr Hemd und Korsett gezogen, obwohl sie keine Anstalten machte, dieses Kleidungsstück daran zu hindern, dass es ständig aufklappte, während sie sich vorbeugte. Pickett vermutete, dass sie ihn absichtlich quälte, räumte aber ein, dass er es wahrscheinlich verdient hatte.

Seine eigenen Gedanken – seine Gedanken über diesen Brief, jedenfalls – gingen in eine völlig andere Richtung. Wenn die Klagen des Schreibers über die Kosten, eine junge Dame in die Gesellschaft einzuführen, ein Maßstab sein konnten, schien es, dass eine Tochter von ihm und Julia dazu verdammt sein würde, außerhalb dieser zu bleiben. Unterdessen hatte er weniger als zwanzig Jahre, um eine angemessene Mitgift und einen anständigen Familienhintergrund zu finden. Die Mitgift lag im Rahmen der Möglichkeit; mit der Familie könnte es etwas problematischer werden. Zum Glück könnte es sich als unnötig erweisen: wenn die betreffende Tochter ihrer Mutter auch nur ähnelte, würden die Bewerber ihr höchstwahrscheinlich die Türen einrennen, ohne Rücksicht auf ihre zweifelhaften Vorfahren.

Und was Vorfahren anging …

„E.G.B.", las er die Unterschrift laut vor. „Das ‚E' muss für Evelyn stehen, da er sagt, dass sein Enkel nach ihm genannt würde, aber was ist mit den anderen Initialen? Kennst du eine Familie, deren Nachnamen mit B beginnt? Ehemann Evelyn, Ehefrau Elizabeth – aber nein, das war die erste Frau, nicht wahr? – ein Sohn namens George und eine verheiratete Tochter namens Lavinia? Ihr neuer Familienname wird nicht erwähnt, um so bedauerlicher, oder irgendein Hinweis darauf, wer die zweite Frau sein könnte."

„Nein, und ich schätze, ich kann die jüngeren Kinder auf keinen Fall kennen, da Penelope noch nicht in die Gesellschaft eingeführt wurde und Edward in der Schule ist. Armer Edward! Er scheint ziemlich kurz gehalten zu werden, nicht wahr? Aber was ‚gesteht' sein Vater da, was meinst du? Ich sehe kein Geständnis außer dem Eingeständnis von Edwards Mängeln im Vergleich zu den Leistungen seiner Geschwister."

„Vielleicht ist es das", meinte Pickett. „Er gesteht, ein Kind gezeugt zu haben, das die Frechheit besitzt, nicht perfekt zu sein."

„Armer Edward!", sagte Julia erneut, erfüllt mit aufrichtiger Empörung im Namen des unbekannten Edwards. „Er tut mir ziemlich leid. Ich bin sicher, sein Bruder George muss der größte Tugendbold sein, den man sich vorstellen kann, während Penelope sich nur für Mode und Flirts interessiert."

„Oh, ganz offensichtlich", stimmte Pickett zu und machte ihr Spiel mit. „Aber was ist mit der anderen Schwester – Lavinia?"

„Lavinia ist am allerschlimmsten", antwortete Julia prompt. „Seit ihrer Heirat bildete sie sich viel auf ihre eigene Wichtigkeit ein. Wenn sie jetzt ein Kind hat, wird man es mit ihr nicht mehr aushalten können."

„In, oh, etwa sechs Monaten werde ich dich an diese

Worte erinnern", versprach Pickett. In völlig anderem Ton fügte er hinzu: „Das ist alles recht lustig, aber es bringt uns nicht weiter, nicht wahr? Ich muss zugeben, als mir klar wurde, dass Hawkins von einem Brief sprach, hatte ich gehofft, dieser würde einen Hinweis erhalten – irgendetwas, *egal* was, um weiterzukommen."

„Es scheint kaum wert, seinen letzten Atemzug darauf zu verschwenden", stimmte Julia zu.

„Nein. Und dennoch …" Er starrte nachdenklich auf den Brief in seiner Hand und bemerkte die großzügige Verwendung von Großbuchstaben.

„John!" Julias Augen wurden rund, als ihr der gleiche Gedanke kam. „Könnte er verschlüsselt sein, was meinst du?"

„Das frage ich mich gerade. Kannst du ein Blatt Papier aus deinem Reiseschreibtisch entbehren?"

Sie ging zu dem erwähnten Schreibtisch und kam einen Moment später mit einem einzelnen Blatt Papier, einer Feder, einem Tintenfass und einem leicht schuldbewussten Ausdruck zurück, welcher unter anderen Umständen sofort sein Misstrauen erregt hätte. Nachdem er erstens keinen Grund hatte, ein geheimnisvolles Benehmen von ihr zu vermuten und zweitens seinen Verstand völlig darauf konzentrierte, was er für eine vielversprechende Spur hielt, hatte er keinen Gedanken für die verdächtigen Geheimnisse seiner Frau übrig, sondern verbrachte die nächsten Minuten damit, jeden Großbuchstaben, den der unbekannte E.G.B. benutzt hatte, abzuschreiben, während Julia ihm über die Schulter zusah.

Sie wurde durch die Erkenntnis abgelenkt, dass er recht

schöne Hände hatte, die ihm in seinem früheren Beruf zu großem Vorteil gereicht haben mussten, mit langen, schlanken Fingern. Doch war etwas Ungewöhnliches an der Art, wie er schrieb, etwas, das sie erst nach einem Moment benennen konnte.

„Du schreibst mit der linken Hand", sagte sie in der Art von jemandem, der eine Entdeckung gemacht hat.

„Du hast mich schon früher schreiben sehen", erinnerte er sie, ein wenig defensiv wegen dieses deutlichen Beweises für seinen Mangel an förmlicher Bildung. „Als ich mir am Morgen nach Lord Fieldhursts Mord Notizen machte."

„Ja? Ja, vermutlich muss ich das gesehen haben", räumte sie ein. „Es fiel mir nie auf. Ich schätze, zu dem Zeitpunkt war ich eher damit beschäftigt, nicht an den Galgen zu kommen. Aber ich bin überrascht, dass dein Schulmeister dich nicht gezwungen hat, mit der rechten Hand zu schreiben."

„Oh, versucht hat er es", sagte Pickett und schaute zu ihr auf. „Er sagte mir, es gäbe Leute, die behaupteten, Linkshändigkeit wäre das Zeichen dafür, dass man ein Kind des Teufels wäre. Er sagte mir nichts über meinen Vater, das ich nicht schon wusste, daher sah ich keinen Grund, mich zu ändern und ich war damals nie lange genug in der Schule, um ihm Zeit zu geben, sich durchzusetzen."

„Ich werde immer neugieriger auf deinen Vater", sagte Julia und beschloss, daran zu denken, den Schreibwarenhändler auf der anderen Straßenseite zu besuchen und ein halbes Dutzend Federn von der billigeren und weniger begehrten linken Seite der Gans (für die meisten Schreiber, jedenfalls) für den ausschließlichen Gebrauch durch ihren Ehemann zu erwerben, weil diese sich über seinen linken Handrücken wölben und ihm nicht den Blick auf das Geschriebene versperren würden. „Ich hoffe, ich werde irgendwann die Gelegenheit haben, ihn kennenzulernen."

„Da bist du aber die einzige von uns", sagte Pickett ohne Begeisterung.

Nachdem er das Ende des Briefs erreicht hatte, legte er die Feder beiseite und musterte das vor ihm auf dem Tisch liegende Papier.

MJILYFWIMTACSANLCISTPGLWTCFIIGHESBFT
NISGEJPRENIBNDMWEGPMBARFPCOSDNGLBENSH
MMMFOTEECGLIWFIBFDIEPFSIIFPSMWBESJLUFIDL
BSEMPMWIPUCNLAIHFNRHTPIPBFRABDFBICMIEA
YSEEEWAEAIAIENSIPGLBLIKUIHHGLISWTMUIORE
LPEGIIREYOSEGB

Pickett sackte in seinem Stuhl zusammen. „Nun, das ist ja informativ", sagte er in einem Tonfall, der das genaue Gegenteil ausdrückte.

Julia legte den Kopf schief, als ob das Lesen der aneinander gereihten Buchstaben aus einem anderen Winkel Licht auf das Rätsel werfen könnte. „Vielleicht sind die Worte durcheinander."

„In diesem Fall sind die Möglichkeiten praktisch unbegrenzt. Ich kann schon sehen ‚Meine Katze isst freundliche Mäuse' und ‚Im Westen von Hampshire wachsen kaum Feigen' und das ist nur das, was mir gerade einfällt. Man könnte hier stundenlang sitzen und hundert verschiedene

Nachrichten finden. Wenn jemand einen verschlüsselten Brief schickt, liegt es doch nahe, dass er keine Missverständnisse produzieren möchte."

„Nein, ich schätze auch, dass er nicht versehentlich einen Sturm auf Feigen auslösen möchte", bestätigte Julia seufzend. „Ich schätze, es muss genau das sein, was es scheint: ein geschwätziger Brief, bei dem Ned Hawkins aus irgendeinem Grund sicher sein wollte, dass er seinen Empfänger – Mr. Sullivan, sagtest du? – erreicht."

„Mr. James Sullivan in Dublin", sagte Pickett und musterte erneut die Rückseite des Briefs, die Seite, die beim Falten die Außenseite dargestellt hätte. „Mountjoy Square, um genau zu sein."

„Wirst du also zum Postbüro gehen?"

Er besah sich nachdenklich das Papier in seiner Hand. „Nein", sagte er schließlich. „Das heißt, ich schätze, dass ich zum Postbüro gehen muss, um einen Brief an Mr. Colquhoun in der Bow Street zu schicken, um ihn wissen zu lassen, was geschehen ist und um mehr Zeit für Ermittlungen zu bitten. Aber ich fürchte, Mr. James Sullivan aus Dublin wird dieses Schreiben nicht bekommen, zumindest noch nicht. Ich bin noch nicht ganz bereit, die Theorie mit der Verschlüsselung aufzugeben."

Eine halbe Stunde mehr reichte aus, um seine Meinung zu ändern. Er warf den Brief auf den Schreibtisch, lehnte sich mit einem schweren Seufzer in seinem Stuhl zurück und fuhr mit den Fingern durch seine kürzlich abgeschnittenen braunen Locken.

„Wenn es sich um eine versteckte Nachricht handelt,

kann ich sie nicht entziffern. Ich habe mir jeden zweiten Buchstaben angesehen – vorwärts wie rückwärts gelesen – jeden dritten Buchstaben, sogar jeden vierten – muss ich weitermachen? Es gibt andere, kompliziertere Codes, aber die benötigen einen Schlüssel, den ich nicht habe."

„Welche Art von Schlüssel?"

„Das hängt vom Code ab. Gewöhnlich beruht er auf einem Buch oder so etwas …" Er unterbrach sich plötzlich und sah wieder die abgenutzte Bibel auf Robert Hetheringtons Schreibtisch vor sich.

„Dir ist etwas eingefallen", sagte sie.

„Nein, nicht wirklich." Er zuckte abwehrend die Schultern. „Ich dachte nur gerade an diese Bibel von Mr. Hetherington."

„Du glaubst doch nicht, dass er es war, der in die Bow Street geschrieben hat, und gar nicht Ned Hawkins?"

Er schüttelte den Kopf. „Ich halte das für sehr unwahrscheinlich. Wenn er einen Läufer brauchte, hätte er gar nicht in die Bow Street schreiben müssen. Er hätte direkt einen Brief an Mr. Colquhoun schreiben und einen alten Freund um einen Gefallen bitten können. Dann hätte er das sicher auch heute Morgen bei meinem Besuch erwähnt. Niemand sonst war anwesend, also hinderte ihn nichts daran, sich mir anzuvertrauen. Auf jeden Fall wird er ja bald eine neue Gelegenheit haben. Wir wurden eingeladen, mit ihm und seiner Frau zu dinieren." Er zögerte bei einer Frage des Protokolls. „Ich denke nicht, dass die Einladung abgesagt werden muss, wenn Hawkins' Leiche erst entdeckt wird?"

„Das würde ich nicht sagen", meinte Julia nachdenklich.

„Es ist nicht so, als wäre Mr. Hawkins ein Verwandter oder würde sich auch nur in denselben gesellschaftlichen Kreisen bewegen. Und wo wir vom Diner sprechen", fügte sie hinzu, „bist du bereit, nach unten zu gehen? Ich habe Hunger."

Das brachte ihn zum Lächeln. „Du hast immer Hunger."

Das stimmte. Nachdem jetzt die Übelkeit der ersten Wochen überstanden hatte, war ihr Appetit mit aller Macht zurückgekehrt, anscheinend entschlossen, die verlorene Zeit wettzumachen. Sie war noch nicht sichtbar schwanger, doch ihre schlanke Taille war nicht ganz so schmal, wie sie sonst gewesen war. Als sie sich zum Abendessen umzogen, musterte Julia missbilligend ihre Gestalt ohne Korsett im Spiegel.

„Ich sehe nicht aus, als wäre ich in anderen Umständen, sondern nur so, als würde ich dick", klagte sie. „Was meinst du?"

Pickett warf ihr einen langen, anerkennenden Blick zu. „Willst du die Wahrheit hören?"

„Bitte", sagte sie und machte sich auf das Schlimmste gefasst.

Er holte tief Luft und atmete langsam wieder aus. „Manchmal sehe ich dich an und kann kaum glauben, dass du meine Frau bist."

Julia errötete vor Freude. „Ist das dein Ernst?"

„Soll ich es dir beweisen?", bot er an, nahm sie in die Arme und drückte sie an sich.

„Ja, bitte. Aber", sie drückte ihre flachen Hände gegen seine Brust – „erst nach dem Abendessen."

Sie kamen zum Essen hinunter (Hammelbraten, wie

versprochen) und fanden Mrs. Hawkins abwechselnd wütend auf ihren Mann, weil er einfach verschwunden war, und panisch in dem Gedanken, was ihm zugestoßen sein mochte.

„Er ist noch nie so lange weggeblieben", grummelte sie, als sie Platten mit Hammel und Kartoffeln vor sie hinstellte. „Kann mir nicht denken, was ihm eingefallen ist, aber wenn er nach Hause kommt, kann er von mir etwas zu hören bekommen!"

Julia, die besser als jeder andere wusste, dass die Frau des Gastwirts Grund hatte, sich Sorgen zu machen, sah voller Mitgefühl zu ihr auf. Von der anderen Seite des Tischs sah Pickett sie warnend an, vergeblich.

„Ist es möglich, dass er zum Fluss hinuntergegangen und vielleicht – hineingefallen ist?", meinte sie.

Pickett warf ihr einen gequälten Blick zu.

„Das habe ich mir auch schon gedacht." Mrs. Hawkins stemmte das leere Tablett auf eine wohl gerundete Hüfte, anscheinend bereit, diese Theorie zu verfolgen. „Ich frage mich, ob wir eine Suche organisieren sollten."

„Es wird bald dunkel und der Mond gibt kaum Licht", widersprach ein Mann am nächsten Tisch, der wie ein Anwalt oder vielleicht ein Bankangestellter auf Urlaub aussah. „Zu gefährlich, um zu versuchen, den Klippenweg im Dunkeln zu gehen."

„Lasst ihm bis zum Morgen Zeit", empfahl ein anderer Mann, anscheinend ein Bauer. „Wenn er bis dahin nicht nach Hause gekommen ist, machen wir uns bei Morgengrauen auf die Suche nach ihm, jeder Mann bei uns, der laufen kann."

Ein Chor nickender Köpfe bestätigte diese

Ankündigung, Pickett schloss sich an. Julia hob die Augenbrauen, doch sie sprach das Thema nicht vor dem Abschluss des Diners an, als sie wieder allein in ihrem Zimmer waren.

„Du willst mit dem Suchtrupp losgehen?", fragte sie und griff in ihren Rücken, um die Bänder ihres Korsetts zu lösen.

Pickett trat hinter sie, um ihr bei etwas zu helfen, bei dem er in den letzten drei Monaten einiges Geschick erworben hatte. „Es ist das Mindeste, was ich tun kann – vor allem, da man sagen könnte, dass es ja meine Frau war, die auf diese Idee gekommen ist."

„Und jetzt bist du böse auf mich", bemerkte sie reuig.

Er seufzte. „Ich bin nicht böse auf dich. Ich wünschte nur, du hättest den Fluss nicht erwähnt."

Sie zog ihr gelockertes Korsett aus und drehte sich zu ihm um. „Ich weiß, und deshalb merkte ich an, dass er von allein zum Wasser hinunter gegangen sein könnte, statt gefallen oder gestoßen worden zu sein. Aber ich kann die arme Frau doch nicht tagelang sich fragen und sorgen lassen. Ich weiß, wie es ist, wenn man auf seinen Mann wartet, dass er nach Hause kommt, wenn man nicht weiß, ob er tot ist oder lebt …"

Ihre Stimme brach und er nahm sie in die Arme. Nicht zum ersten Mal fragte er sich, wie viel sie darüber wusste oder ahnte, wie tief er gesunken war in den zwei Tagen, in denen sie einander entfremdet gewesen waren.

„Ich weiß, mein Schatz, und ich werde dich das nie wieder durchmachen lassen, wenigstens nicht, wenn ich es verhindern kann", versprach er. „Aber es ist wichtig, dass niemand Verdacht schöpft, du könntest den Mord tatsächlich gesehen haben, oder dass ich die Leiche gesehen habe. Ich möchte niemanden, der zufällig zuhört, auf Ideen bringen."

„Du musst dich nur angemessen schockiert benehmen, wenn du ihn am Morgen findest."

Pickett schüttelte den Kopf. „Ich habe nicht die Absicht, irgendwo in der Nähe zu sein, wenn die Leiche gefunden wird. Ich werde mich einer Gruppe anschließen, die genau in die entgegengesetzte Richtung geht. Aber das ist für morgen früh. Heute Abend möchte ich noch etwas anderes tun."

„Oh?", fragte Julia und lächelte ihn schüchtern an.

„Ich möchte einen Blick in das Register des Gasthofs werfen und sehen, ob eine der Unterschriften hier der Handschrift einer der Briefe entspricht – dem in die Bow Street oder dem in Hawkins 'Tasche."

„Oh", sagte Julia in völlig anderem Tonfall.

„Schatz, ich muss es heute Nacht tun. Wenn die Leiche morgen gefunden ist, wird die Schankstube mit Leuten gefüllt sein, die zur Totenwache kommen und ich werde keine Gelegenheit mehr dazu finden. Doch kann ich es nicht wagen, bevor nicht der Gasthof still geworden ist und alle sich für die Nacht zur Ruhe begeben haben. In der Zwischenzeit", fügte er hinzu und betrachtete sie fragend, „hast du irgendwelche Vorschläge, wie ich die Zeit bis dahin herumbringen könnte?"

„Hmm." Sie gab ein nachdenkliches Brummen von sich, kam aber bereitwillig in seine Arme. „Lass mich nachdenken…"

* * *

Einige Zeit später zog Pickett wieder Hemd und Hosen

94

an (wobei er auf Schuhwerk verzichtete, damit nicht seine Sohlen zu viel Lärm auf der Treppe verursachen würden), schob dann die beiden Briefe in seinen Ärmelaufschlag und nahm den Messingleuchter neben dem Bett in die Hand.

„Soll ich mit dir kommen?", schnurrte Julia, angenehm schläfrig.

„Danke, aber nein. Du bist mir als Entschuldigung nützlicher."

„Oh? Wie das?"

„Wenn Mrs. Hawkins oder Lizzie mich erwischen sollten, werde ich ihnen sagen, dass ich heruntergekommen bin, um dir einen Schluck Wasser zu holen."

„Solange du nicht erwartest, dass ich es trinke." Julia schnitt eine Grimasse. „Ich muss in der Nacht ohnehin oft genug aufstehen."

Pickett versicherte ihr, dass das nicht nötig sein würde, dann küsste er sie und beschwor sie, nicht auf ihn zu warten. Einen Augenblick später schloss er leise die Tür vor seiner schläfrigen Frau und bewegte sich vorsichtig die Treppe hinab, die Kerze in der Hand. Als er das Erdgeschoss ohne Missgeschick erreicht hatte, stellte er die Kerze auf die Theke, so, dass ihr schwaches Licht einen gelben Lichtkreis auf die Seite des offenen Registers warf. Sein eigener Name war der letzte in der Liste, geschrieben in Julias flüssiger Handschrift – er hatte gelernt, ihre Handschrift zu erkennen, noch bevor sie geheiratet hatten und hütete jede Nachricht, die sie ihm je geschrieben hatte, wie einen Schatz, ganz gleich, wie kurz oder sachlich die Worte darin waren – also waren anscheinend seit dem Vortag keine neuen Gäste angekommen.

Pickett hingegen war weniger an den Gästen des Hauses als an dessen Besitzer interessiert. Er blickte auf die sorgfältig in Druckschrift geschriebenen Überschriften über jeder Spalte: Name, Wohnort, Ankunftsdatum, Abreisedatum, alle in der bemühten Art eines halben Analphabeten geschrieben. Er entfaltete die Nachricht an die Bow Street und legte sie neben das Register auf die Theke. Er hätte sich eine längere Textprobe zum Vergleich gewünscht, doch soweit er sagen konnte, sahen diese beiden gleich aus. Es schien also, dass Mr. Hawkins derjenige war, der die anonyme Bitte an die Bow Street geschickt hatte. Was hieß, dass Pickett auf sich allein gestellt war, um den Grund dafür herauszufinden, da er aus dieser Quelle keine Informationen mehr würde erhalten können.

Noch würde er im Übrigen seine Kosten erstattet bekommen, von einer Belohnung für den Fall, dass es ihm gelänge, den Fall, worin er auch bestehen mochte, zu lösen, ganz zu schweigen. Er erinnerte sich daran, dass er Julia diese Belohnung versprochen hatte und hoffte nur, dass sie sich nicht betrogen fühlen würde, wenn es nie dazu käme.

Nachdem er den Autor des einen Briefs identifiziert hatte, breitete Pickett den anderen aus, den der Gastwirt in seiner Tasche getragen hatte. Er erwartete nicht wirklich, eine dazu passende Handschrift zu finden – sicher würde jemand, der in einem Gasthof im Lake District weilte, eher die Schönheit der Fjells beschreiben als einen Anfall von Katarrh – doch wie er zu Julia gesagt hatte, er würde vermutlich keine weitere Gelegenheit mehr bekommen.

Er blätterte Seite um Seite zurück, bis zum Beginn des

Januars (seltsam, sich zu überlegen, dass an das Feuer im Drury Lane Theater und an alles danach, was sein Leben so grundlegend verändert hatte, damals noch nicht im Traum zu denken gewesen war), doch es gab nichts, was den kühnen Buchstaben, in denen die Adresse von Mr. James Sullivan aus Dublin geschrieben war, ähnelte. Es fand sich auch kein Gast mit den Initialen E.G.B., obwohl kurz eine Hoffnung in ihm aufgeflackert war, als er auf den Namen eines Edward Gape gestoßen war, der vor vierzehn Tagen aus Norfolk angekommen war. Doch es gab keinen Namen, der zu dem ‚B.‘ passte, daher sah Pickett sich gezwungen zuzugeben, dass es vermutlich keine Verbindung zwischen diesem Gast und Mr. James Sullivans Briefpartner gab.

Nachdem er alles aus dem Register des Gasthofs erfahren hatte, schob Pickett die Briefe wieder in seinen Ärmelaufschlag, hob den Kerzenhalter auf und stieg die Treppe hinauf, entschlossen, vor Morgengrauen und dem grausigen Geschäft, nach der Leiche zu suchen, die er vor seinem inneren Auge am Fuße des Felsens liegen sah, während das schwarze Wasser des Flusses vorbeirauschte, so viel Schlaf wie möglich zu bekommen.

* * *

Mehr als zwanzig Männer versammelten sich am nächsten Morgen bei Tagesanbruch in der Schankstube, ihre Gesichter glänzten im gelben Licht der Lampen, während sie sich auf die düstere Aufgabe vorbereiteten, den Mann zu suchen, der, wie seine Ehefrau ihnen unter Tränen mitteilte, nie mehr nach Hause gekommen war. Pickett war nicht der einzige Gast des Hauses, der sich an der Suche beteiligte;

Lizzie Hawkins' Dichter war da, ebenso der Künstler, den Pickett an dem Tag, an dem er und Julia aus London angekommen waren, in der Schankstube bemerkt hatte. Unter den Einheimischen waren Hawkins' Sohn, Jem (der gleiche, der Picketts Nachricht an Mr. Hetherington an jenem ersten Tag überbracht hatte); Jedidiah Tyson, Eigentümer des konkurrierenden Gasthofs gegenüber auf der anderen Straßenseite; und der junge Bauer, der der größte Konkurrent des Dichters um Lizzies Zuneigung war.

Ohne weitere Worte wurde Mr. Hetherington mit der Organisation des Unternehmens betraut. „Wir lassen die jüngeren Männer den Pfad zum Fluss hinab absuchen, während wir älteren Leute uns auf leichteren Wegen bewegen. Ben", sagte er zu Lizzies bäuerlichem Verehrer gewandt, „du, Mr. Pickett und Mr. Hartsong nehmt den Pfad zum Fluss bis zu den Wasserfällen."

Irgendwie war Pickett nicht überrascht zu entdecken, dass „Mr. Hartsong" niemand anders als Lizzies Dichter war. Was ihn selbst betraf, war es nicht die Einteilung, die Pickett sich gewünscht hätte – in der Tat wäre es ihm lieber gewesen, überall sonst im Dorf oder der Umgebung auf die Suche geschickt zu werden – doch zu widersprechen hätte nur genau die Aufmerksamkeit auf ihn lenken können, die er zu vermeiden suchte.

„Der Pfarrer und ich werden zum Fjell hinauf wandern", fuhr Mr. Hetherington fort, „während Mr. Tyson und Mr. Armstrong der Hauptstraße folgen, die aus der Stadt hinausführt. Wenn Ihr irgendwelchen Fahrzeugen begegnen solltet, Tyson, die zur Stadt kommen, fragt unbedingt die

Fahrer, ob sie etwas gesehen haben."

Tyson stimmte dem Plan mit einem kurzen Nicken zu, doch seine Augen glänzten vor Aufregung und Pickett ertappte sich bei der Frage, ob der Mann an die Suche dachte, die sie zu beginnen im Begriff waren, oder daran, was die Abwesenheit seines Konkurrenten für sein eigenes Geschäft bedeuten könnte.

Bald war jeder anwesende Mann mit einem anderen zusammen eingeteilt worden und hatte ein Suchgebiet zugewiesen erhalten. Picketts Gruppe war die einzige mit drei Männern; er nahm an, seine Hauptaufgabe würde es sein, die beiden anderen davon abzuhalten, einander von der Klippe zu stoßen.

Bis alle Vorkehrungen getroffen waren, war der Himmel hell genug, dass die meisten der Männer beschlossen, ihre Laternen zurückzulassen. Ben Wilson erwies sich als Ausnahme.

„Die Sonne wird noch einige Zeit nicht am Fuße des Felsens ankommen", stellte er mit einem Blick nach Osten fest, wo die aufgehende Sonne gerade über den Horizont herausspähte. „Besser, ein Licht mitzunehmen."

Lizzies Dichter stimmte ziemlich widerwillig zu, als würde er seinem Rivalen nicht einmal diesen kleinen Punkt einräumen wollen. War sein Name wirklich Hartsong?, fragte sich Pickett. Es schien zu absurd – und zu passend, wenn man an die Beschäftigung des Mannes dachte – um wahr zu sein, und Pickett konnte sich nicht daran erinnern, diesen Namen im Register gelesen zu haben.

Mr. Hetherington sah sich in der ernsten kleinen Gruppe

um. „Sind wir dann bereit? Gehen wir." Er drehte sich um und ergriff die Hand der Frau mit seinen beiden. „Keine Angst, Mrs. Hawkins. Wir bringen Euren Mann schon wieder nach Hause."

Tot oder lebendig. Er hatte diese Worte nicht gesagt, doch sie hingen in der Luft, unausgesprochen, doch trotzdem von allen verstanden.

Der Suchtrupp schlurfte aus dem Gasthof hinaus und teilte sich auf. Pickett und seine beiden Begleiter bogen um die Ecke des Gasthauses und machten sich auf den Weg, den er vor weniger als vierundzwanzig Stunden mit Julia zurückgelegt hatte. Leider stellte sich bald heraus, dass er nur sehr wenig Freude an der Wanderung haben würde, auch nicht an der grausigen Entdeckung, die sie am Fuße der Klippe erwartete, da der Dichter keine Gelegenheit verpasste, seinem Rivalen ein oder zwei leichte Seitenhiebe zu versetzen. Wie grässlich seine Gedichte auch sein mochten, Percival Hartsong hatte bei einem Wortwechsel mit seinem wenig eloquenten Feind den Vorteil und er hatte durchaus die Absicht, das Meiste daraus zu machen.

„Ich bin überrascht, Euch hier zu sehen, Wilkins …"

„Wilson", korrigierte ihn der junge Bauer.

„Ja natürlich." Der Dichter winkte mit einer weißen Hand und betrachtete den Namen eines Bauern – oder vielleicht nur den Namen dieses bestimmten Bauern – eindeutig als unwichtig. „Aber wie gesagt, ich bin überrascht, Euch hier zu sehen. Ich dachte, Ihr hättet Kühe zu melken oder Schafe zu scheren oder sonst etwas dieser Art."

„Wir haben vor zwei Monaten schon geschoren", sagte

Ben Wilson und weigerte sich, den Köder zu schlucken.

„Aber die Kühe!", protestierte Percival mit übertriebener Besorgnis. „Ich habe immer gedacht, dass es keinen klagenderen Klang gibt als das Muhen einer Kuh."

„Vielleicht möchtet Ihr sie dann selbst melken, während ich helfe, Lizzies Pa zu suchen."

„Oho! Verlasst Euch darauf, wir werden den Kerl im Bett mit irgendeinem Flittchen finden – ein passendes Thema für eine Ballade vielleicht, aber …"

Er kam nicht weiter, denn Ben Wilson ließ seine Laterne fallen und packte seinen Rivalen am Knoten seiner fließenden Krawatte und drehte sie, bis das Gesicht des Dichters rot wurde. „Bringt ein bisschen Respekt auf, wenn Ihr über Lizzies Vater sprecht, oder ich gebe Euch einen kleinen Geschmack vom Selbstgebrauten!"

Als er jedes Anzeichen zeigte, seiner Drohung Taten folgen zu lassen, hielt Pickett es für an der Zeit, einzugreifen. „Halt, Ihr beide! Wenn einem von Euch wirklich an Miss Hawkins gelegen ist, werdet Ihr ihr nicht sagen wollen, dass Ihr all Eure Zeit mit kleinlichen Streitereien vergeudet habt, wenn Ihr eigentlich nach ihrem Vater suchen solltet!"

Vielleicht hatte Picketts Ehe ihm ein gewisses Maß an Selbstvertrauen verliehen, das ihm früher gefehlt hatte, oder vielleicht war es einfach der Tatsache geschuldet, dass er in der ungewöhnlichen Lage war, zwei oder drei Jahre älter zu sein als beide seiner Begleiter; aus welchem Grund auch immer ließ Ben mit sehr verlegener Miene die Krawatte des Dichters los und Percival murmelte etwas, das wie eine Entschuldigung klang. Trotzdem schob er sich zwischen die beiden jungen Männer, als sie den Abstieg am Felshang begangen, damit die Versuchung, den Rivalen zu eliminieren, nicht zu groß würde, als einer von ihnen widerstehen konnte.

Sie erreichten den Fuß des Felsens ohne Missgeschick, wobei sie sich sogar im Halbdunkel schneller bewegten, als Pickett das mit Julia gekonnt hatte. Percival schaute zuerst in die eine und dann in die andere Richtung und stellte dann die wesentliche Frage. „In welche Richtung gehen wir jetzt?"

Da es schien, als wäre es ihm bestimmt, die Leiche zu finden, ob er wollte oder nicht, hätte Pickett es vorgezogen, es schnell hinter sich zu bringen, während es noch dunkel genug war, um ihm Schutz zu gewähren, sollte er sich durch eine unvorsichtige Geste oder einen Ausdruck auf seinem Gesicht verraten, dass er die Leiche bereits früher gesehen hatte. Trotzdem zwang er sich, nicht den Vorschlag zu machen, flussaufwärts zu gehen, wo er wusste, dass sie lag. Seine Erleichterung war groß, als Ben den gleichen Vorschlag machte.

„Dort." Der junge Farmer deutete in die Richtung des Wasserfalls. „Der Teich unten am Fall bietet die besten Angelmöglichkeiten. Wenn er fischen wollte, wäre er in diese Richtung gegangen."

Percival warf ihm einen ärgerlichen Blick zu, und für einen Moment befürchtete Pickett, er würde dieser Empfehlung widersprechen, indem er darauf bestand, dass sie flussabwärts gehen, und Pickett selbst die entscheidende Stimme abgeben müsste. Doch anscheinend fiel dem Dichter kein entscheidendes Gegenargument ein, denn er grunzte nur, was Pickett als Zustimmung auslegte, und trat ins Wasser, mit

Stiefel und allem; was auch immer seine Überlegungen über Lizzies nackte Füße sein sollten, er hatte anscheinend keine Absicht, seine eigenen zu entblößen. Pickett fragte sich, ob der Poet wirklich so viel mit seinen Versen verdiente, dass er es sich leisten konnte, so unbekümmert mit seinem Schuhwerk umzugehen, oder ob er einen großzügigen Mäzen hatte. Bei Ben Wilson hatte er keine solchen Zweifel: Der junge Bauer zog sich seine festen Schuhe aus, genau, wie Pickett es am Tag zuvor mit seinen Stiefeln getan hatte. Pickett selbst wiederholte diese Prozedur und ließ seine Stiefel neben Bens Schuhen auf dem schmalen Uferstreifen stehen.

Bald wateten die drei jungen Männer gegen den Strom durchs Wasser. Sie waren noch nicht weit gekommen, als Percival begann, die Tatsache zu beklagen, dass das kalte Wasser in den Schaft seiner Stiefel floss, seine Socken durchnässte und seine Füße (wie er behauptete) zu Eis werden ließ. Pickett, der sich seiner eigenen kalten Füße nur zu sehr bewusst war – und der Tatsache, dass er zu dieser frühen Stunde eigentlich in Julias Armen zwischen warmen Laken hätte liegen sollen – hatte kein Mitgefühl für ihn übrig.

Als sie endlich auf die Leiche stießen, musste Pickett keine Überraschung vortäuschen. Er erinnerte sich deutlich, dass er den Gastwirt auf den Rücken gedreht und dafür gesorgt hatte, dass sein Kopf aus dem Wasser ragte, doch Ned Hawkins lag jetzt bäuchlings am Flussufer und seine grauen Haare schwebten in der Strömung wie eine exotische Wasserpflanzenart. Obwohl seine Kleidung unordentlich war, gab es kein Zeichen auf dem Körper, das auf eine Störung durch ein wildes Tier schließen lassen konnte. Und da Mr. Hawkins eindeutig nicht fähig gewesen war, sich zu bewegen, als Pickett ihn zuletzt gesehen hatte, konnte die veränderte Lage seines Körpers nur eines bedeuten.

Jemand anders hatte die Leiche durchsucht.

6

In dem John Pickett bei einer Untersuchung aussagt

Der Weg den Pfad hinauf verlief viel langsamer als der Abstieg gewesen war. Pickett und Ben trugen den Körper des Gastwirts zwischen sich, während Percival die Laterne hochhielt, um ihren Weg zu erhellen. Das einzige Geräusch, das über dem rauschenden Wasser zu hören war, bestand im mühsamen Atmen der Träger und gelegentlichen Satzfetzen der neuesten tragischen Ode des Dichters: „Das Haar, das auf den Strom hinaus trieb", von der er es angebracht hielt, sie einem gefesselten (wenn auch unaufmerksamen) Publikum zur Kenntnis zu bringen.

Erst, als sie in die Nähe des Gasthofs gelangten, tauchte er aus dem Griff seiner Muse lange genug auf, um den nächsten praktischen Schritt zu bedenken. „Na! Wer soll es der Witwe sagen?"

Ben Wilson biss die Zähne zusammen. „Ich. Kenne sie schon mein ganzes Leben lang."

Pickett war nicht traurig, dass ihm diese Aufgabe

abgenommen wurde. Irgendwann würde er sicher mit Mrs. Hawkins sprechen müssen, um zu erfahren, was – wenn überhaupt etwas – sie über das Schreiben ihres Mannes an die Bow Street wusste, doch im Moment war er nur ein Gast im Gasthof, ein Besucher, der die Schönheit des Lake Districts mit seiner Braut genoss.

Seine Braut, die zweifellos vom Fenster aus zusah, wie sie sich mit ihrer Last dem Gasthaus näherten – und die zweifellos bei seiner Rückkehr einen vollständigen Bericht verlangen würde.

Und Julia war nicht die Einzige, die Ausschau hielt. Als sie um die Ecke des Gasthofs bogen und auf die Tür zugingen, flog diese auf und Mrs. Hawkins kam mit wehenden Röcken auf sie zu gerannt.

„Ned, Ned!", kreischte sie. „Sprich mit mir!"

„Leider werden diese Lippen nimmer sprechen", verkündete Percival, zählte dann die Silben dieses Satzes an den Fingern ab, erfreut zu entdecken, dass er in einem perfektem jambischen Pentameter gesprochen hatte, ohne es auch nur zu beabsichtigen.

„Wenn Ihr uns den Weg zeigt, Ma'am, legen wir ihn auf sein Bett", sagte der Bauer sanft zu der Witwe, und wandte sich dann in einem völlig anderen Tonfall an den Dichter. „Macht Euch nützlich, Hartsong, und reicht Ihr Euren Arm."

Zu Percivals Ehren musste gesagt werden, dass er sich der Gelegenheit gewachsen zeigte und der Witwe des Gastwirts seine Begleitung mit allem der Situation gebotenen Ernst anbot. Die seltsame kleine Prozession betrat den Gasthof und durchquerte die Schankstube auf dem Weg zu den Zimmern der Familie auf der Rückseite, wo Pickett und Ben endlich ihre Last ablegen konnten. In wortloser Einigkeit taten sie ihr Bestes, um die verrenkten Gliedmaßen gerade hinzulegen, während sie Mrs. Hawkins den Blick auf die Leiche versperrten, um sie nicht das ganze Ausmaß der Verletzungen ihres Mannes sehen zu lassen.

„Danke, dass Ihr ihn nach Hause gebracht habt", sagte Mrs. Hawkins würdevoll in ihrem Kummer. „Ich weiß, dass es nicht einfach gewesen sein kann, ihn vom Fluss heraufzutragen."

Pickett musste nicht fragen, woher sie wusste, dass sie vom Fluss kamen; die durchnässten Haare und Kleidung ihres Mannes, ganz zu schweigen von seinen eigenen und Bens nassen Ärmeln und Hosen, sprachen für sich.

„Es tut mir leid", sagte Ben schlicht. „Es tut mir leid, dass wir ihn Euch nicht lebend zurückbringen konnten."

Sie nickte. „Danke, Ben. Du warst immer ein guter Junge."

Percival sah sich im Raum um. „Wo ist Lizzie?"

„Sie ist noch im Bett. Ich werde sie jetzt wecken müssen und ihr sagen, dass ihr Pa – tot ist – doch das möchte ich lieber unter uns erledigen, wenn es Euch Herren nichts ausmacht."

Der Dichter schien bleiben zu wollen – wohl in der Hoffnung, Lizzie trösten zu dürfen – aber er konnte kaum zurückbleiben, da Pickett und Ben sich bereits wieder der Tür zugewandt hatten, vor allem, da sie alle ausdrücklich gebeten worden waren zu gehen, daher stapfte er hinter ihnen her. Pickett seinerseits war mehr als bereit, zu seiner Frau zurückzukehren.

„Endlich!", rief sie aus, als er die Tür öffnete und den Raum betrat. „Ich warte schon seit einer Ewigkeit!"

„Fass mich nicht an", warnte er sie und streckte abwehrend eine Hand aus, um der Umarmung zuvorzukommen, die sie ihm offensichtlich angedeihen lassen wollte. „Ich bin durch und durch nass und habe eine Leiche transportiert."

„Ja, ich weiß. Ich habe vom Fenster aus zugesehen." Sie sah zu, als er den Schürhaken aufhob und das schwache Feuer wieder anschürte. „Ich dachte, du wolltest es vermeiden, am Fluss zu suchen.

„Eigentlich ja. Aber Mr. Hetherington übernahm die Suche – ich nehme an, er betrachtete es als seine Pflicht als Squire – und er hatte andere Vorstellungen." Nachdem er sich um das Feuer gekümmert hatte, richtete er seinen Blick auf die Schüssel und den Krug auf dem Waschtisch. „Ist es noch warm?"

„Lauwarm, vielleicht." Sie goss etwas von dem Wasser in die Schüssel und steckte einen Finger hinein, um diese Einschätzung zu bestätigen. „Ich bin aufgestanden, nicht lange, nachdem du fort warst, daher steht es schon eine Weile dort. Soll ich nach heißem Wasser klingeln?"

Er schüttelte den Kopf. „Sie haben unten Wichtigeres zu tun. Ich kann ein lauwarmes Bad aushalten."

Er ließ dem Wort die Tat folgen, zog seinen Rock und Weste aus, um dann das Hemd über den Kopf zu ziehen. Während Julia diese Vorgänge anerkennend beobachtete, lenkte sie trotzdem das Thema wieder zurück auf ihr Gespräch. „Warum hat er dich den Felspfad hinab geschickt?

Hat er das gesagt?"

„Er sagte etwas darüber, dass die jüngeren Männer die schwierigeren Wege übernehmen sollten. Wie sich herausstellte, war es gut so."

„Oh?"

Er unterbrach seine Waschungen und sah sie an. „Die Leiche war bewegt worden, Julia. Jemand anders muss dort gewesen sein. Wenn ich nicht jetzt beim Auffinden dabei gewesen wäre, um den Körper sozusagen *in situ* zu sehen, würde ich das nie erfahren haben."

„Bist du sicher? Es könnte … es könnte ein Tier gewesen sein, weißt du." Ihre Stimme zitterte leicht bei den Worten und Pickett wusste, dass sie an ihre Schwester dachte, die vor einem Dutzend Jahren verschwunden war, angeblich einem wilden Tier zum Opfer gefallen, bis sie erst vor Kurzem gesund und lebendig entdeckt worden war, wie sie mit dem Mann zusammenlebte, der sie vor einem grausamen und gewalttätigen Ehemann gerettet hatte.

„Der Gedanke kam mir auch, aber es sah nicht so aus." Er gab ihr eine sehr abgeschwächte Beschreibung des Gastwirts, wie er ihn zuerst gefunden hatte und wie er den Körper an diesem Morgen gesehen hatte.

„Hat jemand nach dem Brief gesucht, meinst du das?", fragte sie am Ende seiner Ausführungen.

„Ich halte es für sehr wahrscheinlich. Leider konnte ich nicht so genau hinsehen, wie ich es gern getan hätte, da Lizzies rivalisierende Verehrer dabei waren. Obwohl", fügte er hinzu, „wenn ich jetzt darüber nachdenke, würden sie mir überhaupt keine Aufmerksamkeit geschenkt haben. Ich staune nur, dass keiner der beiden die Gelegenheit ergriffen hat, den anderen vom Felsen zu stoßen."

„Vielleicht hat der Brief gar nichts damit zu tun", meinte Julia sehr betroffen. „Vielleicht hat einer von Lizzies Verehrern ihren Vater getötet. Wenn Ned Hawkins deutlich gesagt hat, dass er den einen dem anderen als Anwärter auf die Hand seiner Tochter vorzöge …"

„Wenn eine Ehe mit Lizzie das Motiv war, denke ich, müsste Percival unser Mann sein. Ich kann mir nicht vorstellen, dass viele Männer über die Vorstellung erfreut wären, dass ihre Tochter einen freien Bauern mit eigenem Land zugunsten eines Dichters abweist, auch wenn dieser aus gutem Haus ist. Das würde natürlich heißen, dass Percival überhaupt eine Ehe im Sinne hätte, was ich keinen Augenblick glaube. Eine Mätresse auf dem Land mag ja schön und gut sein, aber wenn es sich darum handelt, eine Ehefrau zu suchen, wird Percival eine Lady seines Standes haben wollen, und eine mit einer Mitgift, die es ihm erlaubt, dieses eingebildete Zeugs zu schreiben, ohne sich mit so banalen Dingen zu beschäftigen, wie sein Brot zu verdienen."

„Trotzdem kann er nicht völlig mittellos sein", bemerkte Julia. „Nach allem kann er sich einen längeren Aufenthalt im Lake District leisten."

„Finanziert von seinem Vater, zweifellos. Doch ich vermute, Hartsong Senior würde die Schnüre seiner Geldbörse rasch zusammenziehen, wenn Percival mit einer Wirtstochter am Arm zurückkäme." Er verzog das Gesicht. „Ich habe nicht vergessen, zu welchen Mitteln die Familie deines ersten Mannes zu greifen bereit war, nur um dich davon abzuhalten, eine solche Mesalliance einzugehen."

„Da hast du es! Wenn es Percival um Verführung statt um Heirat ging, würde er umso mehr Grund haben, Ned Hawkins aus dem Weg geschafft zu wissen. Es wäre sicher zu seinem Vorteil, wenn der zornige Papa seiner Liebsten nicht mehr da wäre, um die Tugend seiner Tochter zu schützen", folgerte Julia, runzelte dann aber nachdenklich die Stirn. „Nein, das kann nicht stimmen. Mr. Hawkins muss mehr als sechzig Pfund schwerer gewesen sein – viel zu viel, als dass Percival ihn hätte aus dem Gleichgewicht bringen können."

„Oh, möglich wäre das schon", versicherte Pickett ihr. „Du musst deinen Gegner nur ahnungslos erwischen und tief zu schlagen. Etwa seine Beine unter ihm wegtreten, weißt du."

Sie starrte ihn an. „Will ich überhaupt fragen, woher du das weißt?"

Er lachte leise vor Verlegenheit. „Sagen wir, ich musste manchmal hastig verschwinden."

„Nun, mir entkommst du nicht so einfach", sagte sie und legte beide Arme um seinen nackten Oberkörper.

Diesmal bemühte er sich nicht, ihre Umarmung abzuwehren. „Auch nicht, wenn ich dir die Beine wegziehe?"

„Vor allem nicht, wenn du mir die Beine wegziehst", antwortete sie und die grausigen Funde des Morgengrauens waren für eine Weile vergessen.

* * *

Die Untersuchungsverhandlung des Friedensrichters, die in jedem Todesfall, der nicht auf Krankheit oder hohes Alter zurückzuführen war, unumgänglich war, wurde am folgenden Nachmittag in der Schankstube des Gasthauses abgehalten. Es schien Pickett, als ob das gesamte Dorf herbeigeströmt war und Julia stimmte zu, dass dies wahrscheinlich der Fall war.

„Sie müssen ihn alle gekannt haben, und außerdem bieten ländliche Dörfer so wenig gesellschaftliche Anlässe, dass niemand eine solche Gelegenheit verpassen möchte. Ich weiß, es klingt ziemlich kaltblütig", fügte sie entschuldigend hinzu und dachte zweifellos an das ländliche Dorf, in dem sie aufgewachsen war und in dem beide gezwungen gewesen waren, bei einem solchen Verfahren auszusagen, „aber so ist es."

„Ich schätze, dass es jetzt sogar noch weniger Unterhaltung geben wird", bemerkte Pickett.

„Oh? Wie das?"

„Die Gesellschaft im Golden Feather", erinnerte er sie. „Ich glaube nicht, dass Mr. Tyson so herzlos sein würde, einen Tanzabend abzuhalten, während sein Konkurrent auf der anderen Straßenseite auf dem Totenbett liegt."

„Sehr wahrscheinlich nicht", stimmte sie zu. „Und da liegt die Lösung des Rätsels", fügte sie hinzu und senkte ihre Stimme zu einem verschwörerischen Flüstern.

„Wo?", fragte Pickett verblüfft.

„Du hast Ned Hawkins selbst getötet, um nicht gezwungen zu sein, mich zu dieser Veranstaltung zu begleiten."

„Meine geheime Schuld wurde schließlich entdeckt", murmelte er in ihr Ohr, was bei ihr einen Kicheranfall auslöste, den sie wenig überzeugend durch ein Hüsteln zu verbergen suchte. „Obwohl ich hoffe, dass du mir sagen wirst, wie ich es geschafft habe, diese Tat zu verüben, während ich fest schlafend auf einer Decke vor den Augen meiner Anklägerin lag. Es scheint mir eine nützliche Begabung zu sein, die ich pflegen sollte."

„Dann frage ich mich auch, warum du unseren Gastwirt getötet haben solltest, um Mr. Tyson dazu zu bringen, eine oder vielleicht zwei Gesellschaften abzusagen, während du Mr. Tyson hättest töten können, um ihnen wirklich ein Ende zu bereiten."

„Apropos Mr. Tyson", sagte Pickett nachdenklich, „der ist der nächste, der vielleicht keine Träne über Mr. Hawkins' Tod vergießen wird. Vielleicht muss ich dich ins Golden Feather schicken, um ein bisschen herumzufragen."

„Meinst du das ernst?", fragte Julia, überrascht und erfreut, mit einer solchen Aufgabe betraut zu werden. „Bist du sicher, dass du das nicht lieber selbst tun würdest?"

Er schüttelte den Kopf. „Ich fürchte, bei der Absage des Tanzabends niedergeschlagen zu wirken, übersteigt meine schauspielerischen Fähigkeiten."

Der Untersuchungsrichter betrat in diesem Moment den Raum und machte eine weitere Unterhaltung unmöglich. Picketts Erfahrung nach waren Untersuchungsrichter sehr unterschiedlich: manchmal waren es Ärzte, die in medizinischen Angelegenheiten erfahren waren, aber keine Ahnung vom Gesetz hatten; manchmal Anwälte, die die Gelegenheit genossen, ihre Vorgesetzten in der Hierarchie der Justiz nachzuäffen, die Prozessanwälte mit ihren weißen Perücken, die Fälle am Old Bailey oder vor den ländlichen Geschworenengerichten übernahmen. Der Untersuchungsrichter, der die Untersuchungen wegen Ned Hawkins' Tod leitete, war ein Anwalt, und schien eines der fähigeren Mitglieder seiner Zunft zu sein, wofür Pickett dankbar war; denn als einer der drei angeblichen Finder der Leiche würde er aussagen müssen. Darin allein lag nichts Ungewöhnliches, denn er hatte schon in der Vergangenheit bei vielen Untersuchungen ausgesagt und würde auch in Zukunft noch bei vielen aussagen müssen. Doch nie zuvor war er gezwungen gewesen, absichtlich Informationen zurückzu-halten und seine Angst, unabsichtlich ein Detail aus seiner ersten, allein vorgenommenen Besichtigung der Überbleibsel des Gastwirts zu enthüllen, war so groß, dass er am Abend zuvor seine Aussage geübt hatte, mit Julia als Untersuchungsrichter – ein Verfahren, das er seit seinen frühesten Tagen in der Bow Street nicht mehr angewendet hatte. Es war natürlich nicht so, dass Julia an diesen Sitzungen teilgenommen hätte (damals hatte er noch keine Ahnung von ihrer Existenz gehabt, viel weniger, dass sie eines Tages seine Frau sein würde), doch er erinnerte sich noch an sich als verängstigtes neunzehnjähriges Mitglied der Fußpatrouille, wie er auf dem Boden seiner kleinen Wohnung in der Drury Lane auf und ab spazierte und Antworten auf jede Frage formulierte, die laut seinem Richter der Untersuchungsrichter vermutlich stellen würde. Wie er sich erinnerte, hatte er diese Übungen bis so spät in die Nacht hinein betrieben, dass seine Wirtin, die hinter ihrem Kerzenzieherladen unten lebte, schließlich mit einem Besenstiel an die Decke ihres eigenen Schlafzimmers gepocht hatte, um zu verlangen, dass er Ruhe geben sollte, damit sie schlafen könnte.

Der Untersuchungsrichter verkündete den Beginn der

Untersuchung und nachdem er Mrs. Hawkins' Bericht, dass sie ihren Mann seit Mittag vor zwei Tagen nicht mehr gesehen hätte und wie eine Suchtruppe am vorigen Tag ausgeschickt worden war, gehört hatte, ließ er die Witwe wieder Platz nehmen und rief seinen ersten Zeugen auf.

„Würde Mr. Edward Gape bitte in den Zeugenstand treten?"

Der Name war Pickett nicht unbekannt, er erinnerte sich an ihn aus seiner mitternächtlichen Suche im Register des Gasthofs. Seine Überraschung war jedoch groß, als Percival Hartsong aufstand und sich mit zierlichen Schritten nach vorn im Raum begab, wo er sich auf dem Stuhl niederließ, den seine Gastwirtin gerade geräumt hatte.

„Euer Name ist Edward Gape?", fragte der Untersuchungsrichter etwas skeptisch, was Picketts Frage laut stellte.

„Ja", gab der Dichter knapp zu.

„Aber trotzdem habt Ihr Euch Percival Hartsong genannt."

„Ich schreibe Gedichte", sagte der junge Mann auffahrend. „Wer hat je von einem Dichter namens Gape gehört?"

Der Untersuchungsrichter fand offenbar nichts gegen diese rhetorische Frage einzuwenden. „Ihr seid von Norfolk hierher zu Besuch gekommen?" Als er ein zustimmendes Nicken erhielt, fuhr er fort: „Und was tut Ihr dort?"

„Wie gesagt, ich schreibe Gedichte."

„Und davon lebt Ihr?", fragte der Untersuchungsrichter recht überrascht.

„Nein – jedenfalls noch nicht." Anscheinend fand er sich damit ab, dass der Untersuchungsrichter diese Information würde haben wollen, gestand er ziemlich widerwillig: „Ich erhalte eine Zulage von meinem Vater, Sir Richard Gape."

„Wie lange haltet Ihr Euch bereits in Banfell auf?"

„Ich bin vor vierzehn Tagen angekommen."

„Und welches Geschäft führte Euch her?"

Edward Gape mochte zur Aussage aufgerufen worden sein, doch es war Percival Hartsong, der eine ausgreifende Handbewegung machte und schwärmerisch antwortete: „Inspiration, mein guter Mann! Inspiration für meine Kunst: die Seen, die Bäche, die Fjells" – er warf Lizzie Hawkins einen Blick zu, die mit weißem Gesicht und benommen neben ihrer Stiefmutter saß – „die anderen Naturschönheiten …"

„Ja, wir kennen Euch Dichtervolk", sagte der Untersuchungsrichter, wenig beeindruckt. „Sagt mir, wart Ihr mit Ned Hawkins bekannt?"

„Ich würde es keine ‚Bekanntschaft' nennen, doch ich kannte den Mann natürlich, schließlich war er mein Gastwirt hier. Ich wohne im Hart and Hound", fügte er unnötigerweise hinzu, da jeder aus dem Dorf ihn in der Schankstube gesehen haben musste, wie er becherweise Ale heruntergoss und mit der Tochter des Gastwirts schäkerte.

„Und doch habt Ihr Euren Urlaub unterbrochen, um Euch der Suche nach einem Mann anzuschließen, der eigentlich ein Fremder für Euch war", bemerkte der Untersuchungsrichter. „Eine freundliche und rücksichtsvolle Geste, Mr. Gape."

„Keineswegs", beharrte der Dichter. „Erfahrung ist für einen Dichter wie Essen und Trinken, denn wie sollte man

116

anders über das Leben schreiben können, wenn man es nicht zuerst lebt? Und welche bessere Möglichkeit gibt es, das Leben zu verstehen, als sich dem Anblick des Todes zu stellen?"

„Oh?" Der Untersuchungsrichter schaute unvermittelt von seinen Notizen auf. „Ihr wusstet bereits, dass Ihr die Leiche Eures Gastgebers finden würdet?"

„Nein, natürlich nicht! Doch der Tod suchte an jenem Morgen die Schankstube des Hart and Hound heim, sein grässliches Antlitz spiegelte sich unauslöschlich auf dem Gesicht jedes der hier versammelten Männer. Kurz gesagt, wir wussten alle, was wir wohl finden würden. Die einzige Frage, die blieb, war, wo der Sensenmann seine bittere Ernte liegen gelassen haben mochte."

„Uff!", murmelte Julia in Picketts Ohr. „Ich hoffe, seine Dichtung klingt nicht auch so."

Pickett nickte. „Mehr oder weniger", sagte er, aber seine Gedanken waren anderswo. Wenn man die blumigen Ausdrücke des Dichters beiseite ließ, erinnerte sich Pickett doch deutlich an dessen Vorhersage, dass man den Vermissten im Bett irgendeines Flittchens finden würde. Hatte er damals absichtlich gelogen oder hatte er die Ereignisse des vorigen Tages in seiner Erinnerung so überarbeitet, um sich in einem vorteilhafteren Licht zu zeigen?

Pickett hatte nicht viel Zeit, darüber nachzudenken, denn der Untersuchungsrichter stellte schon seine nächste Frage. „Sagt mir bitte, was Ihr bei Eurer Suche gefunden habt."

„Ich nahm den Weg zum Fluss hinab und wanderte dann

ein Stück flussaufwärts. Das Ufer ist an manchen Stellen so schmal, dass ich einen Teil der Zeit gezwungen war, im Fluss selbst zu waten." Er warf seinen misshandelten Stiefeln einen bösen Blick zu und Pickett musste sich über die vorsichtigen Schritte des Dichters nicht mehr wundern; er war überrascht, dass Percival Hartsong seine Füße überhaupt in die Stiefel hatte quetschen können, nachdem sie am Morgen zuvor völlig durchnässt worden waren. „Nach einigen Schritten sah ich den Körper von Ned Hawkins am Ufer liegen, halb im Wasser und halb draußen."

„Welche Hälfte?"

„Wie bitte?"

„Ihr sagtet, der Körper wäre halb im Wasser und halb draußen gewesen. Welche Hälfte war drinnen, welche draußen?"

„Oh, ich verstehe. Die obere Hälfte – Kopf und Oberkörper – lag im Wasser und die Beine auf dem Ufer, so unglücklich verbogen, dass ich wusste, sie mussten gebrochen sein."

„Wenn nicht auch die Chirurgie zu Euren Talenten gehört, Mr. Gape, überlasst bitte alle Spekulationen über den medizinischen Zustand der Leiche dem Arzt."

Auf diesen recht milden Tadel hin wurde der Dichter dunkelrot. „Ja, nun, es brauchte keinen Arzt, um zu erkennen, dass der Mann tot war. Wir konnten ihn kaum in diesem Zustand dort liegen lassen, daher brachten wir ihn über den Klippenpfad nach oben."

„,Wir', Mr. Gape? Bislang habt Ihr bei uns den Eindruck erweckt, dass Ihr allein auf der Suche wart."

„Da waren noch zwei andere", räumte der Dichter ziemlich widerwillig ein. „Ein Bauer – ich glaube, sein Name ist Wilson – und ein weiterer Gast hier, ein Mann aus London."

„Danke, Mr. Gape. Ich denke, wir werden uns anhören, was dieser ‚Mann aus London' zu sagen hat. Mr. John Pickett, würdet Ihr bitte in den Zeugenstand treten?"

Pickett warf Julia einen nervösen Blick zu, der nicht völlig vorgetäuscht war und erhob sich von seinem Stuhl, wobei er sein Bestes tat, um sich wie ein Urlauber zu benehmen, der noch nie in seinem Leben vor einem Untersuchungsrichter aufgetreten war.

„Ihr seid Mr. John Pickett aus London?"

„Ja, Sir."

„Und wie lange seid Ihr schon im Hart and Hound?"

„Drei Tage."

„Die Art Eures Geschäfts in Banfell?"

„Ich bin auf der Hochzeitsreise."

„Verstehe", sagte der Untersuchungsrichter und sein wissender Blick wanderte von Pickett zu Julia und wieder zurück. „Weniger Geschäft als Vergnügen."

Pickett errötete bei dieser Beobachtung so lebhaft, dass jeder, der seine Anwesenheit in Cumberland infrage hätte stellen wollen, vollkommen zufrieden gewesen wäre.

„Und dennoch habt Ihr Eure junge Frau allein gelassen, um Euch an der Suche nach einem vermissten Fremden zu beteiligen?"

„Es schien mir richtig zu sein. Als wir – meine Frau und ich – am Abend zuvor zum Essen herunterkamen, versprach einer der Männer in der Schankstube Mrs. Hawkins, wenn ihr Mann nicht am nächsten Morgen wieder aufgetaucht wäre, würde jeder gesunde Mann im Dorf ausziehen, um nach ihm zu suchen. Ich bin ein gesunder Mann" – er zwang sich, bei dieser Aussage nicht an den Zusammenhang mit seinen Flitterwochen oder schlimmer noch, an die Untersuchung des Arztes aus der Harley Street zu denken, die dazu bestimmt gewesen war, seine Impotenz (oder nicht) zu beweisen, um die Ehe zu annullieren, doch Julias verschmitztes Lächeln sagte ihm, dass zumindest ihr der unbeabsichtigte Doppelsinn nicht entgangen war – „als daher der Morgen graute, ging ich nach unten, um nachzufragen und als ich erfuhr, dass es keine Spur von Mr. Hawkins gäbe, schloss ich mich der Suche an."

„Begleitet von Mr. Wilson und Mr. Gape, wie dieser behauptet?"

Pickett nickte. „Ja, Sir. Mr. Hetherington" – er sah sich in dem überfüllten Raum um, sah aber keine Spur des Freundes seines Magistrats unter den ländlichen Neugierigen – „hielt es für die älteren Männer sicherer, nicht den Klippenweg zu übernehmen, da es noch nicht hell war, als wir uns auf den Weg machten."

„Bitte beschreibt der Jury, was Ihr vorfandet, wenn Ihr so gut sein wollt."

Pickett entspannte sich etwas, da er bemerkte, dass die Frage, die er am meisten fürchtete – nämlich, was er in London tat, um seinen Lebensunterhalt zu verdienen – nicht gestellt werden würde; anscheinend hatte der Untersuchungsrichter ihn fälschlich für einen Gentleman gehalten. Pickett segnete Julia schweigend dafür, ihn mit eleganter Kleidung ausgestattet zu haben, wie unangenehm ihm diese Geste zunächst auch gewesen war. Er seufzte erleichtert und begann den Bericht, den er in der Nacht zuvor geübt hatte. „Wir fanden die Leiche – Mr. Hawkins, meine ich – so, wie Mr. Gape beschrieben hat, bäuchlings am Rande des Flusses liegend. Seine Beine waren in einem ungünstigen Winkel abgespreizt und sein Gesicht wirkte zerschlagen, ansonsten gab es keine Anzeichen, dass ein Tier ihn berührt haben könnte."

Er richtete die letzte Bemerkung in beruhigendem Ton an die Witwe und war keineswegs überrascht, als der Untersuchungsrichter etwas herablassend sagte: „Ich weiß, Ihr meint es gut, Mr. Pickett, doch vielleicht überlasst Ihr solche Spekulationen besser dem Arzt."

„Ich bitte um Verzeihung", sagte Pickett bescheiden.

Nachdem er die Feststellungen des Dichters bestätigt hatte, wurde Pickett bald entlassen und Ben Wilson wurde aufgerufen. Der freie Bauer erwies sich im Zeugenstand als ebenso zurückhaltend, wie er es auf dem Klippenweg gewesen war und der Untersuchungsrichter entließ ihn bald, da ihm klar war, dass er aus diesem dritten Zeugen nicht mehr herausbekommen würde, als er nicht schon mit weiteren Einzelheiten von den beiden vorigen gehört hatte. Als nächsten Zeugen rief der Untersuchungsrichter den Arzt auf und es erhob sich ein interessiertes Raunen, als ein kleiner, untersetzter Mann mit schütterem grauem Haar und einer metallgefassten Brille auf seinen Ruf antwortete.

„Ihr habt den Körper von Ned Hawkins untersucht?", fragte der Untersuchungsrichter ihn.

„Ja", sagte der Mediziner und neigte den Kopf.

„Und was ist Eure fachmännische Meinung?"

Der Arzt schob seine Brille auf der Nase hoch. „Zunächst, Mr. Gape hatte völlig recht, als er annahm, dass die Beine des Mannes gebrochen waren."

„Ist der Mann dann ertrunken, weil er wegen seiner Verletzungen nicht imstande war, aus dem Wasser herauszukommen?"

„Lieber Himmel, nein!", rief der Arzt leicht überrascht aus. „Ihr scheint von der falschen Annahme auszugehen, dass Ned Hawkins den Klippenweg hinuntergegangen und irgendwie vom Ufer aus ins Wasser gefallen wäre. Meiner Meinung nach jedoch können die Verletzungen, die er erlitten hat, nur das Ergebnis seines Aufpralls sein, nachdem er aus großer Höhe gestürzt ist. Es ist meine fachmännische Meinung, dass er von dem Felsen oben gefallen oder gesprungen ist."

Bei der Andeutung eines Selbstmordes brach der Raum in Stimmengewirr aus, die lauteste Stimme war Mrs. Hawkins'.

„Niemals ist er gesprungen!", verkündete sie. „Mein Ned war ein guter Mann! Er hätte nie etwas so Sündhaftes getan!"

Es schien, dass jeder Bewohner des Dorfes etwas zu diesem Thema zu sagen hatte, und jeder schien entschlossen zu sein, gleichzeitig seine Ansichten zu äußern. Schließlich hielt es der Untersuchungsrichter für notwendig, die Menge zur Ordnung zu rufen, bevor er mit seiner Befragung fortfuhr.

„Ja, Mrs. Hawkins", sagte er keineswegs unfreundlich zu der Witwe „Ihr werdet gleich sprechen dürfen, aber lasst mich zuerst mit dem Arzt zum Ende kommen. Ihr vermutet, Doktor, der Verstorbene könnte in den Tod gesprungen sein. Habt Ihr irgendeinen Grund zu der Annahme, dass er das getan haben könnte?"

„Ich wollte nichts Schlechtes über den armen Ned sagen", versicherte der Arzt schnell. „Ich wollte nur darauf hinaus, dass seine Verletzungen dazu passen, dass er, auf welche Weise auch immer, oben von der Klippe hinabgestürzt ist, statt nur vom Ufer in den Fluss gefallen."

„Und doch wart Ihr bereits seit einiger Zeit sein Arzt, nicht wahr?"

„Ja, zwanzig Jahre und mehr."

„Ich schätze, Männer und Frauen vertrauen manchmal ihrem Arzt Dinge an, die wenig mit ihrer Gesundheit zu haben, ähnlich, wie sie sich einem Geistlichen anvertrauen könnten. Hat Ned Hawkins Euch je etwas erzählt, was jetzt rückblickend darauf schließen lassen könnte, dass er daran dachte, sich das Leben zu nehmen?"

Mrs. Hawkins schluchzte ihre Einwände gegen diese Art der Befragung, was Lizzie veranlasste, ihren Arm um ihre Stiefmutter zu legen und den Untersuchungsrichter böse anzufunkeln. Unabhängig von ihren Meinungsverschiedenheiten in Bezug auf den Charakter und die Absichten von Percival Hartsong schienen sie sich darin einig zu sein, den Ruf von Ned Hawkins zu schützen.

„Sicher hatte er keine medizinischen Probleme, die ihn dazu hätten bringen können, eine so unwiderrufliche Lösung zu suchen, denn seine Gesundheit war für einen Mann in den Vierzigern gut, nichts außer den gewöhnlichen Schmerzen und Beschwerden, die man in diesem Alter zu erwarten hat. Was andere als medizinische Probleme angeht, kann ich nichts sagen. Ned war zwar ein freundlicher und umgänglicher Mensch, aber er hatte keine besonders mitteilsame Natur."

„Verstehe. Kehren wir noch einen Moment zu seinem Fall von der Klippe zurück, da es keine Beweise für das Gegenteil gibt, zumindest einstweilen, wollen wir es einen Fall nennen. Würdet Ihr sagen, dass der Tod sofort eingetreten sein dürfte?"

Der Arzt runzelte nachdenklich die Stirn. „Ich möchte meinen, dass es sehr unwahrscheinlich ist, dass ein Mann einen solchen Sturz überlebt, insbesondere angesichts der Verletzungen, die er erlitten hat."

Pickett stieß den Atem aus, er war sich nicht einmal bewusst gewesen, dass er ihn noch angehalten hatte. Zumindest, wenn jemand – der Mörder zum Beispiel – etwas von dem Brief in Neds Tasche wusste, und einen Verdacht hegte, dass dieser Brief von einem Dritten entfernt worden sein könnte, bevor der Mörder in der Lage gewesen war, ihn selbst zu holen, würde er keinen Grund haben zu glauben, dass Ned lange genug gelebt hatte, um vor seinem Tod noch etwas zu jemandem zu sagen. Nicht, dass er überhaupt viel mitgeteilt hatte; trotzdem, wenn Ned keine besonders „mitteilsame Natur" gewesen war, dann war die Tatsache, dass er versucht hatte, Pickett etwas zu sagen – abgesehen davon, dass er überhaupt erst an die Bow Street geschrieben hatte – umso bedeutsamer.

Der Untersuchungsrichter dankte dem Arzt und entließ

ihn, um dann Mrs. Hawkins erneut aufzurufen, damit sie der Jury den Gemütszustand ihres Mannes zu dem Zeitpunkt, als sie ihn zuletzt gesehen hatte, beschreiben konnte. Pickett war nicht überrascht, dass sie heftig jeden Verdacht leugnete, ihr Mann könnte auch nur die kleinste Sorge gehabt haben. Seine Meinung über den Gerichtsmediziner stieg schnell an, als dieser schlaue Praktiker der juristischen Künste gekonnt die Information extrahierte, dass Ned sich in letzter Zeit ein wenig Sorgen um seine Tochter gemacht hatte, da sie kürzlich die Aufmerksamkeit des falschen Mannes auf sich gezogen hatte, was kaum überraschend war, denn das Mädchen war so hübsch wie ein Maimorgen (was Lizzie besänftigte, die bereit zu sein schien, sich gegen diese Herabsetzung ihres Liebsten zu wehren), und man konnte heutzutage nicht vorsichtig genug sein, oder?

„Und", fuhr sie fort, „ich muss zugeben, dass mein Ned sich in letzter Zeit ein wenig ums Geld sorgte, nachdem dieser Jedidiah Tyson, der nie zwei Shilling in der Tasche hatte, sich plötzlich mit einem eleganten Haus auf der anderen Straßenseite etablierte, mit Tänzen und Kartenspiel und wer weiß, was noch alles unter seinem Dach vor sich geht, in der Hoffnung, dass diese hochwohlgeborenen Urlauber ihre Taschen packen und aus unserem Haus fort zu ihm ziehen. Aber das heißt nicht, dass er deshalb bereit gewesen wäre, sich umzubringen, denn wenn er jemanden hätte töten wollen, wäre es Jedidiah Tyson gewesen."

Pickett hatte nur mit einem halben Ohr dieser Aussage zugehört, da er recht wohl wusste, dass Ned Hawkins keinen Selbstmord begangen hatte, doch bei dieser Behauptung spitzte er die Ohren und richtete sich ein wenig gerader in seinem Stuhl auf.

Es folgten eine Reihe äußerst langweiliger Aussagen von verschiedenen Personen, die der Meinung waren, dass Ned Hawkins nicht an Selbstmord gedacht hatte, von seiner Tochter Lizzie („Es ist wahr, dass Papa Mr. Hartsong nicht sehr mochte, aber nur, weil er nichts von Dichtung verstand") zu seinem Sohn Jem („Oh, wir waren uns nicht immer einig – welcher Vater und Sohn sind das schon? –, aber zu glauben, er würde sich wegen so etwas umbringen, das ergibt keinen Sinn – das wäre ja fast, als würde er mir nachgeben, nicht wahr?") dem Pfarrer („Ich bin sicher, keines meiner Gemeindemitglieder könnte eine solche Sünde gegen seinen eigenen Körper in Betracht ziehen, geschweige denn begehen").

Schließlich forderte der Untersuchungsrichter den letzten hiervon auf, den Stuhl zu räumen und gab dann seine Anweisungen an die Geschworenen, deren Aufgabe, wie er sie erinnerte, darin bestand zu beschließen, ob Ned Hawkins' Tod auf natürlichen Ursachen, Selbstmord, Unfall oder rechtswidriger Tötung beruhte. Sie brauchten für die Beratung nur ein paar Minuten, bis sie zurückkehrten, und ein großer, dünner Mann mit einem fliehenden Kinn überbrachte einen Urteilsspruch, der zwar falsch, aber kaum überraschend war: „Die Geschworenen sind davon überzeugt, dass Ned Hawkins starb, weil er versehentlich von der Klippe fiel. Unser Urteil lautet daher auf Tod durch Unfall."

7

In dem John Pickett ein bislang ungeahntes Talent zeigt,
wenn auch unter Zwang

Ich bin froh, dass das vorbei ist", sagte Pickett, schloss die Tür und lehnte sich dagegen. Nachdem die Jury ihren Beschluss verkündet hatte, waren die meisten aus der Menge über die Straße zum Golden Feather gezogen, um die Verhandlung zu diskutieren, da ein rudimentäres Gefühl für Anstand sie daran hinderte, dies zu tun, während sie noch unter dem Dach des Verstorbenen weilten. Pickett und Julia hingegen waren zu eigentlich dem gleichen Zweck die Treppe hinauf in die Sicherheit ihres eigenen Zimmers geflüchtet.

„Ich denke, du hast es recht gut gemacht", versicherte sie ihm. „Es kann dir nicht leichtgefallen sein, absichtlich Geschworene irrezuführen ..."

„Ich habe sie nicht belogen", warf er abwehrend ein und trat von der Tür weg. „Ich habe nichts gesagt, was nicht der Wahrheit entsprach. Ich habe nur ... ihnen nicht alles gesagt, was ich wusste. Genauer gesagt, ich habe dich sorgfältig herausgehalten. Verstehe es nicht falsch, Julia, ich habe vor,

Gerechtigkeit für Ned Hawkins zu suchen, doch ich werde es tun, ohne dich noch weiter in Gefahr zu bringen. Was jedoch Mrs. Hawkins über Mr. Tyson sagte – könnte er unser Mann sein?"

Sie seufzte. „Ich wusste, dass du mich das fragen würdest. Ich glaube nicht, dass er es war. Ich denke, ich hätte sehen müssen, dass er so hager war, aber ganz sicher kann ich nicht sein." Sie bedeckte ihr Gesicht mit den Händen. „Wenn ich mich nur genau daran erinnern könnte, was passiert ist! Es war so schnell vorbei und ich habe seither so intensiv versucht, mich daran zu erinnern, dass ich nicht länger sicher bin, was ich wirklich gesehen habe und was meine Einbildung danach hinzuerfunden hat."

„Nur umso mehr Grund, dich nicht aussagen zu lassen", sagte Pickett. „Der Untersuchungsrichter hätte Hackfleisch aus dir gemacht und unterdessen hätte der, wer auch immer Hawkins gestoßen hat, genau erfahren, wer ihn gesehen hatte."

„Du meinst also, er war bei der Verhandlung? Der Mörder, meine ich."

„Ich schätze, er würde genau wissen wollen, was von Hawkins' Tod gesehen oder darüber vermutet wurde. Andererseits erwarte ich, dass die Neuigkeiten sich in kaum einer Stunde in ganz Banfell verbreiten werden, daher würde er auf jeden Fall davon erfahren."

„Ja, für die Dorfbewohner war die Untersuchung wahrscheinlich das Aufregendste, was sie seit Jahren erlebt haben." Sie schenkte ihm ein verschmitztes Lächeln. „Und sie werden es für eine großartige Vorstellung gehalten haben! Ich fand, dass Mr. Hartsong – oder sollte ich ihn Mr. Gape nennen? – auf jeden Fall, fand ich, dass er ein überraschend guter Zeuge war, wenn auch ein wenig blumig. Mein liebster Moment war jedoch, als du dem Untersuchungsrichter versichertest, dass du ein gesunder Mann wärest."

Pickett wurde bei dieser Erinnerung erneut rot. „So hatte ich es nicht gemeint!"

„Das weiß ich, deshalb war es ja so komisch. Und jetzt", sie legte ihm eine Hand auf den Rücken und schob ihn sanft in die Richtung des Waschtischs, „solltest du dich am besten damit befassen, diesen gesunden Körper anzukleiden. Wir haben für heute Abend den Hetheringtons zugesagt, wie du weißt."

Das Thema des Mordes wurde, wenigstens vorläufig, fallen gelassen, während sie sich für das Diner umzogen. Picketts Krawatten waren in den wenigen Monaten seit seiner Heirat zunehmend besser gestärkt worden und er benötigte daher mehr Zeit (und oft mehr als eine Krawatte), bevor er ein ansehnliches Ergebnis erzielte. Außerdem verfügte ihr Zimmer nur über einen Spiegel über dem Waschtisch, was hieß, dass er und Julia, da ihr Frisiertisch fehlte, ihn nacheinander benutzten mussten.

„Du kannst dir nicht vorstellen, wie erfreulich es ist, wieder Farben zu tragen." Nachdem sie sich für diese Gelegenheit in lila Seide gehüllt hatte, stand sie vor dem kleinen, viereckigen Spiegel und befestigte tränenförmige Ohrringe aus Perlen und Amethysten in ihren Ohrläppchen. „Wenn ich an all diese Monate denke, die ich in tiefem Schwarz verbracht habe, wundere ich mich, dass du mir je einen zweiten Blick gegönnt hast."

„Ich wundere mich, dass du mir je einen ersten gegönnt hast", sagte er und staunte erneut darüber, wie weit sie in den vierzehn Monaten gekommen waren, nachdem sie sich buchstäblich über der Leiche ihres ersten Mannes kennengelernt hatten. Er konnte sich bei jener Gelegenheit kaum vorteilhaft präsentiert haben, da er von der Schönheit der Lady so geblendet gewesen war, dass er kaum einen zusammenhängenden Satz herausgebracht haben dürfte.

„John?" Ihre Augen trafen ihn im Spiegel, und es wurde schnell klar, dass ihre Gedanken ähnliche Wege gingen. „Was hättest du getan, wenn du einen Beweis dafür entdeckt hättest, dass ich Fieldhurst getötet hätte?"

Er schüttelte den Kopf. „Ich wusste, dass du es nicht getan hattest. Ich wusste, das konnte nicht sein."

„Wofür ich ewig dankbar sein werde, da dein Vertrauen in mich vermutlich das einzige war, was mir den Galgen erspart hat! Doch nur rein theoretisch, was hättest du getan, wenn du entdeckt hättest, dass du dich irrtest?"

Er warf ihr einen langen, nachdenklichen Blick zu. „Dann, fürchte ich", sagte er schließlich, „wäre der Mord an dem armen Lord Fieldhurst wohl ungelöst geblieben."

„Hmm." Sie musterte sein Spiegelbild lange und anerkennend. „Ich frage mich, ob du das fertiggebracht hättest."

Er trat hinter sie, legte seine Arme um sie und vergrub seine Nase in ihrem nach Veilchen duftenden Haar. „Glaubst du, ich hätte es übers Herz gebracht, dich an den Galgen gehen zu lassen, wenn ich irgendetwas hätte tun können, um das zu verhindern?"

„Ich glaube nicht, dass dein Gewissen etwas anderes zugelassen hätte, ganz gleich, wie sehr du es dir gewünscht hättest", sagte sie und lehnte sich in seine Umarmung zurück. „Du hast größere persönliche Integrität als irgendjemand sonst, den ich kenne – wenn du nicht gerade den Geschworenen Information vorenthältst und sie in die Irre führst, heißt das."

* * *

Robert Hetheringtons Kutsche kam sie pünktlich um halb sieben Uhr abholen. Pickett half Julia hinein und stieg dann selbst ein. Die Entfernung zum Landsitz der Hetheringtons war nicht groß und er hätte sie leicht zu Fuß zurücklegen können, doch unter den vielen kleinen Dingen, die er bei seinen Ermittlungen im Falle des Mordes an ihrem ersten Ehemann aufgesammelt hatte, gehörte auch die Tatsache, dass die Abendschuhe von Ladys nicht dazu gemacht waren, längere Strecken zu Fuß auszuhalten. Auch nicht, nahm er an, die der Gentlemen; er hatte zu seinem ersten Besuch bei Mr. Hetherington Stiefel getragen, doch an diesem Abend trug er weiche Lederschuhe, die sich sicher gut zum Tanzen eignen würden (wenn er sich darauf verstünde), doch vermutlich in Fetzen gegangen wären, wenn er versucht hätte, diesen Weg hin und zurück zu laufen.

Auf jeden Fall war die Kutschfahrt sicherlich schneller, als der Weg zu Fuß gewesen wäre und es schien überhaupt keine Zeit vergangen zu sein, bis sie vor dem Anwesen der Hetheringtons abgesetzt wurden. Ein Zwillingspaar von Lakaien (man konnte sie wirklich nicht anderes beschreiben), riss die zweiflüglige Tür auf, und als sie ins Foyer traten, kam Robert Hetherington ihnen persönlich zur Begrüßung entgegen.

„Ah, Mr. und Mrs. Pickett! So erfreut, dass Ihr kommen konntet. Ich kann mich nicht erinnern, Mr. Pickett, ob Ihr bei Eurem früheren Besuch meine Frau bereits kennengelernt habt? Nein? Dann kommt und lasst mich Euch vorstellen."

Er führte sie durch eine Tür links im Foyer, wo eine noch immer gut aussehende Frau von ungefähr sechzig Jahren auf einem mit kirschfarben gestreiften Seidenbrokat gepolsterten Sofa saß. Sie erhob sich und schüttelte ihre pflaumenfarbenen Röcke aus, als sie den Raum betraten, und Pickett bemerkte, dass sie so groß und dünn war, um fast hager zu wirken. Doch ihr Lächeln war freundlich und wenn sie sprach, lag ein angenehmer, fast melodischer Akzent in ihrer Stimme.

„Ich freue mich so, Euch kennenzulernen, Mrs. Pickett, Mr. Pickett", sagte sie und streckte Julia ihre weiß behandschuhten Hände hin. „Mein Mann erzählte mir, dass Ihr jung verheiratet wäret."

„Drei Monate", sagte Julia und nahm Mrs. Hetheringtons Hände in ihre. Sie spürte, wie die ältere Frau zusammenzuckte, und lockerte ihren Griff sofort.

„Erlaubt mir dann, Euch beiden alles Glück zu wünschen", sagte ihre Gastgeberin. In diesem Moment ertönte der Gong zum Diner und sie wandte sich Pickett zu. „Nun! Das war sehr schnell, nicht wahr? Wenn Ihr mir Euren Arm reichen wollt, Mr. Pickett, könnt Ihr mich zum Diner führen. Ich habe einen ausgezeichneten Koch – einen Emigranten aus Frankreich, wisst Ihr – doch er kann recht temperamentvoll sein, wenn man seine Meisterwerke kalt werden lässt."

„Das ist immer so die Art und Weise dieser Genies", bemerkte Mr. Hetherington, als er Julia seinen Arm bot. „Sie alle haben ihre Schwächen. Meint Ihr nicht auch, Mr. Pickett?"

Der Blick, den der Mann ihm zuwarf, war so bedeutungsvoll, dass Pickett sich nicht sicher war, ob er aufgefordert wurde, etwas wenig Schmeichelhaftes über Mr. Colquhoun zu äußern, oder ob der Brief seines Richters irgendwie bei seinem Gastgeber den Eindruck erweckt hatte, dass er sich selbst für ein Genie hielte und daher eines Dämpfers bedürfte. Nicht zum ersten Mal wünschte er sich, genau zu wissen, was Mr. Colquhoun in seinem Empfehlungsbrief geschrieben hatte. „Ich glaube nicht, dass ich mit Genies bekannt bin", gestand Pickett. „Ich werde es Euch einfach aufs Wort glauben müssen."

Welche Probleme das Temperament des Kochs auch darstellen mochte, es wurde bald klar, dass seine Fähigkeiten nicht übertrieben gelobt worden waren. Pickett ließ sich ein zweites Mal von der Schildkrötensuppe servieren und nahm sich die Freiheit, das auszusprechen.

„Ich hatte großes Glück, ihn zu bekommen", sagte Mrs. Hetherington. „Er war zu Beginn des Terrors aus Frankreich geflohen, zuerst nach Dublin. Mr. Hetherington hat ihn dort gefunden, als wir Verwandte besuchten, und wir haben ihn mitgebracht."

„Dann stammt Ihr aus Irland?", fragte Julia leicht überrascht ihren Gastgeber.

„Nein, nein, ich selbst bin in Cumberland geboren und

aufgewachsen, aber Brigid", er deutete mit der Gabel in die Richtung seiner Frau, die am entgegengesetzten Ende des Tisches saß, „kommt von der Smaragdinsel."

„Was für ein schöner Name für Eure Heimat", sagte Julia zu ihrer Gastgeberin. Beide Damen hatten ihre Hände zum Essen von den Handschuhen befreit und Julia bemerkte mit mitleidigem Schrecken, dass Mrs. Hetheringtons Finger so verkrümmt von Arthritis waren, dass sie wie Klauen wirkten. Kein Wunder, dass die Frau zusammengezuckt war, als Julia ihre Hände gedrückt hatte!

„Es ist wirklich ein schöner Name und passt auch sehr gut, stammt aber nicht ursprünglich von meinem Mann", sagte sie und lächelte ihn über den langen Mahagonitisch an.

„Nein, ein Dichter hat es zuerst gesagt", sagte Mr. Hetherington mit ungetrübt guter Laune.

„Das passt", sagte Pickett und zwinkerte Julia zu.

„He, was soll das?", fragte Mr. Hetherington.

Julia errötete leicht und beschloss, ihrem Mann zu erklären, dass es sich nicht gehörte, seiner Frau bei Tisch zuzuzwinkern. „Im Hart and Hound wohnt ein junger Mann, der behauptet, ein Dichter zu sein", erklärte sie. „Da ich sein Werk nicht kenne, kann ich keine Meinung über seine Qualitäten abgeben, doch er neigt dazu, sich ausgesprochen blumig auszudrücken."

„Ja, seit dieser Kerl, Wordsworth, nach Grasmere gezogen ist – wann war das noch, vor zehn Jahren?" – und als seine Frau nickte, fuhr Hetherington fort: „… hat sich jeder armselige Reimeschmied in England nahe den Seen hier niedergelassen. Doch ich glaube, ich kenne den Kerl, von dem

Ihr sprecht. Hat heute bei der Untersuchung ausgesagt, nicht wahr?"

„Ja", stimmte Pickett zu, leicht überrascht. „Wart Ihr dort, Sir? Ich habe Euch nicht gesehen."

„Nein, ich war nicht dort. Ich fand, ich hätte meinen Anteil geleistet, indem ich die Suche organisierte. Außerdem war es klar wie Kloßbrühe, wie das Urteil ausfallen würde. Ein Missgeschick, von der Klippe gefallen, stimmt es nicht?"

Pickett nickte. „Völlig richtig. Passiert das oft? Ich meine, dass Leute von der Klippe fallen."

„Nun, es kommt ziemlich häufig vor, allerdings gewöhnlich nicht bei den Einheimischen. Die wissen es besser, als dem Rand zu nahe zu kommen. Die meisten jedenfalls", fügte er düster hinzu, griff dann nach seinem Weinglas und nahm einen tiefen Zug.

„Robert, versuche, ein wenig Nachsicht zu haben, mein Lieber", tadelte seine Frau ihn. „Ned Hawkins schien es nie an gesundem Menschenverstand zu mangeln. Wer weiß, was er an jenem Tag im Kopf hatte?"

„Tja, da hast du wohl recht. Ich könnte aber wetten, dass es jeden Mann zur Verzweiflung bringen könnte, der seine Tochter in Zaum halten müsste."

„Ich fürchte, Lizzie Hawkins flirtet ein wenig zu gern", erklärte Brigid Hetherington zur Information ihrer Gäste. „Ein junger Bauer hat ihr den Hof gemacht, doch ich fürchte, diese plötzliche Invasion von Dichtern hat dem Mädchen den Kopf verdreht."

„Ja, wir haben gesehen, wie einer von ihnen im Gasthaus mit ihr flirtete", sagte Julia. „Derselbe, tatsächlich, der bei der

Untersuchung aussagte. Er nennt sich Percival Hartsong, doch wie sich herausstellte, ist sein richtiger Name Gape."

„Meiner Ansicht nach wäre es das Beste für sie, den jungen Wilson zu nehmen", warf ihr Gastgeber ein.

„Diesen Eindruck hatte ich auch", stimmte Julia zu. „So gern ich gelegentlich lese, ich fürchte, das Schreiben von Gedichten würde kein beständiges Einkommen erzielen, um eine Frau zu versorgen – es sei denn, natürlich, dass er aus anderer Quelle ein unabhängiges Einkommen erzielt." Sie ließ den Verdacht, den ihr Mann mit ihr teilte, unausgesprochen, dass der Dichter keine Heirat im Sinne hatte, wenn er um die Tochter des Gastwirts warb.

Der Butler und zwei Diener betraten in diesem Moment das Speisezimmer und trugen die Platten mit dem Fleischgericht, was die Unterhaltung unterbrach, bis der erste Gang abgeräumt war und ein Braten vor Pickett hingestellt worden war.

„Würdet Ihr aufschneiden, Mr. Pickett?", bat Mrs. Hetherington und sah ihn erwartungsvoll an.

Pickett nahm das lange Messer, das der Butler ihm hinhielt, mit einiger Besorgnis entgegen, denn dies war eine Fähigkeit, die er sich erst in den Monaten seit seiner Hochzeit angeeignet hatte. Davor hatte er allein in einer Wohnung in der Drury Lane gelebt und bei den seltenen Gelegenheiten, wenn er sich zum Abendessen ein Stück Fleisch leisten konnte, hatte er das gebratene Fleisch mit den Zähnen vom Knochen gebissen, um keine Faser zu verlieren. Kurze Zeit, nachdem er in Julias Stadthaus in der Curzon Street gezogen war, hatte ihr gutherziger Butler, Rogers, sein Problem erkannt und ihn zu einer Privatstunde in dieser Kunst beiseite genommen.

Dennoch, dies war das erste Mal, dass er gezwungen sein würde, sein Geschick (oder dessen Fehlen) vor Publikum zu beweisen. Innerlich wiederholte er Rogers Anweisungen, erkannte die Faserrichtung und schnitt mit genügender Festigkeit quer dazu, dass er das Fleisch nicht in Stücke hacken musste, indem er hin und her sägte. Er warf Julia einen Blick zu und, als er sah, wie sie ihn mit Anerkennung und, ja, Stolz, anstrahlte, stieß einen Seufzer der Erleichterung aus, und wunderte sich erneut, dass sie genau gewusst hatte, wer – und was – er war, und ihn trotzdem geheiratet hatte.

Nachdem der Braten erfolgreich tranchiert war, übernahm der Butler der Hetheringtons die Aufgabe, jedem am Tisch eine Scheibe Braten zu servieren. Zur etwas verlegenen Überraschung beider Picketts stellte sich einer der beiden Lakaien neben Mrs. Hetheringtons Ellbogen und begann, ihr Fleisch in viel kleinere Stückchen zu zerschneiden.

„Bitte, achten Sie nicht auf mich", bat sie inständig. „Ich leide unter lästigen, arthritischen Beschwerden, die es mir unmöglich machen, etwas so Einfaches zu tun, wie meinen eigenen Braten zu schneiden. Ich fühle mich dabei so sehr wie ein Kind, dass ich halb erwarte, meine längst verstorbene Gouvernante jeden Moment hier auftauchen und mich zurück ins Kinderzimmer schleppen zu sehen. Ihr könntet sagen, dass ich meinen Gästen das Erröten ersparen könnte und mich auf Speisen beschränken, die ich ohne Hilfe essen kann, aber ich genieße Andrés Küche zu sehr, um dieses Opfer zu bringen."

„Und das sollte auch niemand von Euch erwarten!", rief Julia, entsetzt von dem bloßen Vorschlag.

„Für meinen Teil würde es mich weit mehr in Verlegenheit bringen, zu essen, während Ihr darauf verzichten müsstet", pflichtete Pickett ihr bei.

„Was für großartige junge Leute Ihr seid!", rief ihre Gastgeberin aus. „Ich kann sehen, dass Mr. Colquhoun nicht übertrieben hat."

Sie dankte dem Lakaien und entließ ihn, und nachdem die Diener sie allein gelassen hatten, nahm ihr Mann die Fäden ihres unterbrochenen Gesprächs wieder auf. „Sagt mir, Mr. Pickett, werdet Ihr morgen an der Beerdigung teilnehmen?"

„Ich weiß nicht", gestand Pickett. „Ich denke, ich sollte es tun, da ich einer der drei Männer war, die die Leiche entdeckt haben."

„Ziemlich makabre Art, Eure Flitterwochen zu verbringen, meint Ihr nicht? Ich möchte meinen …"

Mrs. Hetherington hob ihre knotigen Hände. „Bitte nicht mehr, Robert! Ich weigere mich, mein Diner von Ned Hawkins' Geist heimsuchen zu lassen. Sagt mir, Mrs. Pickett, ist dies Euer erster Besuch im Lake District?"

Mit dieser Frage wandte die Unterhaltung sich allgemeineren Themen zu. Als die Hetheringtons entdeckten, dass weder Mr. noch Mrs. Pickett die Gegend früher besucht hatten, waren sie schnell dabei, Zeitvertreib zu empfehlen, der für ein jung verheiratetes Paar interessant sein mochten, vom Wandern in den Fjells bis zum Mieten eines Boots, um auf dem See zu rudern. Pickett hielt den Atem an, als Mr.

Hetherington einen besonders malerischen Ort vorschlug, an dem man ein Picknick genießen konnte, und erkannte ihn als den Ort, an dem er eingeschlafen war, während Julia Zeuge des grässlichen Mordes geworden war, aber hier hatte er seine Frau unterschätzt: nichts, weder in ihrem Gesichtsausdruck noch ihrer Haltung verrieten mehr, als über das höfliche Interesse hinausging.

„Wir haben normalerweise Gesellschaften am Mittwochabend, genau wie in London", fuhr Mrs. Hetherington fort. „Ich gehe davon aus, dass die nächste in zwei Tagen abgesagt werden muss. Wie schade! Ich bin sicher, es wird Jedidiah Tyson – dem das Golden Feather gehört, wisst Ihr, direkt gegenüber vom Hart and Hound – sehr gegen den Strich gehen, doch ich denke, sie werden nächste Woche wieder weitergehen, wenn Ihr plant, so lange in Banfell zu bleiben."

„Unsere Pläne sind nicht so festgelegt", erklärte Julia ihr und warf dabei Pickett einen raschen, um Bestätigung bittenden Blick zu, „aber wir werden es sicher im Auge behalten. Euer Ehemann hatte Mr. Pickett bereits von den Gesellschaften erzählt und wir waren schon im Golden Feather, um uns in die Abonnementsliste einzutragen."

„Es scheint eine ziemliche Rivalität zu herrschen", meinte Pickett zu seinem Gastgeber.

„Kam bei der Untersuchung zutage, nicht wahr?", fragte Mr. Hetherington leicht überrascht. „Sicher glaubt doch niemand, dass Tyson Hawkins von der Klippe gestoßen hat?"

Da dies für Picketts Geschmack der Wahrheit zu nahe kam, war er nur zu froh, dieser Vermutung widersprechen zu können. „Nein, natürlich nicht. Doch die Frage kam auf, ob Ned Hawkins selbst in den Tod gesprungen sein könnte, falls Verluste durch Tysons konkurrierenden Betrieb ein mögliches Motiv für einen Selbstmord darstellen könnten."

„Ich kann verstehen, warum diese Möglichkeit in Betracht gezogen werden musste", räumte Hetherington, wenn auch widerwillig, ein. „Es muss für den guten, alten Ned schwer gewesen sein, einen neuen Gasthof praktisch auf seiner Türschwelle eröffnen zu sehen."

„Und einen sehr eleganten noch dazu", stimmte Julia zu, „wenn man nach dem Wenigen, das wir bei unserem kurzen Besuch dort drinnen gesehen haben, gehen darf. Aber Mrs. Hawkins sagte, Mr. Tyson hätte nie einen roten Heller besessen. Wie, frage ich mich, hat er es dann geschafft, einen Gasthof zu eröffnen, noch dazu einen, der sich an feinere Gäste wendet?"

„Ich glaube, er hat eine beträchtliche Summe von einem Verwandten, einem Kaufmann in Penrith, geerbt", erinnerte sich ihr Gastgeber. „Das war vor zwei, vielleicht drei Jahren, daher kann ich mich nicht an alle Einzelheiten erinnern. Er benutzte das Vermächtnis, um den Feather zu kaufen – zur damaligen Zeit war es kein Gasthaus, sondern ein Privathaus, das dem Verfall preisgegeben war – und machte sich daran, es in einen Gasthof umzuwandeln. Wohlgemerkt, es hat keinen Hof, da es so dicht an der Straße steht, daher benutzen die Postkutschen, auch die von Penrith, immer noch den Hart and Hound. Trotzdem liegt es nahe genug daneben, sodass elegantere Gäste, die den Feather vorziehen, es bequem genug haben, vorausgesetzt, dass sie kein Problem damit haben, ihr

Gepäck selbst über die Straße zu tragen." Er lachte leise angesichts der eher erheiternderen Seiten dieser Rivalität. „Und sie müssen es selbst tragen, da Ned Hawkins niemand von Tysons Personal einen Fuß in den Hof seines Gasthauses setzten lässt, noch es zulässt, dass einer seiner eigenen Leute die Taschen für die Gäste seines Konkurrenten tragen."

„Und daher führte Tyson die Gesellschaften als eine Art von Revanche ein", folgerte Pickett.

„Ich würde sagen, es war genau andersherum! Tyson begann, diese Gesellschaften zu geben, im ersten Sommer nach der Eröffnung. Er hat einen großen Saal oben, der sich zu diesem Zweck besonders gut eignet. Ned Hawkins hingegen hatte keinen Platz, um so etwas zu veranstalten, selbst wenn er wollte, und glaubt nicht, dass Tyson es nicht weiß!" Er beugte sich vor und senkte verschwörerisch seine Stimme. „Ein Wort der Warnung, Mr. Pickett. Solltet Ihr und Mrs. Pickett zufällig an der Gesellschaft am nächsten Mittwoch teilnehmen, haltet Euch am besten von allen angebotenen Getränken fern. Es ist bekannt, dass Tyson etwas in den Wein geben könnte, etwas, das seine Gäste außer Gefecht setzt – nichts Ernstes, wohlgemerkt, gerade genug, dass sie gezwungen sind, die Nacht im Feather zu verbringen, und er hält für solche Fälle sogar Zimmer bereit."

„Er erzählte uns von den Zimmern, und den Rest dachte ich mir bereits", sagte Pickett nachdenklich. „Er klingt nicht wie jemand, der viel Skrupel hat."

„Nein, aber die Vorstellung, dass er Ned Hawkins in den Selbstmord treiben könnte, ist absurd, und ich bin froh, dass die Geschworenen des Untersuchungsrichters das erkannt haben", sagte Hetherington. „In der Tat würde ich sagen, wenn Hawkins darauf aus gewesen wäre, jemanden zu töten, wäre das nicht er selbst gewesen, sondern Tyson – oder vielleicht dieser Dichter, der versucht, seiner Tochter den Kopf zu verdrehen."

„Das reicht jetzt!" Mrs. Hetherington legte ihre Serviette beiseite und schob ihren Stuhl zurück. „Wenn Ihr entschlossen seid, den armen Ned Hawkins nicht in Frieden ruhen zu lassen, überlasse ich Euch Eurem Portwein. Würdet Ihr mich begleiten, Mrs. Pickett?"

Julia war sich ihres Zögerns, ihren Ehemann zu verlassen, bewusst, schon deshalb, weil er sich mit vielen der gesellschaftlichen Bräuche, die für sie selbstverständlich waren, unbehaglich fühlte. Dennoch wäre es der Gipfel der schlechten Manieren gewesen, der Aufforderung ihrer Gastgeberin nicht nachzukommen, daher schenkte sie Pickett ein entschuldigendes Lächeln und sagte sich, dass ein Freund von Mr. Colquhoun ihn sicher mit Nachsicht behandeln würde, und erlaubte Mrs. Hetherington, sie aus dem Raum zu führen.

„Hier können wir es uns gemütlich machen", verkündete diese Dame, als sie Julia in ein Wohnzimmer an der Rückseite des Hauses ließ. Als die Tür sich hinter ihnen geschlossen hatte, fügte sie mit einem Zwinkern hinzu: „Außerdem dachte ich, inzwischen müsstet Ihr vielleicht den Nachttopf benötigen. Als ich in Eurem Zustand war, konnte ich kaum ein Diner überstehen, ohne mich zu entschuldigen und zu flüchten, um mich zu erleichtern. Wie Robert mich deshalb neckte!"

„Mein – mein Zustand?", wiederholte Julia.

„Ihr seid doch in Umständen, oder nicht?", fragte Mrs. Hetherington bestürzt. „Bitte verzeiht mir, wenn ich mich geirrt habe ..."

„Nein, Ihr habt völlig recht. Aber woher wusstet Ihr es?" Julia warf einen verstohlenen Blick auf die Vorderseite ihres Kleides. „Ich dachte, es sei noch nicht offensichtlich."

„Man sieht es Euch noch nicht an", sagte die ältere Frau tröstend zu ihr. „Aber manche Frauen haben ein besonderes Leuchten an sich, wenn sie in Umständen sind. Hinzu kommt, dass Ihr seit drei Monaten mit einem jungen Mann verheiratet seid, den Ihr offensichtlich sehr liebt, und der Rest lässt sich leicht denken. Auf jeden Fall war ich selbst zu oft in diesem Zustand, um ihn bei anderen nicht zu erkennen. Keine Sorge, Robert wird Euren gut aussehenden Mr. Pickett nicht zu lange mit Beschlag belegen. Sagt mir, wie habt Ihr beide Euch kennengelernt?"

Was eine taktvolle Art und Weise war, wie Julia fand, zu sagen, dass sie ein seltsames Paar waren. Sie begann zu verstehen, warum ihr Mann gewünscht hatte, genau zu wissen, was Mr. Colquhoun über sie gesagt hatte. Da sie sah, dass ihre Gastgeberin auf ihre Antwort wartete, wählte Julia ihre Worte vorsichtig. „Wir – lernten uns kurz nach dem Tod meines ersten Mannes kennen. Seht Ihr, er wurde ermordet, und Mr. Pickett war – war sehr hilfreich – für mich, während den darauffolgenden Wochen, obwohl ich zu jener Zeit natürlich nicht daran dachte, wieder zu heiraten. Aber Ihr sagtet, Ihr wäret selbst in anderen Umständen gewesen", fügte sie hinzu und ergriff die Gelegenheit, das Thema zu wechseln.

„Bitte, wie viele Kinder habt Ihr?"

„Leider keine", sagte Mrs. Hetherington mit einem Seufzer des Bedauerns. „Zumindest keines, das überlebt hat. Ich war nicht fähig, ein Kind auszutragen." Als Julias Augen vor Schrecken groß wurden, fügte sie rasch hinzu: „Das war die Folge einer Verletzung, die ich erlitt, als ich noch sehr jung war. Ich bin sicher, dass es keinen Grund zu der Befürchtung gibt, ihr könntet kein gesundes Kind zur Welt bringen."

Julia hatte die Möglichkeit in Betracht gezogen, dass sie selbst die Geburt nicht überleben könnte (daher ihr heimlicher Brief an ihre Schwester, der noch immer auf dem Boden ihres tragbaren Schreibtisches lag), doch es war ihr noch nicht in den Sinn gekommen, dass sie das Kind verlieren könnte. Plötzlich wünschte sie sich, einen Augenblick allein zu sein, um ihre Fassung wiederzubekommen, während sie über diese neue und beängstigende Möglichkeit nachdachte. Zum Glück hatte ihre Gastgeberin ihr eine passende Ausrede geliefert.

„Ihr – Ihr sagtet etwas über einen Nachttopf?"

„Ja, natürlich. Ich zeige Euch den Weg."

Mrs. Hetherington ging den Weg die Haupttreppe hinauf zu ihrem eigenen Schlafzimmer voran. Der poetische Ausdruck „Smaragdinsel" tauchte ungebeten wieder in Julias Kopf auf, denn der Raum war in Grüntönen eingerichtet und der Platz über einem sehr schönen Kamin wurde von einem gerahmten Gemälde eines stattlichen Hauses dominiert, das in dem üppigen Grün einer Parklandschaft stand. Julia konnte weder den Künstler noch sein Objekt erkennen und fragte sich, ob dies das Heim der Familie ihrer Gastgeberin war, das von einem einheimischen Talent, das in der restlichen Welt unbekannt war, auf die Leinwand gebannt worden war.

„Mein Ankleidezimmer ist dort entlang", sagte die ältere Frau und zeigte auf eine Tür in der gegenüberliegenden Wand. „Der Nachttopf ist im Schrank."

Allein im Ankleidezimmer bemühte Julia sich nicht, den Schrank zu öffnen, sondern betrachtete ihr Bild in dem hohen Spiegel mit einem langen, abschätzenden Blick und presste eine Hand auf ihren Unterleib, als ob sie damit dem Kind Kraft verleihen könnte. *Du hast keinen Grund, dir Sorgen zu machen,* sagte sie energisch zu sich selbst und strengte sich an, das auch zu glauben. Schließlich hatte ihre Schwester, die zusammen mit ihrem Mann der Trommel gefolgt war, in Spanien ein gesundes Kind unter den primitivsten Bedingungen zur Welt gebracht. Sogar ihre Mutter, so gebrechlich sie auch war, hatte es geschafft, zwei Mädchen ohne Missgeschick zur Welt zu bringen. Julias eigener Arzt sagte, dass bisher alles genau so verliefe, wie es sollte – und in der Zwischenzeit, während sie sich den Kopf über albtraumhafte Möglichkeiten zerbrach, die vielleicht nie eintreten würden, dürften die Gentlemen bereits den Ladys in den Salon folgen und John, wenn er sie nicht antraf, würde sich fragen, wohin sie gegangen sein könnte und sich wegen ihrer längeren Abwesenheit Sorgen machen. Nun zu diesem Nachttopf …

Sie kehrte in das Wohnzimmer zurück, wo sie die Gentlemen bereits vorfand, genau, wie sie es geahnt hatte, und warf Pickett ein kleines Lächeln und ein winziges Kopfnicken zu, um ihn zu beruhigen, dann zermarterte sie sich den Kopf, um ein unbedenkliches Gesprächsthema zu finden.

„Was für ein schönes Instrument", sagte sie, als sie in der Ecke ein schönes Pianoforte aus geschnitztem Rosenholz erblickte. „Spielt Ihr?"

„Leider seit vielen Jahren nicht mehr", sagte Mrs. Hetherington mit einem Seufzer, hob die behandschuhten Hände und ließ sie wieder in ihren Schoß fallen. „Es ist mir sehr schwergefallen, Beschäftigungen aufzugeben, an denen ich früher solche Freude hatte. Wenn Ihr gern spielen wollt, Mrs. Pickett, tut uns doch bitte den Gefallen. Ich fürchte, mein armes Instrument ist schon zu lange verstummt."

Julia musste nicht gedrängt werden. Sie blätterte durch die Noten, die oben auf dem Pianoforte lagen, traf ihre Wahl und setzte sich dann auf die Bank und klopfte ermutigend auf den Platz neben sich. „Würdest du bitte die Seiten für mich umblättern, John?"

Pickett war nur zu gern bereit, ihr diesen Gefallen zu tun, zumal ihn dies der Pflicht enthob, höfliche Nichtigkeiten mit seinem Gastgeber und seiner Gastgeberin auszutauschen. Die nächsten Minuten vergingen recht angenehm; Julia konzentrierte sich auf ihre Musik und Pickett sich auf sie, damit er nicht sein Stichwort zum Umblättern der Seiten verpasste. Und dann, mitten in „Did you not hear my lady?", hob Julia abrupt ihre Hände von den Tasten, weil sie seit ein paar Minuten ein schwaches Geräusch nahe ihrem Ohr gehört hatte.

„John!", rief sie halb anklagend, halb entzückt aus. „Du kannst ja singen!"

„Ich – ich – ich kann nicht singen!", protestierte er, als er sich von drei Augenpaaren gemustert sah. „Ich kann eine Note nicht von der anderen unterscheiden!"

„Du hast vielleicht nie Musik studiert, aber du hast eine sehr schöne Singstimme", beharrte sie. „Versuche nicht, es abzustreiten, denn ich habe dich gehört."

„Bitte, seid nicht so bescheiden, Mr. Pickett", drängte Mrs. Hetherington. „Singt doch laut genug, dass wir auch etwas hören."

Pickett warf Julia einen Blick zu, der irgendwie eine Mischung aus *Hilfe* und *Warte nur, bis wir wieder im Gasthof sind* war. „Ich kann das wirklich nicht", sagte er erneut. „Ich habe in der Nähe des Theaters gewohnt und alles, was ich weiß – was nicht viel ist – habe ich gelernt, indem ich den Darstellern auf der Bühne zugehört habe."

Mr. Hetherington neigte den Kopf. „Also gut, wir erwarten keine professionelle Leistung." Als er sah, dass Pickett nicht überzeugt war, fügte er hinzu: „Kommen Sie, Mr. Pickett, sicherlich würdet Ihr meiner Frau diesen kleinen Gefallen nicht abschlagen."

Man musste nicht in der feinen Gesellschaft aufgewachsen sein, um zu wissen, dass es keine Möglichkeit gab, eine solche Bitte abzulehnen, ohne extrem grob zu wirken. Pickett stand auf (wenn auch nicht ohne Zögern) und räusperte sich, während Julia die Einleitung spielte. Nach einem etwas wackeligen Start fand er seine Stimme, als sie die Zeilen erreichten, die ihn dazu inspiriert hatten, leise mitzusingen: „Obwohl ich nichts für sie bin / obwohl sie mich selten ansehen muss / und obwohl ich nie um sie werben könnte / liebe ich sie, bis in den Tod."

Er warf einen Blick auf seine Begleiterin und sah, dass Julia mit feuchten Augen zu ihm aufschaute. Ermutigt fuhr er fort und erreichte bald die letzten Zeilen: „Doch sicher siehest du, Mylady / draußen im Garten dort / den Glanz goldner Haare / die dem Sonnenscheine gleich sein wollen."

Als er zu Ende war, folgte eine Ewigkeit völliger Stille (obwohl es kaum mehr als zwei Sekunden sein konnten), dass er befürchtete, er hätte sich völlig lächerlich gemacht. Dann strahlte Mrs. Hetherington ihn an und begann, mit ihren behandschuhten Händen zu klatschen.

„Bravo, Mr. Pickett!", sagte ihr Mann und schloss sich dem Applaus seiner Frau an. „Bravo!"

Am Klavier wischte sich Julia eine Träne aus dem Auge.

* * *

„Ich kann mich nicht daran erinnern, wann ich zuletzt einen Abend so genossen habe", sagte Mrs. Hetherington etwas später, als sie und ihr Mann ihre Gäste zur Tür begleiteten. „Wie sehr ich wünschte, Ihr würdet länger bleiben!"

In seinem Herzen war Pickett seinerseits nur zu erleichtert zu entkommen, da er auf Drängen seiner Gastgeberin hatte am Klavier bleiben müssen, bis das Teetablett kam, und in dieser Zeit gezwungen gewesen war, zwei weitere Lieder zu singen und mit seiner Frau ein spontanes Duett aufzuführen.

„Ja, es ist schade, dass Ihr so bald gehen müsst", stimmte Mr. Hetherington zu. „Trotzdem kann ich es Euch nicht übel nehmen, dass Ihr zum Gasthof zurück wollt. Schmugglermond und so weiter, Ihr wisst schon", fügte er hinzu und warf einen Blick zum mondlosen Himmel hinauf.

„Schmuggeln?", fragte Julia leicht überrascht, da sie sich an die Fässer erinnerte, die gelegentlich vor der Küchentür ihres Elternhauses aufgetaucht waren und die überraschend heftige Reaktion, als sie mit neun Jahren in aller Unschuld danach gefragt hatte. „Ich hätte gedacht, dass wir hier zum Schmuggeln zu weit im Landesinneren sind."

„Wo immer es Zölle gibt, gibt es auch Schmuggel", war die praktische Bemerkung ihres Gastgebers. „Doch Ihr müsst ja nicht weit fahren, daher habe ich keinen Zweifel, dass Ihr den Hart and Hound ohne Missgeschick erreichen werdet."

Mit diesen beruhigenden Worten verabschiedeten sich alle voneinander und Pickett half Julia in die Kutsche der Hetheringtons.

„‚Schmugglermond'", bemerkte Julia, als der Kutscher die Tür geschlossen hatte und sie im Dunkeln saßen. „Ob das der Grund ist, aus dem Ned Hawkins nach dir geschickt hatte, was meinst du? Weil er einen Schmuggelring entdeckt hatte?"

„Nein", sagte Pickett, ohne zu zögern.

„Du scheinst dir sehr sicher zu sein."

„Das bin ich. In der Bow Street sind wir nicht für mögliche Schmuggelaktionen zuständig. Das fällt in die Pflichten des Zollamtes – oder, wenn die Waren erst an Land sind, in die der berittenen Wache."

„Oh", sagte Julia, etwas enttäuscht über den Verlust dessen, was sie für eine vielversprechende Spur gehalten hatte.

„Wohlgemerkt, es tut mir nicht leid, dass ich davon ausgeschlossen bin. Das ist eine undankbare Aufgabe – und eine gefährliche. Sie haben nicht genug Männer oder Mittel, um ihre Aufgaben effektiv auszuführen, und die meisten Einheimischen sympathisieren eher mit den Schmugglern, wenn sie ihnen nicht sogar aktiv helfen und sie unterstützen. Wenn Ned Hawkins von einem Schmuggelring gewusst hätte, ist es zweifelhaft, dass er einen Finger gerührt hätte, um etwas dagegen zu unternehmen. Tatsächlich hätte das Gasthaus, so öffentlich es ist, durchaus als Treffpunkt dienen können."

„Und so sind wir wieder genau da, wo wir angefangen haben", sagte Julia mit einem Seufzer.

Pickett fand an dieser Aussage nichts zu diskutieren, und daher wurde der Rest der kurzen Fahrt schweigend absolviert. Sie betraten den Gasthof und fanden die Schankstube leer und dunkel; anscheinend hatte die Menge, die dort gewesen sein mochte, sich früh verzogen, mit Rücksicht auf Mrs. Hawkins, deren Mann am nächsten Morgen begraben werden sollte.

Als sie in ihrem Zimmer ankamen, öffnete Pickett den Kleiderschrank und zog den schwarzen Frack heraus, den er gewöhnlich für Auftritte vor Gericht reservierte. „Was meinst du?", fragte er Julia. „Geht er so oder sollte ich ihn zum Bügeln nach unten schicken?"

„Du hast deinen schwarzen Frack mitgebracht?" Sie wusste natürlich, dass dies der beste war, den er früher besessen hatte, doch sie hatte ihr Möglichstes getan, um das zu ändern und eine völlig neue Garderobe für ihn gekauft – eine Geste, die von ihm nicht mit ungetrübter Freude entgegengenommen worden war. „Aber warum denn?"

„Keiner der neuen schien annähernd nüchtern genug für eine Beerdigung."

Sie musterte ihn fragend. „Und wie, bitte, wusstest du, dass du an einer Beerdigung würdest teilnehmen müssen?"

Er war damit beschäftigt gewesen, passende Kleidung für den ernsten Anlass herauszulegen, schaute aber bei ihrer Frage auf. „Ich bin Bow Street Läufer", stellte er fest. „Ich ziehe Beerdigungen sozusagen an."

„Oh", sagte sie eher verstört. „Solange es nicht deine eigene ist ... Ihre Stimme verlor sich bei ihren Gedanken und als sie wieder sprach, ging es um ein völlig anderes Thema. „John, wegen des Gesangs – ich wollte dich nicht in Verlegenheit bringen. Es hat mich nur – überrascht, dass du leise vor dich hin gesungen hast, noch dazu so schön. Ich hatte dich noch nie singen hören. Ich wusste nicht, dass du es kannst."

Er sah sie vorwurfsvoll an, sagte aber nichts.

„Wie auch immer", fuhr sie fort, „es könnte eine angenehme Art sein, uns die Zeit zu vertreiben, solange mein Zustand erfordert, dass ich zu Hause bleibe. Sag mir, kennst du MacHeath und Pollys Duett aus *The Beggar's Opera*?"

Pickett verzog das Gesicht. „Oh ja. Jeder in der Bow Street kennt es – und wir alle hassen dieses Ding."

„Das Duett?", fragte sie überrascht.

Er schüttelte den Kopf. „Die ganze verdammte Oper."

„Ja? Aber warum denn?"

„Weil sie Straßenräuber und Taschendiebe in einem so romantischen Licht erscheinen lässt, dass das Verbrechen immer zunimmt, wenn sie gespielt wird."

Julia lachte entzückt. „Ist das dein Ernst?"

„Ja, völlig. Vor fünfzig Jahren versuchte der Richter in

der Bow Street, sie verbieten zu lassen."

„Oh, ich bin sehr froh, dass er keinen Erfolg hatte. Wenn sie nie aufgeführt worden wäre, hätten bestimmte junge Männer meiner Bekanntschaft den Beruf möglicherweise nie ergriffen."

„Das war nicht freiwillig, glaube mir", sagte er nachdrücklich.

„Und fünfzig Jahre früher wäre doch eher vor deiner Zeit gewesen, nicht wahr?", räumte sie ein. „Sagen wir also, dass dein Vater vielleicht nicht dazu inspiriert worden wäre, diesen Beruf zu ergreifen, oder seine Familie mit einzubeziehen. Dann wärest du nie von Mr. Colquhoun entdeckt und gerettet worden und mir auch nie über den Weg gelaufen. Und das Schlimmste daran ist, dass ich nicht einmal gewusst hätte, was mir entging."

Sie überließ den Spiegel über dem Waschtisch ihrem Mann, damit er sich die Krawatte abbinden konnte, und stellte ihre Schmuckschatulle auf den Schreibtisch, um ihre Ohrringe mit Perlen und Amethysten mithilfe des kleinen, in der Innenseite des an Scharnieren hängenden Deckels abzunehmen. Zumindest war das ihre Absicht. Doch als sie hinter sich griff, um den Stuhl heranzuziehen und sich darauf zu setzen, schlossen sich ihre Finger nicht über die oberste Sprosse der Stuhllehne, wie sie beabsichtigt hatte, sondern über der Hosenklappe ihres Mannes, wie sie am scharfen Einzug seines Atems bemerkte.

Erschrocken und etwas verlegen (denn sie hatte angenommen, dass er immer noch damit beschäftigt war, Kleidung für die Beerdigung auszulegen oder seine Krawatte vor dem Waschtischspiegel zu lösen), entschuldigte sie sich für diese unbeabsichtigte Intimität und erlitt einen noch größeren Schock. Picketts Gesicht war weiß bis zu den Lippen geworden, sein Gesichtsausdruck betroffen.

Julias Entschuldigung erstarb auf ihrer Zunge. Sicher, die von ihrer Mama so wohlerzogene Tochter war nie so vorwitzig gewesen, ihrem Mann einfach an seiner Hose zu greifen, doch sicher war dies kein Grund, auf diese rein zufällige Berührung so übertrieben zu reagieren.

„John?", fragte sie, ihn unsicher betrachtend. „Liebling, was ist denn?"

„Ich – ich – es tut mir leid", stammelte er, als das Blut in sein Gesicht zurückfloss und es so purpurrot wurde, wie es zuvor weiß gewesen war. „Ich war nur – ich war nicht vorbereitet – ich erwartete nicht, dass du …"

„Ich erwartete es auch nicht, aber wenn einer von uns erröten oder stottern sollte, müsste das doch sicher ich sein! Und so schlimm kann es doch nicht sein, oder? Schließlich sind wir verheiratet."

„Natürlich ist es nicht so schlimm. In der Tat – aber egal. Wolltest du den Stuhl? Hier, ich ziehe ihn dir heran."

Julia sah zu und ihre dämmerte ein Verdacht, als er sich mit einer Schnelligkeit abwandte, die auf Erleichterung schließen ließ. Obwohl er bei ihrer Heirat mit Sicherheit unerfahren gewesen war, hatte er sich doch nie prüde gezeigt. Sie konnte sich nur eine mögliche Erklärung für eine solche Reaktion vorstellen.

„John, hat das etwas mit der Annullierung zu tun?" Welche Demütigung der Annullierungsprozess auch von ihm verlangt hatte, sie hatte angenommen, dass er zuletzt gelacht hatte, wenn nicht, als sie das Verfahren zugunsten der Eheschließung abgebrochen hatten, dann sicherlich, als sich herausstellte, dass sie nach nur drei Monaten – nach sechs kinderlosen Ehejahre mit ihrem ersten Ehemann – in anderen Umständen war. Doch es schien, dass sie sich mit dieser Annahme geirrt hatte. „Es ist vorbei", sagte sie tröstend zu ihm. „Das war doch nur ein Stück Papier – ein Stück Papier, das seit Langem zu Asche verbrannt wurde."

„Das haben sie dir gesagt?", fragte er und etwas an seinem Tonfall bestätigte ihre schlimmsten Befürchtungen. „Dass es nur ein Stück Papier gewesen wäre?"

„Mein Anwalt sagte mir, ein Arzt würde falsche Dokumente ausstellen, die bestätigten, dass du untersucht und für impotent befunden worden wärest – wobei beide Behauptungen, wie wir sehr wohl wissen, nicht wahr sind."

„Der Teil über die Impotenz stimmte nicht. Der andere …" Er brach ab und schüttelte den Kopf.

„Du musstest wirklich einen Arzt aufsuchen?", fragte sie einigermaßen verwirrt. „Du sagtest gestern etwas, zu welchen Mitteln die Bertrams gegriffen hätten, um … John, was haben sie dir angetan?"

„Ich – ich ging in die Arztpraxis in der Harley Street, und er hatte zwei – zwei Frauen da, die auf mich warteten. Prostituierte, in der Tat. Namens Electra und Persephone."

Julias Augen wurden rund vor Bestürzung. „Sie – du – du hast doch nicht …" Doch noch während sie darum kämpfte, die Frage zu formulieren, kannte sie die Antwort schon. Seine eher liebenswerte Ungeschicklichkeit in ihrer

Hochzeitsnacht war keine Täuschung gewesen; dessen war sie sich sicher.

„Nein, nein", versicherte er ihr hastig. „Nichts dergleichen."

„Dann was ...?"

„Frag nicht, Schatz. Bitte", flehte er. „Es war damals notwendig, um die Ehe zu annullieren, aber das ist jetzt alles vorbei, also lass es einfach ruhen."

„Ja, es ist alles vorbei – aber trotzdem kann eine versehentliche Berührung dich weiß wie ein Gespenst werden lassen." Dazu hatte er nichts zu sagen und sie fügte etwas sanfter hinzu: „Wenn du meinetwegen eine Erniedrigung hast erdulden müssen – eine *weitere* Erniedrigung, heißt das, noch schlimmer, als mir bekannt war – dann war ich der unfreiwillige Grund deiner Qual. Gibt mir das nicht das Recht – sogar die Pflicht – es zu erfahren, damit ich es wieder gut machen kann?"

„Da gibt es nichts wiedergutzumachen", beharrte er. Trotzdem sprach einiges für ihr Argument und daher erzählte er ihr schließlich stockend von seinen Erlebnissen in der Harley Street an jenem Tag unter den Händen (buchstäblich) von Electra und Persephone, Erlebnisse, die umso demütigender gewesen waren, da ihm dabei die ganze Zeit bewusst war, dass unter anderen Umständen – und mit einer anderen Frau – ein solches Zusammensein recht angenehm hätte sein können.

Julia hörte mit wachsender Empörung zu. Ihrem unbedarften jungen Ehemann hatte man vielleicht gesagt, dass dies nötig wäre, aber er kannte die Familie ihres ersten

Ehemanns nicht so gut wie sie. Sie vermutete, dass der Anwalt, der diese Vorkehrungen getroffen hatte, unter der Anweisung gehandelt hatte, dafür zu sorgen, dass das Annullierungsverfahren so demütigend würde, dass der anmaßende Bow Street Läufer nichts mehr mit ihr würde zu tun haben wollen. Lieber Himmel! Hatte jeder außer ihr selbst gewusst oder doch vermutet, dass sie dabei gewesen war, sich in ihn zu verlieben?

Jede Bestürzung jedoch, die sie für sich selbst empfand, verblasste jedoch neben der Empörung, die sie um seinetwillen fühlte. Als er seine Erzählung beendet hatte, deutete sie herrisch auf das Bett hinter ihm.

„Setz dich!", befahl sie.

Unglücklich nahm Pickett Platz.

„Ich habe mich überhaupt nicht aktiv an allem beteiligt", versicherte er ihr hastig, da er das gefährliche Funkeln in ihren Augen bemerkt hatte, aber zu einem völlig falschen Schluss über den Grund dafür gelangt war. „Jedenfalls keinen aktiven Teil außer dem, was … was völlig unwillkürlich geschah."

Wenn Julia diese Aussage überhaupt hörte, ließ sie es sich nicht anmerken. „Wenn irgendjemand so etwas mit dir macht, dann ich", sagte sie und kam zielstrebig auf ihn zu.

„Mylady!" Höchst schockiert sprach Pickett sie wieder mit ihrem früheren Titel an. „Du – du solltest nicht – es wäre nicht …"

Julia achtete nicht im Geringsten auf seine Proteste, sondern unterzog ihn einer so gründlichen und leidenschaftlichen Behandlung, dass er keine andere Wahl hatte, als sich ihr zu ergeben – und sie schließlich zu erwidern.

Als sie dann eine Stunde später völlig erschöpft in der Mitte des Bettes lagen, war der Nachmittag in der Harley Street zu nichts als einer fernen Erinnerung geworden, und hatte für immer die Macht, ihn zu beschämen und zu demütigen, verloren.

„Julia?", sagte Pickett, als er genug Energie aufbringen konnte, um zu sprechen.

„Mmm?", fragte Julia und fand die Bildung korrekter Worte zu mühsam.

„Ich bin froh, dass du nicht *allzu* damenhaft bist", sagte er und verlor sich in einem tiefen, traumlosen Schlaf.

8

*In dem die delikate Empfindsamkeit eines Dichters
beobachtet werden kann*

So sehr sie ihn auch liebte, tat es Julia nicht leid, Pickett
am nächsten Tag zur Beerdigung gehen zu sehen; sie
hatte eine eigene Besorgung, bei der seine Anwesenheit weder
gebraucht noch erwünscht war. Sie küsste ihren nüchtern
gekleideten Ehemann und verabschiedete sich liebevoll von
ihm (wobei sie in Erinnerung an ihre Kühnheit in der
vergangenen Nacht leicht errötete), und wartete nur lange
genug, um sich zu versichern, dass er auch tatsächlich fort
war, bevor sie ihren tragbaren Schreibtisch hervorholte. Da
sie dazu am Waschtisch vorbeigehen musste, blieb sie lange
genug davor stehen, um ihrem Abbild im darüber hängenden
Spiegel eine strenge Ermahnung zukommen zu lassen.

„Was für ein dreistes Geschöpf du bist!"

Das Bild im Spiegel erwiderte selbstgefällig ihr Lächeln.
Es war ein berauschendes Gefühl, solche Macht über ihren
Mann zu haben, und sie fragte sich flüchtig, ob ihre erste Ehe
hätte erfolgreicher sein können, wenn sie das früher entdeckt

hätte. Aber nein. Für den verstorbenen Lord Fieldhurst bestanden eheliche Beziehungen nur zum Zweck, einen Erben zu zeugen; das Vergnügen war in anderen Betten als dem seiner Frau zu finden. Eine sich ihrer Macht bewusste Viscountess wäre das Letzte gewesen, das er hätte haben wollen. Selbst ihr zweiter Ehemann, musste sie zugeben, hatte seine Grenzen – und der am Boden ihres Schreibtischs versteckte Brief könnte ihn da ernsthaft auf die Probe stellen.

Sie holte den Brief heraus, zündete dann die Kerze an, die auf dem Tisch stand. Als sie sich genügend erwärmt hatte, um das Wachs zu schmelzen, suchte sie zuerst in ihren Taschen, dann in Picketts nach einem Shilling, den sie unter das Siegel legen konnte, um damit ihrer Schwester die Kosten für den Empfang der Nachricht zu befreien. Sollte es zum Schlimmsten kommen und sie die Geburt nicht überleben, überlegte Julia, würde sie Claudia hiermit um genug Geld bitten müssen; also sollte sie ihrer Schwester und ihrem Schwager Ausgaben ersparen, solange sie das konnte.

Leider konnte sie im ganzen Zimmer weder einen Shilling noch eine andere Münze finden: anscheinend befanden sie sich alle im Geldbeutel ihres Mannes, der in der Tasche seines Rocks steckte, der wiederum eben gerade mit seinem Träger auf dem Weg zu Ned Hawkins' Beerdigung war. Mit einem leicht verärgerten Schnauben entfaltete Julia ihren Brief wieder, tauchte eine Feder in das Tintenfass und fügte ganz unten ein Postskriptum hinzu.

Es scheint, dass mein Ehemann gegangen ist und mich mittellos zurückgelassen hat, sonst hätte ich einen Shilling unter das Siegel dieses Briefs gelegt, um die Zustellkosten zu decken. Ich hoffe, ihr werdet mir diese Unterlassung verzeihen und den Tadel ausschließlich meinem Herrn und Meister anlasten, da er ihm gebührt.

Indem sie sich so über Pickett beschwert hatte, faltete sie den Brief wieder zusammen, hob die Kerze und hielt sie schräg über den Brief, um es dem geschmolzenen Wachs zu erlauben, zu einer kleinen Pfütze auf das Papier zu tropfen, und dort nach dem Trocknen und Aushärten ein Siegel zu bilden. Sie fächelte mit ihrer Nachricht hin und her, um diesen Prozess zu beschleunigen, blies dann die Kerze aus und trug ihre heimliche Korrespondenz nach unten.

Sie war nicht überrascht, die Schankstube leer zu finden, da der größte Teil des Dorfes sicher zur Beerdigung eines ihrer bekanntesten Bürger gegangen war; trotzdem war sie etwas enttäuscht, auch Mrs. Hawkins und Lizzie abwesend zu finden und einen Burschen, der leicht nach dem Stall roch, hinter der Theke an ihrem Platz zu sehen.

„Ja, Ma'am?" Der Junge richtete sich kerzengerade auf. „Kann ich Euch helfen?"

„Ich hatte auf ein Wort mit Mrs. Hawkins gehofft", sagte Julia und blickte an ihm vorbei zur Tür, die zur Küche führte.

„Sie ist zur Beerdigung gegangen."

Er klang ein bisschen verwirrt über ihre Bitte, als hätte das jeder wissen müssen. Und das hätte sie wohl auch, vermutete Julia; nur Frauen ihres eigenen Standes mieden die Beerdigungen selbst ihrer nächsten und liebsten Verwandten.

„Sie hat mir die Verantwortung hier übergeben", fuhr er mit einem Hauch von Stolz in seiner Stimme fort. „Gibt es etwas, das ich für Euch tun kann?"

Julia zögerte nur einen Moment. Sie hatte gehofft, Mrs. Hawkins ihren Brief anvertrauen zu können. Doch wenn die Witwe des Gastwirts zurückkehrte, würde auch ihr Ehemann wiederkommen. Wenn sie diesen Brief ohne sein Wissen abschicken wollte, würde sie kaum eine bessere Gelegenheit finden.

„Ich habe einen Brief, den ich gern an meine Schwester in Somersetshire schicken möchte", sagte sie. „Kannst du mir sagen, wie er in das Postbüro gelangen kann?"

Der Stallbursche entspannte sich, als ob er erleichtert wäre, mit einem so leicht zu lösenden Problem konfrontiert zu werden. „Oh ja. Wenn Ihr ihn mir überlassen wollt, Ma'am, werde ich dafür sorgen, dass er mit der nächsten Ladung weggeht."

„Danke", sagte Julia und reichte ihm ihren heimlichen Brief.

„Das macht dann einen Penny." Der Bursche warf den Brief in einen Leinensack unter der Theke, dann hielt er erwartungsvoll seine Hand auf.

„Einen Penny?", wiederholte Julia ziemlich bestürzt. „Warum sollte ich dir jetzt einen Penny geben, wenn meine Schwester einen Shilling wird bezahlen müssen, um ihn anzunehmen?"

„Oh, aber das wird sie nicht müssen", versicherte ihr der Stallbursche. „Und außerdem wird er schneller ankommen. Das ist das Schöne daran, versteht Ihr?"

Julia dachte *sehr wohl*, dass sie es „verstand", und es gefiel ihr überhaupt nicht. Sie wusste, dass es Lords und Mitglieder des Parlaments gab, die ihre Frankierprivilegien missbrauchten, doch einen Penny zu zahlen, um seine Briefe freigemacht zu bekommen, schien wirklich übertrieben; sie bezweifelte, dass selbst der geizige Erbe ihres verstorbenen Mannes, George, sich ein so wucherisches System hätte einfallen lassen können. Sie verstand auch nicht, wie dies dazu beitragen sollte, dass ein Brief schneller an seinen Bestimmungsort gelangte, da er mit der gleichen Post reisen würde wie seine unfrankierten Kameraden.

Sie war sich auch nicht sicher, wer in Banfell oder der Umgebung Frankierprivilegien genießen mochte, da sie sich nicht daran erinnern konnte, einem Parlamentsmitglied vorgestellt worden zu sein, noch viel weniger einem Adligen. Sie musste zugeben, dass dies sein Gutes hatte, andernfalls wäre sie möglicherweise sehr in Versuchung geraten, dem Mann zu erzählen, was sie über dieses Unternehmen dachte, das, wenn vielleicht nicht absolut illegal, so doch mit Sicherheit unanständig war. Im Moment hatte sie jedoch ein dringenderes Problem – und noch dazu eines, das alles andere daneben verblassen ließ.

„Ich habe keinen Penny", gestand sie. „Das heißt, natürlich doch, aber mein Mann ist zur Beerdigung gegangen und hat seine Geldbörse mitgenommen."

Der Junge warf ihrem eleganten Kleid einen abschätzenden Blick zu. „Egal, ich kann sehen, dass Ihr dafür gut seid. Ich sage Mrs. Hawkins, was los ist und Ihr könnt es ihr bezahlen, wenn Ihr sie zum nächsten Mal seht. In der Zwischenzeit, je weniger gesagt wird, desto besser, ja?"

Da dies genau Julias Gefühle widerspiegelte (zumindest, was ihren Brief an ihre Schwester betraf), stimmte sie bereitwillig zu. Sie wandte sich von der Theke ab und wollte gerade in ihr eigenes Zimmer zurückkehren, als die Tür zum Gasthaus aufgerissen wurde und Percival Hartsong in einem Zustand sichtbaren Grolls in das Zimmer schritt.

„Ach, Mr. Hartsong! Ich dachte, Ihr würdet auf der Beerdigung sein."

Er nickte ihr kurz zu, was halb Zustimmung, halb Gruß war. „Komme gerade von dort."

„Ist sie so schnell vorbei?", fragte sie, erleichtert, dass sie ihr Geschäft erledigt hatte, und anscheinend keinen Augenblick zu früh.

„Nein", war seine knappe Antwort.

„Warum dann …?"

Sie kam nicht weiter. „Ich *weiß*, wann ich nicht erwünscht bin!", sagte der Dichter empört. „*Ich* weiß, wann … du da!", blaffte er den zum Schankjungen erhobenen Stallburschen an. „Gib mir einen Pint von eurem Besten, und zwar schnell!"

Der Junge sprang auf, um diesem Befehl zu gehorchen, und als der Dichter seinen Krug erhalten und einen langen Zug davon genommen hatte, wagte Julia zu fragen: „Mr. Hartsong, was ist passiert?"

„Was passiert ist? Was *passiert* ist? Ich werde Euch erzählen, was passiert ist. Ich begann, mein Gedicht zu rezitieren – ‚Das Haar, das hinaus in den Strom schwebte', wisst Ihr – und der verd … äh, der verflixte Bauer stand auf und sagte mir, wenn ich meinen Mund nicht zumachen würde, müsste er das für mich erledigen! Na, ich möchte sehen, wie er das versucht!"

163

Julia, die den fraglichen Bauern gesehen hatte, vermutete, dass er mit dem schlanken Dichter sehr kurzen Prozess gemacht haben würde, erkannte jedoch, dass Mr. Hartsong es sicher nicht geschätzt hätte, auf diese Tatsache hingewiesen zu werden.

„Wenn Miss Hawkins Euch gebeten hat, das Gedicht bei der Beerdigung ihres Vaters aufzusagen, war es sehr falsch von Mr. Wilson, Euch zu unterbrechen, stimmte sie freundlich zu.

Mr. Hartsong war so zartfühlend, beschämt auszusehen. „Sie hat mich eigentlich nicht gebeten", gestand er. „Trotzdem, ich dachte, sie würde dankbar sein zu denken, dass ihr Vater auf diese Weise unsterblich gemacht wird."

Julia hatte den Verdacht, dass Dankbarkeit vielleicht nicht Lizzie Hawkins' vorherrschende Emotion gewesen sein mochte, als ein um Aufmerksamkeit heischender Dichter die Beerdigung ihres Vaters ausnutzte. Trotzdem bezweifelte sie, dass Mr. Hartsong sein eigenes Handeln in solchem Licht sehen würde; in der Tat begann Julia zu denken, dass er der narzisstischste junge Mann war, den sie je gekannt hatte.

„Vielleicht sollte ein solches Werk, wie Ihr es verfasst habt, besser in einer anderen Umgebung zum Besten gegeben werden", sagte sie mit so viel diplomatischem Geschick, wie sie aufbringen konnte.

Zu ihrer Überraschung war der Dichter für diese taktvolle Bemerkung nicht nur empfänglich, sondern sogar davon begeistert. „Eine öffentliche Lesung! Was für ein ausgezeichneter Vorschlag!"

Eigentlich konnte Julia sich nicht erinnern, so etwas

vorgeschlagen zu haben. Sie erinnerte sich aber, dass Jedidiah Tyson gelegentlich im Golden Feather Dichterlesungen veranstaltete und fragte sich, ob zumindest ihr Mann, wenn nicht auch die Familie Hawkins, es ihr verzeihen würden, wenn sie das jetzt erwähnte. Es wurde jedoch bald klar, dass Mr. Hartsong seine eigenen Vorstellungen darüber hatte, wie sein Genie einer ahnungslosen Welt gegenüber entfesselt werden sollte.

„Man könnte sie hier im Schankraum abhalten", verkündete er. „Heute Abend, sodass auch Ihr noch an diesem Fest – äh, dieser Feierlichkeit – teilnehmen könntet, und ich könnte hier stehen, am Kamin, und auswendig rezitieren. Versprecht, dass Ihr kommen werdet! Schließlich könnte man sagen, das Ganze wäre Eure Idee."

„Oh, ich, das heißt, ähm – *John*!" Als sich die Tür öffnete, um Pickett einzulassen, fiel Julia ihm fast um den Hals, ihr eigenes schlechtes Gewissen vergessen. „Ist die Beerdigung dann vorbei?"

„Gerade eben." Er grüßte den anderen Herrn mit einem kurzen Nicken. „Mr. Hartsong."

„Mrs. Pickett hat gerade einen wundervollen Vorschlag gemacht", verkündete der Poet, dessen Laune eine so dramatische Veränderung erfahren hatte, seit Pickett ihn zuletzt gesehen hatte, dass seine Augenbrauen sich hoben, als er seine Frau anschaute. „Heute Abend werde ich mein Gedicht öffentlich rezitieren. Ist Mrs. Hawkins schon zurückgekehrt? Nein? Ich muss sofort mit ihr sprechen."

Er wollte zur Tür gehen, aber Pickett packte seinen Ärmel. „Nicht."

„Wie bitte?"

„Als ich sie das letzte Mal sah, war Mrs. Hawkins in eine Diskussion mit dem Pfarrer vertieft. Ich glaube nicht, dass sie eine Unterbrechung zu schätzen wüsste."

„*Unterbrechung*?", wiederholte der Dichter aufbrausend. „Ich muss Euch daran erinnern, dass wir von Kunst reden! Sicher wird doch ein Werk dieser Bedeutung ..."

„... Mrs. Hawkins' volle Aufmerksamkeit verdienen", warf Julia besänftigend ein. „Sie wird Eurem Einfall sicher geneigter sein, wenn Ihr sie ansprecht, wenn sie nicht durch ihre Unterhaltung mit dem Pfarrer abgelenkt ist."

Picketts skeptischer Blick deutete darauf hin, dass sie vielleicht etwas zu dick auftrug. Damit irrte er sich aber sehr in dem Mann, denn es gab keine Schmeichelei, die zu übertrieben war, dass der Dichter sie nicht geschluckt hätte.

„Sehr wahr", rief Mr. Hartsong überaus beeindruckt aus. „So ein heiliges Amt verleitet manchen Mann dazu, endlos zu reden, nicht wahr? Als ob jedes Wort, das sie äußern, direkt aus Gottes Mund käme! Sehr gut, ich werde warten, bis sie zurückkommt und ihr dann die Idee unterbreiten."

„Will ich wirklich wissen", fragte Pickett ein paar Minuten später, nachdem er sich mit seiner Frau in ihr eigenes Zimmer zurückgezogen hatten, „wie du dazu kamst, dem Kerl vorzuschlagen, dass er dieses grässliche Gedicht öffentlich rezitieren soll?"

„Ich habe eigentlich nichts Dergleichen vorgeschlagen", beharrte Julia. „Ich machte nur die taktvolle Anmerkung – *zu* taktvoll, wie es scheint – dass Mr. Hawkins' Beerdigung vielleicht nicht der beste Ort für seine Verse gewesen wäre."

„Nein, eher ein Feuer", war Picketts unverblümt geäußerte Meinung.

„Ich meinte nur, dass er so etwas in Lizzies Ohr flüstern sollte oder in dieser Art. Warum ich das tat, brauchst du wohl kaum zu fragen! Sag, hat Ben Wilson Mr. Hartsong wirklich gesagt, dass, wenn er sich nicht setzen und den Mund halten würde, er selbst – Mr. Wilson, meine ich – das für ihn erledigen würde?"

„Oh ja, das hat er gesagt." Pickett grinste sie mutwillig an und Julia war sich bewusst, dass ihr Herz darauf mit seltsamen und wunderbaren Dingen reagierte. „Ich muss zugeben, ich habe fast gehofft, Hartsong würde weiterreden, nur um zu sehen, wie Wilson seine Drohung wahr macht."

„Du wolltest Ned Hawkins' Beerdigung in einen Boxkampf verwandelt sehen, nur zu deiner eigenen Belustigung? Schäm dich!"

„Nicht ‚nur' zu meiner eigenen Belustigung", protestierte Pickett. „Wer weiß, welche interessanten Anschuldigungen in einem Handgemenge hätten fallen können?"

„Was für ein interessantes Leben du geführt haben musst!", staunte Julia. „Was hofftest du herauszufinden, bitte?"

„Wenn ich das wüsste, hätte ich nicht auf eine Schlägerei hoffen müssen", stellte er fest. „Aber es ist interessant, unser Dichter sagte bei der Untersuchung, er wäre vor zwei Wochen angekommen – ungefähr zur gleichen Zeit, als Ned Hawkins an die Bow Street geschrieben haben müsste."

„Schlechte Gedichte zu schreiben ist kein Verbrechen.

Und auch nicht, die Tochter des Gastgebers zu verführen, solange sie nichts dagegen hat, verführt zu werden."

„Nein, aber wie du gestern Abend beim Diner sagtest, scheint Dichtung nicht der beste Weg zu sein, um ein dauerhaftes Einkommen zu erzielen. Was, wenn er beschlossen hätte, dass er mehr Geld bräuchte, als seine Gedichte ihm einbringen und ein weniger legales Mittel fand, es zu erwerben? Oder was, wenn seine Dichtung nur ein Vorwand für weit schändlichere Zwecke ist?"

„Und als Ned Hawkins es herausfand und ihn zur Rede stellte, hat er – Mr. Hartsong, meine ich – ihn von der Klippe gestoßen? Aber wenn Mr. Hawkins Grund hatte, Mr. Hartsong zu misstrauen, warum sollte er dann den Rand einer Klippe wählen, um eine Konfrontation zu riskieren?"

„Vielleicht wollte er Lizzie die Entdeckung ersparen, dass ihr Verehrer nicht das war, was er schien. Oder vielleicht hat er die Klippe überhaupt nicht ‚gewählt‘. Vielleicht steckten Hawkins und Hartsong beide darin – was immer ‚es‘ auch sein mochte – und er musste gute Miene wahren, bis jemand aus der Bow Street ankam. Doch Hartsong entdeckte, dass er verraten war – denk daran, er war in der Schankstube, als wir ankamen und müsste gehört haben, wie ich unsere Adresse mit Bow Street angab. Es würde kein Genie brauchen, um zwei und zwei zusammenzuzählen und vier herauszubekommen. Er könnte geahnt haben, was sich zusammenbraute und beschlossen, Hawkins loszuwerden, bevor der Mann erzählen konnte, was er wusste. Hawkins hätte vielleicht zugestimmt, ihn irgendwo außerhalb des Gasthofs zu treffen, ohne sich darüber klar zu sein, dass sein

Geheimnis gelüftet und sein Leben in Gefahr war."

„Schmuggel", verkündete Julia und erinnerte sich an die Abschiedsworte ihres Gastgebers am Abend zuvor. „Verlass dich darauf, Ned Hawkins war in ein Schmuggelunternehmen verwickelt."

„Es ist möglich", räumte Pickett ein. „Aber wie passt dann Hartsong dazu?"

Julia zuckte die Achseln. „Du bist der Bow Street Läufer; sag du es mir." Als Pickett diesen Treffer mit einem Grinsen quittierte, fuhr sie fort. „Aber nein, ich vermute, es wird meine Aufgabe sein zu sehen, was ich entdecken kann, da Mr. Hartsong mich als die Einzige zu sehen scheint – abgesehen von Lizzie – die seine literarischen Bemühungen zu schätzen weiß."

„Meinst du, er würde dir etwas erzählen?"

„Es ist einen Versuch wert." Ihr Lächeln war täuschend bescheiden. „Immerhin finden mich die meisten Männer nicht abstoßend."

„Das", murmelte Pickett leise, „ist genau das, wovor ich Angst habe."

* * *

Die Schankstube war an diesem Abend ungewöhnlich voll. Der Dichter fiel durch seine Abwesenheit auf – Pickett nahm an, er müsste noch immer über seinen Rauswurf bei der Beerdigung schmollen – doch die anderen Gäste waren dort, einschließlich der Schwestern mittleren Alters, die gewöhnlich nicht vor Dunkelheit von ihren Wanderungen zurückkehrten, und der Künstler, der, soweit Pickett das beurteilen konnte, es sonst vorzog, sein Abendessen auf einem Tablett auf sein Zimmer gebracht zu bekommen. Was die anderen Gäste betraf, vermutete Pickett, dass alle die Beerdigung mit den am nächsten Betroffenen diskutieren wollten. Seine eigenen Bemühungen in diese Richtung waren nicht ganz erfolgreich gewesen. Als er und Julia zum Abendessen gekommen waren, hatte er die Gelegenheit genutzt, der Witwe noch einmal sein Beileid auszusprechen.

„Es scheint seltsam, dass Euer Mann einen solchen Sturz hätte erleiden sollen, so vertraut mit der Landschaft, wie er war", hatte er unschuldig genug bemerkt, oder hatte es sich doch so vorgestellt. „Hatte ihn in letzter Zeit etwas beunruhigt?"

Zu seiner Überraschung wäre Mrs. Hawkins ihm fast an die Kehle gesprungen. „Mein Ned war ein guter Mann, so gut wie je einer gelebt hat!", erklärte sie hitzig. „Wenn Ihr also denkt, er hätte sich selbst etwas angetan, wie dieser Untersuchungsrichter sagte …"

„Nein, nein!", protestierte Pickett hastig. „Ich habe nie an so etwas gedacht. Ich habe mich nur gefragt, ob er vielleicht durch ein Problem abgelenkt gewesen sein könnte, und nicht so vorsichtig war, wie er gewöhnlich gewesen wäre."

„Ich verstehe", sagte die Witwe, der der Wind ganz aus ihren Segeln genommen war. „Um die Wahrheit zu sagen, das habe ich mich auch schon gefragt. Aber ich vermute, ich werde es nie erfahren", schloss sie und betupfte ihre Augen mit dem Taschentuch.

Leider hatte auch kein noch so vorsichtiges Stochern Picketts über den genauen Grund, der ihren Mann beunruhigt haben könnte, auch nur das kleinste Ergebnis gebracht, und schließlich, als er erkannte, dass sie ihn mit leichtem Misstrauen zu betrachten schien, musste er das Thema fallen lassen. Er hoffte nur, dass Julias Versuche bei dem Dichter bessere Ergebnisse bringen würden.

Er musste nicht lange warten, um es herauszufinden. Er und Julia hatten kaum ihr Diner beendet, als ein schwaches Rühren des Interesses unter den anderen Gästen die Ankunft von Percival Hartsong ankündigte, der in solche Beerdigungskleidung gehüllt war, dass man keinem zufälligen Beobachter die Annahme hätte verdenken können, dass der Verstorbene sein eigener Vater gewesen wäre, nicht der Vater seiner Angebeteten. Jede Hoffnung, dass der Dichter seine übertriebene Bekleidung einen Augenblick zugunsten eines gesetzteren Äußeren aufgegeben hätte, wurde durch die nicht gestärkte Krawatte zerstört, die in weichen Schlingen aus einer Schleife fiel und durch die kunstvoll zerzausten schwarzen Locken, die ihm in die Stirn hingen. Als er die Schankstube des Gasthofs betrat, begann Lizzie – die offensichtlich Ausschau gehalten hatte – mit einem Löffel gegen einen Zinnkrug zu schlagen, bis sie die Aufmerksamkeit aller Anwesenden auf sich gezogen hatte.

„Meine Stiefmama und ich wollten Euch allen für Euer Kommen danken", verkündete sie feierlich. „Und jetzt wird Mr. Percival Hartsong ein Gedicht rezitieren, das er über den armen Papa geschrieben hat."

Es mochte wohl sein, dass Ned Hawkins die Inspiration für Mr. Hartsongs Ode gegeben hatte, doch es wäre weit hergeholt zu behaupten, dass er ihr Thema war. Es ging nicht so sehr um den Wirt wie um den Dichter selbst: sein Schock und Entsetzen bei der Entdeckung der Leiche, seine plötzliche Erkenntnis der Kürze des Lebens und seine melancholischen Spekulationen darüber, wann er selbst „dem Schicksal, dem alle Sterblichen erliegen müssten" begegnen würde – ein Ereignis, wenn man nach dem finsteren Ausdruck auf Ben Wilsons Gesicht gehen durfte, eher früher denn später eintreffen würde.

Nachdem die Rezitation vorbei war, lenkte Pickett Lizzie ab, während Julia die Gelegenheit nutzte, dem stolzen Autor zu gratulieren.

„Ich fand es sehr – sehr bewegend", sagte sie zu ihm. Das zumindest entsprach der Wahrheit: Es hatte mehr als einen Zuhörer direkt aus der Tür bewegt. „Ich kann sehen, dass Ihr ein Mann von großer Empfindsamkeit seid, Mr. Hartsong."

„Ich denke, Ihr habt recht", bestätigte der Dichter, den keine falsche Bescheidenheit behinderte. „Ich scheine die Dinge tiefer zu fühlen als die meisten Männer."

„Wurde eines Eurer Gedichte veröffentlicht?"

Er seufzte. „Leider nein. Aber ich fürchte, das ist nur zu erwarten. Männer, die nur an Zahlen denken, die in ein Hauptbuch eingetragen sind, sind nicht in der Lage, Kunst zu verstehen, geschweige denn zu schätzen. Ich spreche natürlich insbesondere von Verlegern", fügte er hastig hinzu, „nicht von solch gewöhnlichen Männern wie Eurem Gatten, der, wie ich sicher bin, andere ausgezeichnete Eigenschaften haben muss, trotz eines Mangels an feineren Gefühlen oder emotionalem Ausdruck."

Julia hätte Mr. Hartsong durchaus mitteilen können, dass

ihr Gatte keine Schwierigkeiten fand, seine sehr feinen Gefühle zur völligen beiderseitigen Zufriedenheit auszudrücken. Aber ein solcher Ausbruch hätte keinen anderen Zweck erfüllt, als den einen zu beschämen und den anderen zu beleidigen, daher widerstand sie diesem Drang.

„Ich glaube, es ist oft der Fall", sagte sie und wählte ihre Worte sorgfältig, „dass wahres Genie erst im Nachhinein anerkannt wird. Dennoch, erst nach seinem Tod berühmt zu werden, hilft nicht viel, wenn man sich nach Anerkennung sehnt und ja, auch nach Lohn für seine Bemühungen noch zu Lebzeiten."

„Wenn ich nur die Anerkennung finden könnte, die mein Talent verdient, würde ich gern auf weltlichen Reichtum verzichten!", verkündete Mr. Hartsong inbrünstig. „Es mangelt mir nicht an Mitteln, denn mein Vater gewährt mir eine ansehnliche Zulage. Nicht, weil er meine Dichtung schätzt, doch meine Mutter, wie ich nicht zu sagen zögere, ist sehr stolz auf mein Talent und sie ist es, die mich unterstützt. Zudem bin ich Papas einziger Sohn und Erbe, und er würde in den Augen der Welt sehr schlecht aussehen, würde er mich betteln gehen lassen."

„Sicher ist Bekanntheit vonnöten", erklärte Julia und dachte an Picketts Theorie, dass Mr. Hartsong in unfeine Machenschaften verwickelt sein könnte. „Wie schade, dass Ihr Euch nicht an irgendeiner empörenden Aktion beteiligen könnt, die vielleicht die Gesellschaft schockieren würde, ohne aber dazu zu führen, dass ihr eingesperrt oder gehängt würdet!"

Leider schluckt der Dichter den Köder nicht. „Das

könnte in Paris oder Rom funktionieren, aber nicht hier",
sagte er mürrisch. „Die Engländer lieben langweiligen
Anstand zu sehr, um sich an einem Skandal zu erfreuen, egal
wie begabt sein Auslöser ist."

Julia, die sich an die Bereitschaft erinnerte, mit der sich
die Gesellschaft des Skandals um den Mord an ihrem ersten
Mann angenommen hatte, konnte nicht zustimmen. „Oh,
vielleicht würden sie sich schockiert äußern, vielleicht sogar
abgestoßen, aber verlasst Euch darauf, sie würden betteln,
mehr davon hören zu dürfen. Glaubt mir, ich weiß, wovon ich
spreche: als mein Ehemann – mein erster Ehemann, heißt das
– unter mysteriösen Umständen starb, dauerte es nicht lange,
bis mein Name in aller Munde war. Seid vorsichtig mit dem,
was Ihr Euch wünscht, Mr. Hartsong. Ihr könntet feststellen,
dass Ruhm nicht ganz so angenehm ist, wie Ihr vielleicht
glaubt."

„Oh, ich bin sicher, es wäre alles wert …"

In diesem Moment wurde er von Lizzie unterbrochen, die
Pickett entkommen war und eilig herankam, um ihren Dichter
wieder für sich zu beanspruchen. „Oh, Mr. Hartsong! Ich bin
sicher, dass Euer Gedicht sehr klug war, aber … eigentlich
sollte es doch um Papa gehen, sprach jedoch nicht so viel über
ihn, oder?"

„Ich fürchte, Ihr versteht nichts von Dichtung", sagte der
Autor des Gedichtes mit einem herablassenden Lächeln zu
ihr. „Euer Vater war nicht nur Euer Vater, seht Ihr. Er war
eine Metapher."

„Eine was?", fragte die Tochter des Gastwirts.

„Eine Metapher", sagte der Dichter erneut. „Ein Symbol

für Leben, Tod und Sterblichkeit."

„Oh", sagte Lizzie, offensichtlich immer noch erstaunt.

Als Julia sah, dass Mr. Hartsong sich daran machte, eine langwierige Erklärung abzugeben, entschuldigte sie sich und entfloh mit ihrem Mann die Treppe hinauf in ihr Zimmer.

„Nun?", drängte Pickett, kaum dass sie allein waren. „Was hältst du von unserem kulturellen Erlebnis?"

„Ich denke, Mr. Hartsong ist der egoistischste junge Mann, den ich je getroffen habe!", erklärte Julia nachdrücklich. „Kein Kompliment war zu offenkundig für ihn, als dass er es nicht geschluckt hätte, kein Lob zu übertrieben, als dass er es nicht für mehr als wohlverdient akzeptiert hätte. Du bleibst am besten in sicherer Entfernung von mir, denn ich wäre keineswegs überrascht, wenn mich nicht der Blitz für das Gewäsch treffen würde, was ich von mir gegeben habe!"

Doch als der Angriff erfolgte, erwies es sich, dass er aus ganz anderer Quelle kam.

SHERI COBB SOUTH

9

In dem Mr. und Mrs. Pickett
sich zwischen Scylla und Charybdis wiederfinden

Das Geräusch brechenden Glases zerriss die Stille des
Zimmers, in dem Pickett und Julia schliefen.

„Was zum …?" Abrupt aus tiefem Schlaf gerissen,
brauchte Picketts vom Schlaf umnebeltes Gehirn einen
Augenblick, um das Geräusch einzuordnen, obwohl er bereits
die Decken abwarf und aus dem Bett sprang. Die Kälte, die
seine nackten Beine traf, hätte auch ohne das durch das
klaffende Loch dort, wo einst das Fenster gewesen war,
strömende Mondlicht ausgereicht, ihm ihren Ursprung zu
verraten. „Julia? Geht es dir gut?"

„Ja, aber – John, was war das?"

„Das Fenster. Nein, stehe nicht auf – überall liegen
Glasscherben." Er fuhr mit den Füßen in die Schuhe und ging
durch das Zimmer zum Fenster hinüber, das knirschende
Geräusch unter seinen Sohlen bewies die Berechtigung seiner
Warnung. Er stützte sich auf den hölzernen Fensterrahmen,
streckte den Kopf durch die Öffnung und lehnte sich hinaus.

Weder Mensch noch Tier regten sich unten und kein Wind wehte – nichts, in der Tat, das einen Grund für diesen Bruch liefern konnte. Er tastete auf dem Schreibtisch nach dem Leuchter und fand ihn schließlich umgefallen dort liegen; anscheinend war er von dem, was das Fenster zerbrochen hatte, umgeworfen worden. Er fummelte mit dem Feuerstein, bis der Funke übersprang und der Docht zum Leben erwachte, dann hob er den Leuchter und wandte sich der Mitte des Raums zu. Die bloßen Dielen des Bodens funkelten unter tausend winzigen Lichtpunkten, als die Kerzenflamme in jeder Glasscherbe reflektiert wurde. Es hätte ein schöner Anblick sein können, wäre der Grund dafür weniger bedrohlich gewesen. Denn mitten in den Trümmern lag ein Stein von ungefähr der Größe von Picketts geballter Faust, ein Stein, der teilweise von einem schmalen Papierstreifen bedeckt war, der um ihn herumgewickelt und mit Bindfaden befestigt worden war.

„John?" Julia folgte seinem Beispiel, schlüpfte mit den Füßen in die Schuhe, die sie früher am Abend zum Diner getragen hatte, und stellte sich neben ihn. „Was ist das?"

„Ich weiß es nicht, aber ich werde es gleich herausfinden."

Er nahm den Rock, den er abgelegt hatte, als er sich zum Diner umgezogen hatte, und tastete darin nach dem Taschenmesser, das er darin immer bei sich trug. Er durchschnitt die Schnur, die das Papier an dem Stein festhielt. Die Nachricht bestand aus nur einem halben Dutzend Wörtern, aber ihre Bedeutung war klar:

Geht dorthin zurück, woher Ihr gekommen seid, war in

Tinte auf das abgerissene Stück Konzeptpapier gekritzelt.

„Wer würde so etwas machen?", fragte Julia und starrte in entsetztem Unglauben auf das Papier in seiner Hand.

„Ich denke, ich kann mit Sicherheit sagen, dass es nicht von Mr. Colquhoun ist, um mich in die Bow Street zurück zu befehlen."

„Das ist nicht lustig!"

„Glaube mir, ich lache auch nicht", sagte er angespannt. „Julia ..."

Er kam nicht weiter, denn auf der Treppe waren Schritte zu hören und einen Augenblick später wurde an die Tür gehämmert.

„Mrs. Pickett?", rief eine weibliche Stimme durch die dicke Holztür. „Mr. Pickett? Geht es Euch gut?"

Mann und Frau warfen sich eilig ihre Morgenmäntel über, dann öffnete Pickett die Tür, um die Witwe des Gastwirts sehen zu lassen, die ebenfalls in einen Schlafrock gehüllt war und deren ergrauendes Haar in einem dicken Zopf über ihren Rücken hing, während sie einen Kerzenleuchter aus Messing in der Hand hielt.

„Wir sind unverletzt, Mrs. Hawkins", versicherte er ihr. „Leider kann ich nicht dasselbe über Euer Fenster sagen."

Ihr Blick huschte an ihnen vorbei zu dem zerstörten Fenster und den Glassplittern, die den Boden übersäten. „Liebe Güte! Wer könnte etwas so Böses getan haben?"

„Anscheinend jemand, der keine Touristen mag", schlug Pickett vor und zeigte ihr die Nachricht.

„Nun, ich werde nicht leugnen, dass es einige Leute gibt, die so denken, aber Ihr könnt sicher sein, dass ich nicht zu ihnen gehöre!", verkündete Mrs. Hawkins. „Ihr seid im Hart and Hound herzlich willkommen, solange es Euch gefällt, aber obwohl ich das Glas als Erstes am Morgen zusammenfegen lassen kann, weiß ich nicht, wann ich den Glaser dazu bekommen werde, es zu ersetzen. Selbstverständlich möchtet Ihr in der Zwischenzeit ein anderes Zimmer bekommen. Ich fürchte, der Dichter hat das zweitbeste, doch das Zimmer unten am Gang hat den gleichen Blick wie dieses, auch wenn es ein wenig kleiner ist. Das Zimmer, meine ich, nicht der Blick. Liebe Güte, liebe Güte, es tut mir so leid! Ich wünschte, das wäre nie passiert!"

Die nächsten paar Minuten waren geschäftig, da Pickett und Julia ihre Habseligkeiten einsammelten und ihrer sich immer wieder entschuldigenden Gastgeberin den Flur entlang zu einem viel kleineren Zimmer folgten, das jedoch den Vorzug eines heilen Fensters besaß.

„Sie hat nicht gelogen, als sie sagte, dass es kleiner wäre", bemerkte Julia, nachdem Mrs. Hawkins sie verlassen hatte, nicht ohne sich weiter zu entschuldigen und wenig hoffnungsvoll zum Ausdruck zu bringen, dass sie für den Rest der Nacht ruhig schlafen würden. „Trotzdem schätze ich, es wird ausreichen müssen."

„Es ist mehr als groß genug für eine Person." Als Pickett Julias verwirrten Gesichtsausdruck bemerkte, fügte er hinzu: „Julia, du wirst gleich morgen früh nach Hause fahren."

Zu jeder anderen Zeit und bei jeder anderen Gelegenheit hätte ihr Herz vor Freude einen Satz gemacht, wenn sie ihn ihr Haus in der Curzon Street als „zu Hause" hätte bezeichnen hören, denn er hatte es nicht immer so empfunden. Jetzt jedoch war alles, woran sie denken konnte, dass er beabsichtigte, sie allein nach London zurückzuschicken.

„Bitte, zwinge mich nicht dazu", flehte sie. „John, bitte…"

„Schatz, hör mir zu. Selbstsüchtige Dichter und bäuerliche Dreiecksgeschichten sind alle auf ihre Weise sehr amüsant, aber hier ist etwas Finstereres im Gange. Jemand möchte dich loswerden – auf die ein oder andere Weise."

„Woher weißt du, dass das für mich bestimmt war?", fragte sie herausfordernd. „Vielleicht hat er – immer angenommen, dass es ein ‚er' ist – deine Verbindung zur Bow Street entdeckt und möchte *dich* loswerden?"

„Wer hat gesehen, wie Ned Hawkins von einer Klippe gestoßen wurde?"

„Ja, aber ich könnte nicht sagen, wer es war!"

„Aber das weiß er nicht, oder? Er hat bereits einmal versucht, dich zu töten, und jetzt – das hier." Er machte eine vage Handbewegung in Richtung des ruinierten Zimmers am anderen Ende des Ganges. „Was, wenn der Stein dich getroffen hätte? Was, wenn genau das beabsichtigt war? Bitte, Julia, wenn du mich liebst, fahre zurück nach London."

Wenn er es so ausdrückte, konnte sie natürlich nur noch eines tun.

* * *

Es war ein Paar mit blassen Gesichtern und müden Augen, das am nächsten Morgen auf die Abfahrt der Königlichen Postkutsche wartete, denn keiner von beiden hatte viel geschlafen, vielmehr hatten sie sich in der Nacht mit der Verzweiflung von zwei Menschen geliebt, die nicht wussten, wann oder ob sie wieder dazu Gelegenheit haben würden. In dieser Hinsicht fühlte sich Julia an die Nacht erinnert, in der sie ihre versehentliche Ehe vollzogen hatten, als Pickett auf seinem Bett lag, von dem beide befürchtet hatten, es könnte sein Totenbett werden. Die Erinnerung trieb Julia Tränen in die Augen und sie tastete in ihrem Réticule nach dem Taschentuch.

„Bitte, achte gar nicht auf mich", sagte Julia, als sie sah, wie Pickett sie erschrocken ansah. „Ich bin in letzter Zeit eine rechte Heulsuse geworden."

Insgeheim fragte Pickett sich, wie ein Mann auf eine Frau „gar nicht achten" könnte – insbesondere auf *diese* Frau – wenn sie bei der Aussicht, von ihm getrennt zu sein, so herzzerreißend schluchzte. „Julia … Schatz …"

„Ich weiß", versicherte sie ihm und versuchte, vergeblich, den Tränenstrom einzudämmen. „Es gefällt mir nicht, ich möchte nicht abreisen, aber ich verstehe es. Du wirst mir aber schreiben, versprochen?"

Er nickte. „Ich verspreche es."

„Jeden Tag?"

„Ich weiß nicht, ob ich jeden Tag etwas zu sagen finden werde", gestand er, etwas überrascht von dieser Bitte, „außer, dir zu sagen, wie sehr ich dich liebe und dich vermisse." Er wünschte sogleich, er hätte diese Worte ungesagt gelassen, denn sie lösten einen neuen Tränenstrom aus.

Wenigstens bog endlich die Königliche Postkutsche in den Hof ein, das kastanienbraune und schwarze Äußere glänzte in der Morgensonne. Als sie schwitzenden Pferde abgezäunt waren und ein frisches Gespann herbeigebracht wurde, wurde auch der Sack mit ankommender Post herabgeworfen und die für London und den Süden bestimmte Post hinaufgereicht und an gleicher Stelle an der Gepäckplattform befestigt – ein Verfahren, das zumindest für zwei der Zuschauer viel zu schnell abgewickelt wurde. Pickett reichte Julias beträchtliches Gepäck hinauf und auch das wurde schnell gesichert.

Sie hatten sich schon zuvor unter vier Augen verabschiedet, als daher die Stufen herausgeklappt wurden und die Passagiere mit dem Einsteigen begannen, nahm Pickett nur ihre behandschuhten Hände und drückte zuerst die eine, dann die andere an die Lippen. „Achte gut auf diese Hände", sagte er zu ihr. „Du hältst mein Herz in ihnen, wie du weißt."

„Ich werde sehr gut auf sie achten", flüsterte sie und erlaubte ihm, ihr beim Einsteigen zu helfen.

Die Tür wurde geschlossen, der Kutscher berührte die Flanken der Pferde mit der Peitsche und die Kutsche schlingerte langsam vorwärts. Julia, die am Fenster saß, schenkte Pickett ein tapferes, kleines Lächeln und wackelte zum Abschied mit den Fingern.

Es war dieses Lächeln und die Anstrengung, die es sie offensichtlich kostete, die ihn überwältigten. Plötzlich bewegte er sich im Kielwasser der Kutsche über den Stallhof, ging immer schneller und schneller, bis er neben dem Wagen her rannte. In der Zwischenzeit war Julia vom Fenster verschwunden und im gleichen Moment schwang der Schlag der Kutsche auf und sie sprang aus dem Gefährt in seine Arme.

Der Kutsche zerrte fluchend an den Zügeln. „Verdammt närrisches junges Frauenzimmer, so von einer fahrenden Kutsche zu springen!" Er murmelte weiter Verwünschungen in seinen Bart, während er das Seil löste, das Julias Gepäck hielt und warf es hinab, sicherte das Seil dann wieder, versetzte den Pferden einen Hieb und machte sich wieder auf den Weg, nicht ohne jedoch einen letzten, verächtlichen Blick auf das Paar zu werfen, dessen Possen ihm fast drei Minuten Verspätung eingebracht hatten.

Weder Julia noch Pickett, die sich mitten auf dem Stallhof vor den Augen eines halben Dutzends grinsender Stallburschen leidenschaftlich küssten, achteten im Geringsten auf ihn.

* * *

„Na schön", sagte Pickett, als er mit Julia in den Gasthof zurückkehrte und sie fest an seiner Seite hielt, als ob er befürchtete, die Königliche Postkutsche könnte zurückkommen und versuchen, sie mit Gewalt zu entführen, „das Erste, was wir tun müssen, ist, herauszufinden, wer diesen Stein geworfen hat.

„Und wie sollen wir das anfangen?"

„Ich möchte mir das Papier genauer ansehen. Nicht die Worte, die darauf geschrieben sind, sondern das Papier selbst. Wenn wir Glück haben, gibt es uns einen Hinweis darauf, wer es geschrieben hat."

„Und wenn nicht?"

Er seufzte. „Wenn wir kein Glück haben, müssen wir wieder zurückgehen und versuchen, eine übereinstimmende Handschrift zu finden. Es wird nicht einfach sein", fügte er hastig hinzu, bevor sie auf seinen bisher fehlenden Erfolg in diesem Bereich hinweisen konnte. „Ich werde weiter weg suchen müssen als nur im Gästeregister des Gasthauses."

„Wo denn?", fragte sie. Inzwischen hatten sie den Gasthof betreten und sie musste ihre Stimme leicht heben, um über dem Lärm, den zwei empörte Frauen an der Theke veranstalteten, gehört zu werden.

„… werden keine Minute länger in einem Haus bleiben, wo wir in unseren Betten ermordet werden könnten!", schimpfte eine von ihnen aufgebracht auf Mrs. Hawkins ein, die erfolglos versuchte, das gesträubte Gefieder der Dame zu glätten.

„Ich bin sicher, dass hier niemand ermordet werden wird, Miss Featherstone", sagte sie besänftigend, obwohl Pickett sie von der Unrichtigkeit dieser Annahme hätte überzeugen können, wenn ihm daran gelegen gewesen wäre. „Der Tod meines armen Ned war ein tragischer Unfall …"

„*Sie* ist Miss Edith Featherstone; *ich* bin Miss Featherstone", unterbrach die ältere der beiden Damen. „Und Ihr könnt über Euren Mann sagen, was Ihr wollt, dieser Aufruhr letzte Nacht war kein Unfall!"

„Nein, es war ein böser Scherz. Aber niemand wurde verletzt", beharrte die Witwe des Gastwirts.

Julia sah Pickett aus großen Augen an, doch er brachte sie mit einem Blick zum Schweigen und deutete mit einem Kopfnicken auf die Treppe. Sie hätten sich diskret in ihr Zimmer zurückgezogen, doch leider war solche Diskretion schwer zu bewerkstelligen, wenn man mit zwei Portmanteaux und einer Reihe Hutschachteln beladen war. Pickett stieß versehentlich mit einer der Letzteren gegen den Pfosten des Treppengeländers.

„Ach, da seht Ihr es!", rief Mrs. Hawkins eifrig aus. „Das ist Mrs. Pickett, die trotzdem beschlossen hat zu bleiben, und wenn *sie* keine Angst hat, unter meinem Dach zu bleiben, bin ich sicher, dass auch *Ihr* keinen Grund zur Sorge habt! Es war ihr Fenster, das zerbrochen wurde, müsst Ihr wissen."

„Was Mrs. Pickett tut, ist völlig nebensächlich", erwiderte Miss Featherstone unbeeindruckt. „Sie kann tun, was sie will, denn sie hat einen Mann, der sie beschützt. Aber was meine Schwester und mich angeht, die wir ohne den Schutz der Anwesenheit eines Mannes reisen, haben wir vor, für den Rest unseres Urlaubs ins Golden Feather zu ziehen. Bitte schickt jemand nach oben, um unsere Sachen zu holen."

Da Mrs. Hawkins keine andere Wahl hatte, rief sie ihren Stiefsohn und erteilte ihm die notwendigen Anweisungen. Er gehorchte mit offensichtlichem Zögern, doch nicht, ohne als Erstes absichtlich zuvorkommend Pickett Julias Gepäck abgenommen zu haben und es die Stufen hinaufzutragen.

„Arme Mrs. Hawkins!", rief Julia aus, als Jem sie wegen der weitaus unangenehmeren Aufgabe verlassen hatte, die Taschen der abreisenden Gäste zu holen. „Ich wäre nie auf die Idee gekommen, dass das andere Gäste verschrecken könnte."

„Es ist interessant, dass ihre Fantasie zum Mord springt", meinte Pickett nachdenklich. „Oder vielleicht ist es gar nicht ihre Fantasie. Ich konnte nicht umhin, mich an all diese Großbuchstaben zu erinnern und denken, dass hier eine Person war, die auf diese Weise sprach."

„Das allein hat noch nichts zu bedeuten. Ich schreibe

selbst mit vielen Großbuchstaben", sagte Julia und dachte ziemlich schuldbewusst an ihren eigenen Brief, der jetzt gerade auf dem Weg zu ihrer Schwester war. „Als meine Gouvernante noch jung war, entsprach das der Mode, und daher hat sie es Claudia und mir ebenfalls beigebracht. Doch was die Misses Featherstone angeht, würde ich meinen, dass ihre Erwähnung von Mord nicht mehr war als die Migräne eines Paares allein reisender alter Jungfern. Obwohl es anzudeuten schien, dass sie den Verdacht haben, Neds Tod könnte etwas anderes als der Unfall sein, der es dem Urteil der Geschworenen nach war."

„Wenn das der Fall wäre, würden sie klug sein, ihren Verdacht für sich zu behalten, andernfalls könnte auch einen Stein durch ihr Fenster geworfen werden", sagte Pickett. „Obwohl es keine schlechte Idee ist, auf die andere Straßenseite ins Golden Feather zu ziehen. Ich bin für die Dauer meines Aufenthalts an den Hart and Hound gebunden, da meine Anweisungen es so festlegten, doch wenn du lieber..."

„Ich bleibe bei dir", sagte Julia und zupfte in einer halb besitzergreifenden, halb beschützenden Geste an seinem Rockaufschlag. „Was immer hier geschieht, wir werden es zusammen durchstehen."

Pickett konnte dieses äußerst bewundernswerte Gefühl nichts einzuwenden finden, nachdem er also diesen Pakt mit einem Kuss besiegelt hatte, wandte er seine Aufmerksamkeit dem Schreibtisch zu (der wesentlich kleiner war als der, der unter dem Fenster ihres alten Zimmers gestanden hatte) und den drei Nachrichten, die darauf lagen, beschwert mit dem

Stein, der das Mittel gewesen war, um die neueste davon zuzustellen. Wie sie erwartet hatten, war die Nachricht, die in die Bow Street geschickt worden war, um ihn zu rufen, in völlig anderer Handschrift geschrieben, aber was die anderen beiden anging …

„Sie sind gleich", sagte er zu Julia und hielt sie zu ihrer Prüfung nebeneinander. „Die Nachricht, die an den Stein gebunden war und der lange Brief an James Sullivan von dem geheimnisvollen E.G.B. Sieh dir die großen ‚G' an und die kleinen ‚m' und ‚a'."

Sie beugte sich vor, um sie besser ansehen zu können, und nickte dann. „Sie sind gleich oder sehr ähnlich."

„Zu ähnlich, als dass es Zufall sein könnte, denke ich", stimmte er zu. „Außerdem ist es auch das gleiche Papier. Halte es vor das Fenster, dann kannst du das Wasserzeichen sehen. Auf der Nachricht ist nur ein kleines Stück desselben Zeichens, wo der Papierstreifen von einem größeren Blatt gerissen wurde.

„John, du glaubst doch nicht, dass wir den Rest dieses Blatts Papier irgendwo liegen finden könnten, oder? Schließlich brauchte es nicht viel für diese Nachricht und Papier ist zu teuer, als dass man es verschwenden dürfte."

Er schüttelte den Kopf. „Teuer oder nicht, wenn ich einen Streifen abreißen und eine Drohbotschaft darauf schreiben wollte, um ihn dann um einen Stein zu binden und durch ein Fenster zu werfen, würde ich den Rest des Blatts bei der nächstbesten Gelegenheit ins Feuer befördern, ohne Rücksicht auf die Kosten."

„Ja, aber nicht jeder ist so klug wie du, Liebling."

„Wenn ich so klug wäre, würdest du in einer Postkutsche auf halbem Weg nach Penrith sitzen", knurrte er. „Trotzdem, nach einem abgerissenen Blatt Papier zu suchen, dass jedem gehören könnte, wäre ein bisschen, wie die Nadel im Heuhaufen finden zu wollen."

„Das nehme ich an", räumte sie seufzend ein. „Na gut, was machen wir als Nächstes?"

„Wir versuchen herauszufinden, wessen Papier das ist."

„Aber du sagtest gerade …"

„Ich sagte, der Versuch, das Blatt zu finden, von dem die Nachricht abgerissen wurde, würde wohl Zeitverschwendung sein", erinnerte Pickett sie. „Aber es hat ein Wasserzeichen und Wasserzeichen kann man nachverfolgen."

„Und ein bisschen weiter unten an der Straße ist ein Schreibwarenladen!", rief Julia aus und wurde mitgerissen.

„Genau! Wir brauchen nur eine Ausrede, um dort einen Besuch zu machen."

„Oh, aber ich habe eine", teilte sie ihm selbstgefällig mit.

„Ja?"

„Ja. Als ich feststellte, dass du mit der linken Hand schreibst, dachte ich, ich sollte ein paar Federn für dich kaufen. Ich hatte gedacht, das könnte warten, bis wir nach London zurückkehren, aber es kann uns jetzt als gute Ausrede dienen – vorausgesetzt natürlich, dass ein Schreibwarenladen auf dem Dorf Federkiele hat, die von den Federn der rechten Seite der Gans gemacht worden sind."

Pickett runzelte die Stirn. „Da gibt es einen Unterschied?"

„Ja – das wirst du gleich sehen."

Mit dieser zuversichtlichen Vorhersage nahm sie seinen Arm und sie machten sich auf den Weg zum Geschäft von Mr. Hiram Copley, Schreibwarenhändler. Der Besitzer dieses Etablissements erwies sich als ein großer, drahtiger Mann von ungefähr vierzig Jahren, mit runden Brillengläsern, die gefährlich nahe dem Ende einer fast schnabelartigen Nase thronte. Wie die anderen Geschäfte der High Street bot Mr. Copleys Laden eine Auswahl von Artikeln an, die weit über das hinausging, was man in einem Dorf der Größe von Banfell hätte erwarten können. Neben den Schreibfedern von der rechten Seite der Gans (die der Schreibwarenhändler auf Julias Nachfrage hin hinter dem Ladentisch hervorholte, da es normalerweise keine Nachfrage für Schreibfedern von dieser Seite des Vogels gab), waren dort weitere spezielle Federn, die Künstler bevorzugten, die mit Tinte und Feder arbeiteten: Schwanenfedern für breite Linien und Krähenfedern für feine, ebenso wie Gänsefedern vom linken Flügel, die das Schreibwerkzeug der meisten Männer der Feder waren.

Während Julia ihr Geschäft mit Mr. Copley abschloss, wanderte Pickett weiter in den tiefen, engen Laden hinein. Er fand einen der anderen Gäste aus dem Hart and Hound, den Künstler mit dem Skizzenblock, wie er eine Auswahl von farbigen Tinten in rot, blau, gelb und grün untersuchte; anscheinend beschränkten seine künstlerischen Versuche sich nicht auf die Holzkohle, die er in der Schankstube am Tag ihrer Ankunft verwendet hatte. Er nickte Pickett wie einem Bekannten zu, zeigte aber keine Anzeichen dafür, dass er sich auf ein Gespräch einlassen wollte, wofür Pickett nur dankbar sein konnte. Hinter dem Künstler stand eine Reihe aufgespannter Leinwände in verschiedenen Größen an die Wand gelehnt, und dahinter …

Dahinter war genau das, weswegen Pickett hergekommen war. Hier war eine Auswahl von Schreibpapier in unterschiedlichen Qualitäten, die in Mengen von einem Viertelhundert (für Kunden, denen eine solche Menge reichen würde) bis zu ganzen Packen (für Kunden, die wohlhabend genug waren, um fast fünftausend Blatt auf einmal zu kaufen) erworben werden konnten. Auf einem Regal über ihnen und in deutlich kleineren Mengen, lag eine eher geringere Auswahl an Pergament und Velinpapier für Kunden wie Anwälte, die haltbarere (und weit teurere) Materialien aus Kalb-, Zickel- oder Lammhaut brauchten, die für Urkunden bevorzugt wurden.

Pickett ignorierte die letzteren und hob eines der losen Blätter Schreibpapier auf, um es gegen das Licht zu halten, das vom Schaufenster des Ladens bis in den hinteren Teil drang. Dies war leider nicht viel, doch selbst in der Düsternis konnte er das schwache Wasserzeichen von Kappe und Glocken erkennen, das dieser speziellen Größe von Papier seinen Namen gegeben hatte. Doch das Wasserzeichen auf dem Brief und der Teil auf der Nachricht hatten nicht nur die traditionelle Kappe des Narren gezeigt, sondern das Profil des Narren selbst. Pickett hob ein Blatt von einem anderen, leicht teureren Stapel auf und wiederholte das Verfahren.

Beim dritten Mal fand er, wonach er gesucht hatte. Er hatte gezögert, den Brief zum Vergleich herauszuholen, den er bei Ned Hawkins' Leiche gefunden hatte, obwohl er mehrere Beispiele des ganzen Wasserzeichens enthielt, aus

Angst, dass jemand ihn erkennen und ihn, Pickett, fragen könnte, wie er in dessen Besitz gelangt wäre. Doch besaß er ja auch die Nachricht auf dem abgerissenen Stück. Er holte diese aus der Tasche und hielt sie ins Licht. Das Stück des Wasserzeichens schien auf den ersten Blick zu dem vollständigen zu passen, das auf dem unbefleckten Papier, das zum Verkauf auslag, zu sehen war. Nur, um sicherzugehen, hob er es wieder gegen das Licht und legte die Nachricht darauf. Die Zeichen deckten sich vollständig.

Entschlossen nahm Pickett das Viertelhundert Papier mit nach vorn in den Laden, wo Julia ihr Geschäft abwickelte.

„Verzeihung", wandte er sich an den Schreibwarenhändler, „ich frage mich, ob Ihr mir ein wenig über dieses Papier sagen könntet."

„Warum, ja, natürlich", sagte Mr. Copley äußerst beflissen, um ein Viertelhundert – vielleicht sogar ein Ries – von einem der teureren Papiere verkaufen zu können, die er führte. „Das ist eine ausgezeichnete Qualität, ganz aus Leinenresten gemacht – nicht aus Baumwolle, wie man es bei billigerem Papier sieht, wisst Ihr."

„Verkauft Ihr viel davon?"

Das Gesicht des Mannes wurde lang. „Nun, ‚viel' würde ich das nicht nennen. Der Preis ist für viele natürlich unerschwinglich. Trotzdem, Besucher hier bei den Seen möchten oft gern Briefe an Freunde und Familie schreiben und für sie ist nur das Beste gut genug. Dann wiederum versuche ich auch, ausreichende Mengen für den Landadel vorrätig zu halten, die sich freuen, sich nicht all ihr Schreibpapier den ganzen Weg aus London schicken lassen zu müssen.“

„Könnte man dieses spezielle Papier auch in London erwerben?“

„Natürlich!“, prahlte der Schreibwarenhändler. „Ich bin stolz darauf, meinen Kunden den gleichen kleinen Luxus bieten zu können, den sie in London oder Bath finden könnten. Wohlgemerkt, ich muss ein wenig mehr berechnen, da es zusätzliche Kosten für die Lieferung der Waren aus London gibt, doch für meine wohlhabenderen Kunden ist die Bequemlichkeit den leicht höheren Preis wert.“

„Und welche Kunden sind das?“

„Einheimische oder Besucher?“, fragte Mr. Copley mit zusammengezogenen Brauen.

Pickett zuckte die Achseln. „Sowohl als auch. Beides.“

„Nun, ich könnte nicht sagen, wer die Besucher sind, denn ich kenne ihre Namen nicht. Was die Einheimischen angeht …“ Er unterbrach sich und seine Augen wurden so groß wie die Brillengläser vor ihnen. „Na! Seid Ihr die Londoner, deren Fenster letzte Nacht eingeworfen wurde?“

„Woher wisst Ihr davon?“, fragte Pickett verblüfft.

Der Schreibwarenhändler zuckte nur mit den Achseln. „Auf dem Land verbreiten Neuigkeiten sich schnell. Außerdem kam Jem Hawkins herein, kaum, dass ich heute Morgen den Laden geöffnet hatte und wollte Papier, um das Fenster zu verschließen – nicht dieses hier“, fügte er rasch hinzu und sah zu dem Schreibpapier aus Leinenresten in Picketts Hand hinab. „Das grobe, braune. Etwas, um das Loch zu verschließen, bis ein neues Glas eingesetzt werden kann. Nun, bald werden größere Löcher zu schließen sein, denke ich."

„Oh?", fragte Pickett bei dem die Worte des Schreibwarenhändlers unheimliche Bilder leerer Gräber heraufbeschworen.

„Der junge Jem war sauer auf seinen Pa, weil er den größten Teil der Hinterwand hat herausschlagen wollen, um große Fenster einzusetzen, die einen Blick auf die Fjells geben", war Mr. Copleys banalere Antwort. „Nun, und ich kann nicht sagen, dass er unrecht hätte, nachdem der Hart and Hound jeden Tag Gäste an Jedidiah Tyson und seine Veranstaltungen verliert."

„Das könnte man sich denken", stimmte Pickett zu. „Was hatte Ned denn dagegen einzuwenden?"

„Nur, dass sein Vater – oder vielleicht war es sein Großvater – das Haus gebaut hat und was gut genug für Opa Hawkins war, hätte auch für den jungen Jem gut genug zu sein. Außerdem ist die Wand, die Jem einschlagen will, genau der Platz, wo König Charles – nicht der, der seinen Kopf verloren hat, sondern sein Sohn, der fröhliche Monarch selbst – einmal mit einem Krug des besten Ciders des Gasthofs auf einem und Opa Hawkins' Schwester auf dem anderen Knie gesessen hat. Verzeihung, Ma'am", warf er schnell zwischendurch mit einem Seitenblick zu Julia ein, „aber Ihr wisst ja, wie die Leute gern reden."

„Allerdings", versicherte sie ihm. „Es ist schon recht seltsam, aber ein Benehmen, das die Leute heutzutage wirklich schockierend fänden, scheint eher malerisch, wenn man es im Abstand von eineinhalb Jahrhunderten betrachtet."

„Sehr richtig, Ma'am", sagte der Ladenbesitzer, von der

Wahrheit dieser Bemerkung sehr beeindruckt. „Wenn Ihr mir verzeihen wollt, dass ich etwas, das Euch sehr erschreckt haben muss, auf die leichte Schulter zu nehmen scheine, vielleicht wird in ein paar Jahren die Sache mit Eurem Fenster eine spannende Geschichte sein, die Ihr eines Tages Euren Kindern werdet erzählen können."

Pickett bezweifelte das eher, zahlte aber einen Shilling für das Viertelhundert Papier (er konnte nicht anders, nachdem er solches Interesse daran bekundet hatte), und dies zusammen mit den Einkäufen, die Julia getätigt hatte, ließ den Schreibwarenhändler wirklich bedauern, dass sie gingen. Erst als er sie unter Verbeugungen aus dem Laden verabschiedet hatte, mit dem größten Bedauern, dass jemand ihnen einen solch üblen Streich gespielt hatte – wohl einer dieser Touristen, der einfach zu viel Zeit hatte – zusammen mit seiner inbrünstig geäußerten Hoffnung, dass sie sein bescheidenes Geschäft vor ihrer Rückkehr nach London mit einem weiteren Besuch beehren würden, drehte Julia sich mit fragendem Blick zu ihrem Mann um.

„Du hast nicht weiter nach Namen gefragt."

„Nein", gestand Pickett. „Ich wollte nicht zu interessiert erscheinen, nicht, solange einer der anderen Gäste im hinteren Teil des Ladens war."

„Einer der – jemand war dort? Wer war es?"

„Der Künstler mit dem Skizzenblock."

„Du glaubst doch nicht, dass *er* den Stein geworfen haben könnte, oder?"

Pickett schüttelte den Kopf. „Ich habe keinen Grund, das anzunehmen, aber ich wollte auch nicht, dass er zum Gasthof zurückkommt und jedem erzählt, dass wir herumfragen. Dann wiederum bin ich nicht sicher, dass ich mehr Informationen bekommen hätte, auch wenn ich hätte fragen wollen. Du hast gehört, wie Mr. Copley den Vorfall als nichts anderes als einen albernen Streich eines Touristen abtat. Verlass dich darauf, selbst wenn er einen der Einheimischen verdächtigte, würde er sich ehrenhalber verpflichtet gefühlt haben, ihn zu schützen."

Julia räumte diesen Punkt mit einem Seufzer ein. „Das Geschäft mit Touristen scheint eher als zweifelhafter Segen angesehen zu werden, nicht wahr? Die Einheimischen ärgern sich über sie – oder sollte ich sagen, über ‚uns'? – obwohl sie die zusätzlichen Kunden begrüßen." Er antwortete nicht und sie schaute ihn an, wo sie ihn grübelnd ins Leere starren sah. „John? Worüber denkst du nach?"

„Ich dachte gerade, dass Dichter doch große Mengen Papier kaufen dürften."

„Schlechte Gedichte zu schreiben ist kein Verbrechen", wandte Julia ein. „Obwohl es ein merkwürdiger Umstand ist, dass Percival Hartsongs Vorname tatsächlich Edward ist, denn in dem Brief wurde ein Edward erwähnt, nicht wahr? Neds Brief, meine ich – der lange, von jemandem, der mit E.B.G. unterschrieb."

Bei dieser Erinnerung schüttelte Pickett den Kopf, als wollte er den Gedanken abschütteln. „Ja, und das ist der wichtigste Punkt zu seiner Entlastung." Als er ihren verwirrten Gesichtsausdruck sah, erklärte er: „Ich habe seine Handschrift im Register des Gasthofs gesehen, erinnerst du dich? Zu diesem Zeitpunkt war mir nicht klar, dass Edward

Gape und Percival Hartsong ein und dieselbe Person waren, doch ich kann mich erinnern, den Namen gesehen und den Gedanken, die Unterschrift könnte zu dem Brief passen, verworfen zu haben."

„Was haben wir dann durch unseren Besuch in Mr. Copleys Laden erfahren?"

„Nicht viel", gestand er. „Es scheint, dass das Papier sehr wahrscheinlich dort gekauft wurde, aber es besteht immer noch die Möglichkeit, dass es sich bereits im Besitz eines Gastes befand, als er in Banfell ankam. Du hast doch darauf geachtet, dass du einen ausreichenden Vorrat an Papier in deinem tragbaren Schreibtisch hast, bevor wie London verließen, nicht wahr?"

„Mein lieber John!", rief sie aus, zwischen Verzweiflung und Belustigung hin und her gerissen: „Sicher willst du mich doch nicht beschuldigen, einen Stein durch mein eigenes Fenster geworfen zu haben!"

„Keineswegs – nur meinen Gedanken beweisen, dass das Papier nicht unbedingt hier gekauft worden sein muss."

„Und was bleibt uns dann übrig?", fragte sie ziemlich niedergeschlagen.

Pickett hob eine Schulter, deutete auf das Paket mit Papier und Federn, das jetzt in grobes, braunes Papier eingeschlagen und mit einem Bindfaden verknotet war und das er unter seinem Arm trug. „Wenigstens kann ich jetzt das Schreibpapier ersetzen, das ich verschwendet habe, um diesen verdammten Brief zu entschlüsseln. Außerdem kann ich etwas davon benutzen, um an Mr. Colquhoun zu schreiben. Er muss erfahren, was hier geschehen ist und dass ich mehr Zeit brauche, um dem auf den Grund zu gehen. Was den Brief anbetrifft", fuhr er fort und biss die Zähne zusammen, „sind wir wieder bei der Handschrift. Ich muss herausfinden, wer so schreibt."

„Aber du hast doch schon gesucht und nichts gefunden."

„Ich habe im Register des Hart and Hound gesucht, aber nicht weiter", sagte Pickett. „Ich muss mein Netz weiter auswerfen, das ist alles."

„Und wie willst du das bitte anstellen?"

Inzwischen waren sie am Gasthof angekommen und Pickett bewegte seinen Arm, um ihn fester um Julias Hand zu krümmen, die in seiner Ellenbeuge lag. Die Botschaft war deutlich: Er würde nicht mehr sagen, bevor sie sich nicht wieder im Schutze ihres eigenen Zimmers befänden. Sie übte sich in Geduld, während sie die Treppe hinaufstiegen, kehrte aber wieder zu dem Thema zurück, sobald die Tür sich hinter ihnen geschlossen hatte.

„Nun?", fragte sie ungeduldig. „Was willst du jetzt tun?"

„Ich muss einen Weg finden, die Handschrift von Leuten zu betrachten, die keine Gäste im Hart and Hound sind. Zum Beispiel der hiesige Landadel, der sich Papier dieser Qualität leisten könnte, und alle Besucher, die möglicherweise im Golden Feather wohnen."

„John!", rief Julia aus und ihre Augen weiteten sich, als ihr die Erkenntnis dämmerte. „Die Abonnementsliste!"

„Diese, ja, und das Kirchenbuch. Das Gästeregister der Feather könnte auch einen Blick lohnen, da einige Gäste, die dort übernachten, kein Interesse an den Versammlungen haben könnten oder nicht die erforderliche halbe Guinea pro

Person für den Eintritt zahlen wollen." Er seufzte. „Wie ich das jedoch anfangen soll, weiß ich noch gar nicht. Ich zweifle daran, dass Tyson es mir aushändigen würde, ohne eine Erklärung zu verlangen."

„Das Gleiche gilt wohl für seine Abonnementsliste, vermute ich", stimmte sie zu, wenn auch nicht ohne Mitgefühl.

„Oh, was die Abonnementsliste angeht, hatte ich gehofft, dass meine kluge Frau diese Aufgabe übernehmen würde."

„Bist du sicher?", fragte sie, hin und her gerissen zwischen ihrer Begeisterung, eine so aktive Rolle in den Ermittlungen übertragen zu bekommen und der Furcht, seinen Stolz zu verletzen, indem sie in ein Gebiet eindrang, das schon so lange, bevor sie ihn traf, seine Spezialität gewesen war. Sie hatte diesen Fehler schon einmal begangen, mit katastrophalen Folgen.

„Absolut", versicherte er ihr. „Wie ich dir bereits sagte, ich fürchte, Enttäuschung über die Absage von Tysons Tanzabend zu äußern, würde meine schauspielerischen Fähigkeiten weit über alle Glaubwürdigkeit hinaus belasten."

„Sehr schön, aber lass dich warnen – wenn die Gesellschaften nächste Woche wieder beginnen, werde ich dir nicht erlauben, dich davor zu drücken, mich dorthin zu begleiten."

„Nur umso mehr Grund, diesen Fall unverzüglich zu lösen", sagte Pickett und betupfte sich die Stirn.

10

In dem Mr. und Mrs. Pickett
nach einer feinen italienischen Handschrift suchen

Kurze Zeit später verließ Julia das Gasthaus, den Brief – den langen, den Pickett in der Tasche des Toten gefunden hatte, der, wie er betont hatte, eine größere Schriftprobe bot, mit der sie andere Schriften würde vergleichen können – sorgfältig in ihrem Réticule verstaut. Sie wartete, bis die Postkutsche von Penrith, eine Staubwolke hinter sich her ziehend, in den Hof gerattert gekommen war, dann überquerte sie die High Street und betrat das elegant eingerichtete Foyer des Golden Feather.

„Ah, Mrs. Pickett!", rief Jedidiah Tyson. Er schien überhaupt nicht überrascht, sie zu sehen und Julia beschloss, sich zu merken, dass sie ihren Mann über diesen merkwürdigen Umstand informieren musste. „Darf ich aus Eurer charmanten Anwesenheit schließen, dass Ihr beschlossen habt, den Rest Eures Aufenthalts unter meinem bescheidenen Dach zu verbringen? Eine Ehre für mein Haus, Ma'am, und ich bin sicher, dass Ihr es nicht bereuen werdet."

„Ich fürchte, nein", sagte Julia und erlaubte sich, einen Hauch Verärgerung in ihrer Stimme erkennen zu lassen. „Mr. Pickett ist fest entschlossen, im Hart and Hound zu bleiben. Um ehrlich zu sein, er scheint sich Mrs. Hawkins gegenüber dazu verpflichtet zu fühlen, vielleicht weil er einer der drei Männer war, die die Leiche ihres Mannes gefunden haben."

„Seine Skrupel machen ihm Ehre, aber sicher besteht doch seine erste Pflicht darin, für die Sicherheit seiner Gattin zu sorgen", widersprach der Gastwirt.

Nicht einmal um einer Ermittlung willen konnte Julia diese Bemerkung über ihren Ehemann unwidersprochen hinnehmen. „Oh, er hat es versucht", sagte sie. „Er hat mich am nächsten Morgen in die Postkutsche gesetzt und hätte mich wie einen Postsack zurück verfrachtet, aber ich ..." Sie brach ab und errötete hübsch. „... nun, ich fürchte, ich bin wieder herausgesprungen."

Es gab keinen Grund, diesen Vorfall nicht zu erzählen, denn dieser – und die sehr öffentliche Zurschaustellung von Zärtlichkeit, die dem gefolgt war – war inzwischen sicher allgemein bekannt geworden. Der eher wissende Blick, mit der er sie musterte, schien diese Vermutung zu bestätigen.

„Tja, nun, ich bin sicher, Londons Verlust ist Banfells Gewinn. Aber wenn Ihr kein Zimmer braucht, wie kann ich Euch dann behilflich sein?"

„Es geht um die Versammlungen", gestand Julia mit bekümmerter Miene. „Ich hatte mich so darauf gefreut. Es ist so schade, dass die für heute Abend geplante abgesagt werden muss."

„Oh, aber sie wurde nicht abgesagt!"

„Nein?"

Mr. Tyson hatte den Anstand, beschämt auszusehen. „Ihr werdet denken, ich hätte sie absagen sollen, nachdem Ned von der anderen Straßenseite noch nicht kalt in seinem Grab liegt. Aber nun ja, Seine Gnaden sind hier – der Herzog von Ramsdale, wisst Ihr, der gewöhnlich die Sommermonate in Bath verbringt – und ich wollte nicht versäumen, ihm die Gastfreundschaft meines Hauses anzubieten. Außerdem hätten meine hochgestellten Gäste – ebenso wie die des Hart and Hound, wie Ihr und Euer Gatte – Ned Hawkins ohnehin nicht gekannt, zumindest nicht, wenn alles wie normal verlaufen wäre. Warum solltet Ihr wegen des Todes eines Fremden Eures Vergnügens beraubt werden? Dazu kommt die praktische Frage, wie ich die Eintrittsgebühren für jeden, der eine Karte gekauft hat, hätte zurückzahlen können, und den Musikern ihren Lohn zahlen und ich weiß nicht, was noch alles. Es schien einfacher, weiterzumachen und die Sache durchzuziehen. Natürlich", fügte er etwas verspätet hinzu, „wenn einige Leute Skrupel haben, sich zu amüsieren, dann ist das ihre Wahl und ich werde deshalb nicht schlechter von ihnen denken."

Julia, die bemerkte, wie er sich gerade noch aus der Affäre gezogen hatte, lächelte ihn verschmitzt an. „Und während man denken könnte, dass es Ned ein wenig Befriedigung verschafft hätte, dass er Euch zwang, Eure Gesellschaft abzusagen, würde ich meinen, dass es ihn insgeheim ärgern würde, denken zu müssen, dass er Euch für diese Höflichkeit zu Dank verpflichtet wäre."

Tyson kicherte ausgiebig über diese Vorstellung. „Nun

ja, da könntet Ihr recht haben, Ma'am. Um die Wahrheit zu sagen", gestand er, und sein Lächeln schwand, „ich werde den alten Ned vermissen."

Er schien über diese Entdeckung selbst erstaunt und Julia, die seine Reaktion beobachtete, war überzeugt davon, dass er die Wahrheit sagte. Sie merkte sich diese Offenbarung für die Beurteilung durch ihren Mann und wandte dann ihre Aufmerksamkeit der Aufgabe zu, die sie ins Golden Feather geführt hatte.

„Ich schätze, er würde das Gleiche empfinden, wenn die Rollen andersherum wären", versicherte Julia ihm herzlich. „Doch wenn die Gesellschaft heute Abend stattfinden soll, scheint es, dass ich unnötig hergekommen bin. Ich hatte gedacht, ich könnte einen Blick in die Abonnementsliste werfen, um zu sehen, ob sich jemand von meinen Londoner Bekannten derzeit in Banfell aufhält, bei dem ich meine Karte abgeben sollte. Doch wenn ich sie ohnehin heute Abend sehe …" Sie unterbrach sich und zuckte mit den Schultern. „Trotzdem, nachdem ich schon den Weg hierher gemacht habe, könnte ich vielleicht einen kurzen Blick darauf werfen, um zu sehen, welche Freunde ich heute Abend zu sehen erwarten könnte? Ihr wisst ja, Vorfreude ist das halbe Vergnügen."

„Aber ja, natürlich!", rief Tyson aus, als wäre sie den ganzen Weg von London zu diesem Zweck gekommen, statt nur über die Straße zu gehen. „Wenn Ihr mir bitte folgen würdet?"

Er führte sie die Treppe hinauf, genau wie an dem Tag, als sie auf der Liste unterschrieben hatte, und hier traf sie auf ihr erstes Hindernis: Nachdem Jedidiah Tyson sie an ihr Ziel gebracht hatte, weigerte er sich jetzt, fortzugehen.

„Wie Ihr seht, notiert jeder, der hier unterschreibt, auch seine Adresse auf. Oh, aber das wisst Ihr ja schon", berichtigte er sich eilig, „denn Ihr habt ja auch Eure aufgeschrieben, als Ihr unterschrieben habt, nicht wahr? Ach ja, da ist sie ja!", rief er aus und deutete mit einem knochigen Finger auf die Zeile, in der stand: *Mr. und Mrs. John Pickett, Bow Street 4, London.*

„Danke, Mr. Tyson, Ihr wart sehr hilfreich", sagte sie leicht abweisend. „Trotzdem, ich bezweifle nicht, dass Ihr sehr beschäftigt seid und möchte Euch nicht von Eurer Arbeit abhalten …"

„Es ist überhaupt keine Mühe, einer so charmanten Frau wie Euch zu Diensten zu sein", erklärte er galant. „Nun, wie Ihr seht, hat der Golden Feather Besucher von überall aus England, sowie aus Schottland und Irland. Wenn ich mich recht erinnere, hat sogar ein französisches Ehepaar hier logiert, während des Friedens von Amiens, so kurz der auch war – der Friede, meine ich, nicht der Aufenthalt meiner französischen Gäste …"

Da ertönte irgendwo von unten eine Glocke und Julia segnete innerlich die Postkutsche von Penrith.

„Lieber Güte, die Pflicht ruft! Ich fürchte, Ihr werdet mich entschuldigen müssen, Mrs. Pickett", sagte Tyson und verließ unter Verbeugungen den Raum. „Tut mir so leid … Euer gehorsamster Diener …"

Wenigstens war er fort. Julia kramte in ihrem Réticule nach dem Brief, breitete ihn aus und überflog rasch die Unterschriften in der Liste, um sie mit der Handschrift des

Briefs zu vergleichen. Es gab ein paar kühn geschwungene Namen, die auf den ersten Blick vielversprechend erschienen, doch bei näherem Hinsehen waren einige der einzelnen Buchstaben doch ganz anders – das große „G", das Pickett bemerkt hatte, ebenso wie die großen „L" und Kleinbuchstaben mit Bögen, wie „g" und „y". Sie fand in der Tat die Namen von zwei oder drei Bekannten, doch statt ihnen Karten zu schicken, wie sie Mr. Tyson gesagt hatte, beschloss sie, diese Leute so gut wie möglich zu meiden, damit sie nicht ihren Mann öffentlich schneiden und damit seine Glaubwürdigkeit unter den Einheimischen schädigen könnten.

Bis der Gastwirt seine neu angekommenen Gäste in ihre Zimmer geführt und in den Raum zurückgekehrt war, wo die Gesellschaften stattfanden, war Julia für ihn bereit. Sie dankte ihm erneut dafür, dass er ihr erlaubt hatte, die Abonnementliste einzusehen, verlieh ihrer Freude, an diesem Abend an der Gesellschaft teilnehmen zu können, Ausdruck und verabschiedete sich.

* * *

Während Julia sich zum Golden Feather begab, wanderte Pickett zur Kirche. Er fand sie offen, was ermutigend war, doch besetzt, was das Gegenteil war: Vor der Kanzel stellte ein in schäbiges Schwarz gekleideter Mann silberne Kerzenleuchter mit akribischer Präzision auf dem Altar auf.

„Verzeihung", rief Pickett, als er den Gang hinaufschritt.

Der Geistliche drehte sich um und Pickett sah sich einem Mann gegenüber, der nicht älter als er selbst, möglicherweise sogar jünger war, mit rötlich blondem Haar und einer von

Sommersprossen übersäten Nase. Pickett musste an seinen Schwager, den zweiten Ehemann von Julias Schwester denken, der eine Laufbahn in der Kirche eingeschlagen hätte, wenn die Umstände ihn nicht zu anderem gezwungen hätten.

„Ihr seid der Pfarrhelfer?", fragte er.

„Ja, in der Tat", sagte der junge Mann und streckte zur Begrüßung seine Hand aus. „Philip Bell, Euch zu Diensten."

„John Pickett." Er erwiderte den Händedruck des Pfarrers. „Ich habe mich gefragt, ob ich einen Blick in das Kirchenbuch werfen dürfte."

„Oh, ich weiß nicht … das heißt, ich nehme an …", stotterte der Pfarrhelfer, offensichtlich von dieser einfachen Bitte überrascht. Er lächelte leicht verlegen. „Um die Wahrheit zu sagen, das weiß ich nicht recht. Mr. Richardson – der Pfarrer, versteht Ihr – ist für ein paar Tage nach Penrith gegangen und ich bin in seiner Abwesenheit verantwortlich. Es ist mein erstes Mal – ich wurde erst vor ein paar Wochen ordiniert – und ich möchte nichts tun, was ihm nicht gefiele." Er sah wieder zu den Kerzen auf dem Altar und rückte die linke ein winziges bisschen zurecht.

„So etwas würde ich nicht verlangen", sagte Pickett, der einsah, dass es einer Erklärung bedurfte, „aber solange meine Frau und ich im Lake District sind, dachte ich, ich könnte auch versuchen, den Taufeintrag meiner Mutter zu finden, da sie in Banfell oder zumindest in der Gegend geboren sein könnte." In der Tat hatte Pickett keine Ahnung, wo seine Mutter war, noch viel weniger, wo sie geboren war, doch in diesem Augenblick schien Banfell ein ebenso guter Ort wie jeder andere. „Ich würde warten, bis der Pfarrer zurückkommt, aber ich habe keine Ahnung, wie lange ich in der Gegend sein werde." Zumindest war dies die Wahrheit.

„Nun, ich nehme an, es kann nicht schaden", räumte der Hilfspfarrer ein.

Er beendete seine Arbeit und ging auf dem Weg zu einem Pult voran und zog ein riesiges, in Kalbsleder gebundenes Register aus dem Fach. „Diese Aufzeichnungen hier gehen bis ins Jahr 1765 zurück", sagte er und legte es mit Mühe auf dem Pult ab. „Wenn Ihr das vorhergehende benötigt, kann ich es Euch holen."

Wenn Picketts Mutter bei seiner Geburt älter als neunzehn Jahre gewesen war, wäre er gezwungen gewesen, dieses Angebot anzunehmen, denn er war 1784 geboren worden. Doch da er nicht die Absicht hatte, Eintragungen zu überprüfen, die länger als ein paar Monate zurücklagen, konnte er dem Hilfspfarrer vollkommen aufrichtig versichern, dass dieser Band ausreichen würde, um ihm alle gewünschten Antworten zu liefern.

Dabei war er, wie sich bald herausstellte, übertrieben optimistisch gewesen. Er sah keine Notwendigkeit, Einträge zu überprüfen, die älteren waren, als etwa sechs Monate; hätte Ned Hawkins irgendwelche zweifelhaften Machenschaften schon früher entdeckt, würde er seinen anonymen Ruf an die Bow Street mit Sicherheit früher geschickt haben. Doch obwohl Pickett jeden Eintrag bis zum Anfang des Jahres 1809 zurückverfolgte – wonach er die spinnenhafte Schrift des Pfarrers auf fünfzig Schritt Entfernung hätte erkennen können – fand er unter den Eheschließungen (die nicht vom Pfarrer Mr. Richardson, sondern von Braut oder Bräutigam eingetragen wurden) und unter den Taufen (die von den stolzen Eltern des Säuglings eingeschrieben wurden) nichts, was zu der Drohbotschaft gepasst hätte, die den durch das Fenster geworfenen Stein begleitet hatte. Endlich musste er eine Niederlage eingestehen. Nachdem er die Nachricht wieder zusammengefaltet und zurück in seine Rocktasche gesteckt hatte, klappte er das Register zu und stellte es in sein Fach im Pult zurück, dankte dann dem Hilfspfarrer für seinen Beistand, erklärte ihm aber auch wahrheitsgemäß, dass er leider nicht die gesuchten Informationen gefunden hätte.

Unglücklicherweise warteten noch mehr Enttäuschungen auf ihn, denn bei seiner Rückkehr in den Hart and Hound traf er Julia an, die, nachdem sie ihm gestanden hatte, dass ihre Bemühungen ebenso fruchtlos gewesen waren wie seine, ihm die weitere Mitteilung machte, dass er das Vergnügen haben würde, sie an diesem Abend zu einer Gesellschaft in den Golden Feather zu begleiten.

SHERI COBB SOUTH

11

*In welchem John Pickett
ungeahnte Seiten an sich entdeckt*

An diesem Abend, einige Minuten vor acht Uhr, stiegen Mr. und Mrs. John Pickett die Treppen im Hart and Hound hinab, Pickett in den dunkelblauen Frack und die schwarzen Hosen gehüllt, die der einzige Abendanzug waren, den er besaß, und Julia in der ganzen Pracht von hellblauem Tüll über einem engen Satinkleid, das ebenso gefärbt und mit silbernen Fäden durchwirkt war. Ihr Auftreten in all ihrer Eleganz reichte aus, um die Blicke aller in der Schankstube Anwesenden auf sich zu ziehen, einschließlich Lizzies, deren Augen sich mit Tränen füllten, als sie von ihrer Beschäftigung, die Bar mit einem Tuch abzuwischen aufschaute, und ausrief: „Ach, wie ich mir wünschte, auch hingehen zu dürfen!"

„Nun, Lizzie", tadelte ihre Stiefmutter, wenn auch nicht ohne Mitgefühl, „wie würde es aussehen, wenn du tanzen gingest, nachdem dein Vater erst gestern begraben wurde? Es wird andere Tanzabende geben, warte es nur ab."

„Nicht für mich." Sie schüttelte traurig den Kopf. „Percival hatte mir eine Karte für *diesen* gekauft! Wer weiß, ob er mir je eine andere kaufen wird oder auch nur, wie lange er überhaupt noch in Banfell sein wird?"

Mrs. Hawkins sah aus, als könnte die Abreise des Dichters für ihren Geschmack nicht früh genug kommen, schwieg jedoch stoisch zu diesem Thema und begnügte sich damit, einen frischen Krug aus einem der Fässer an der Wand hinter sich zu füllen und ihn Lizzie mit den Worten zu geben: „Bring ihn zu Mr. Graham dort hinten, sei ein gutes Mädchen."

Lizzies Haltung, als sie diesen Auftrag ausführte, war so untypisch fügsam, dass Pickett sich veranlasst fühlte, ein Wort des Trostes auszusprechen. „Ich denke, es wird eher eine langweilige Angelegenheit, so kurz nach dem Begräbnis Eures Vaters", sagte er und fügte dann völlig wahrheitsgemäß hinzu: „Ich selbst würde nicht hingehen, wenn nicht Mrs. Pickett ihr Herz daran gehängt hätte."

Wenn Pickett wirklich angenommen hatte, dass das Begräbnis am Morgen zuvor einen dämpfenden Einfluss auf die Festlichkeiten im Golden Feather sechsunddreißig Stunden später haben würde, wurde ihm bald die Größe seines Irrtums bewusst gemacht. Als er und Julia die High Street überquerten, mussten sie sich ihren Weg zwischen einer Reihe von Kutschen hindurch suchen, die die Durchgangsstraße verstopften – offensichtlich würde der einheimische Landadel gut vertreten sein, zusätzlich zu den Urlaubsgästen, die sich vorübergehend im Golden Feather niedergelassen hatten. Von dem Augenblick an, als sie das Haus betraten, konnte Pickett das Stimmengewirr hören und das Kratzen von Geigen aus dem oberen Stockwerk und konnte das Gedränge von Menschen sehen, die die anmutig geschwungene Treppe hinaufgingen (oder es zumindest versuchten). Er und Julia nahmen ihre Plätze unter diesen ein und erreichten schließlich das obere Stockwerk und den großen Raum, in dem sie die Abonnementsliste unterschrieben hatten.

Zu sagen, dass er verwandelt war, wäre untertrieben gewesen. Jeder der Stühle an den Wänden war besetzt und unter Jedidiah Tyson Anleitung war ein Mann (der, wenn die weiße Schürze, in die seine Person gehüllt war und der schwache Zwiebelduft, der ihn umgab, als Hinweis dienen durften) aus der Küche herbeordert worden war, eifrig dabei, noch mehr aufzustellen. Am anderen Ende des Raums stimmte ein halbes Dutzend Musiker ihre Instrumente, während überall in der Mitte kleine Gruppen von Menschen, von elegant gekleideten Mitgliedern der oberen Klassen bis zu wohlhabenden Kaufleuten in ihrem besten Sonntagsstaat mit gedämpften Stimmen plauderten. Ned Hawkins mochten die Gesellschaften seines Rivalen nicht gefallen haben, doch es war deutlich zu erkennen, dass er bei dieser die Hauptattraktion war, da jeder die Gelegenheit nutzte, um die Fragen zu stellen und die Spekulationen auszusprechen, die Höflichkeit am Tage zuvor bei der Beerdigung nicht zugelassen hatten.

Als sie sich von der Tür fortbewegten, wurden sie von einem Summen der Aufmerksamkeit begrüßt und Pickett richtete sich ein wenig mehr auf, stolz und gleichzeitig demütig im Wissen, dass er die schönste Frau im Raum an seinem Arm hatte. Allmählich wurde ihm jedoch bewusst, dass das Objekt all dieser Aufmerksamkeit nicht seine Frau war, zumindest nicht ganz; in der Tat schien das Gemurmel sich auf etwas in ihrem Rücken zu konzentrieren. Er drehte sich um und sah einen Mann in der Tür stehen, einen silberhaarigen Mann hoch in den mittleren Jahren, der die Gesellschaft mit einer Miene gelangweilter Gleichgültigkeit durch sein Augenglas betrachtete. Offensichtlich hatte Mr. Tysons Hoffnung sich erfüllt: Der Herzog nahm an der Gesellschaft teil.

„Willkommen, Euer Gnaden, willkommen!", rief Mr. Tyson und verließ einen weniger erhabenen Gast mitten im Satz stehen, um dem neu angekommenen seine volle Aufmerksamkeit zu widmen. „So erfreut, dass Euer Gnaden unsere kleine Unterhaltung mit Eurer Gegenwart beehrt. Werdet Ihr uns die Ehre erweisen, den Tanz zu eröffnen? Lady Marchant ist hier, wenn Ihr sie als Partnerin nehmen wollt. Ihr seid doch mit Mylady bekannt, nicht wahr? Gut, sehr gut!"

Der Herzog beugte sich über die Hand von Sir Henry Marchants Gattin, und als seine Gnaden seine Partnerin in die Mitte des Raums führte, sah Julia mit einem Lächeln zu, entschlossen, ihrem Ehemann keinen Augenblick spüren zu lassen, dass vor noch nicht allzu langer Zeit sie, als Viscountess und hochrangigste Dame im Raum, es gewesen wäre, die den Tanz am Arm des Herzogs eröffnet hätte, statt Lady Marchant, der Frau eines bloßen Baronets. Zum Glück musste sie nicht lange auf einen Partner warten; unter dem Landadel, der den verstorbenen Lord Fieldhurst nicht gekannt haben mochte und der sich nicht um die Rangfolge sorgen musste, gab es genügend Gentlemen, die sich einen Tanz mit einer schönen Frau erbitten wollten, deren Ehemann nicht geneigt schien, selbst mit ihr zu tanzen.

Pickett seinerseits begnügte sich damit, am Rande des Raums herumzuspazieren und den Gesprächsfetzen zuzuhören, die er mithören konnte, ohne sich den Anschein eines Lauschers zu geben. In Wahrheit interessierte er sich weniger für das müßige Geschwätz des Landadels als für die Gedanken der einheimischen Bürger, die ihre halbe Guinea für das Privileg bezahlt hatten, sich in der Gesellschaft höher Gestellter zu bewegen. Er hatte den Untersuchungsrichter mit seiner Gemahlin den Raum betreten sehen, einer langnasigen Frau in purpurrotem Satin, ebenso wie den Arzt, der eine errötende junge Dame von ungefähr achtzehn Jahren begleitete, die offenbar seine Tochter war. Der Schreibwarenhändler, Mr. Copley, war ebenfalls anwesend – zweifellos im Gespräch mit dem Buchhändler, dessen Geschäft Wand an Wand mit seinem lag. Der Tod von Ned Hawkins war das Thema von mehr als einem Gespräch, und ein oder zwei Mal hörte Pickett eine mit leiser Stimme ausgesprochene Vermutung, ob der Gastwirt vielleicht von der Klippe gestoßen worden sein könnte und wer einen Grund gehabt haben könnte, etwas Derartiges zu tun. Mr. Hetherington mochte vielleicht der Erste gewesen sein, der die Möglichkeit laut aussprach, aber er war offensichtlich nicht der einzige, der einen solchen Gedanken hatte.

Was die Frage anging, wer die Tat begangen haben könnte, gab es verschiedene Meinungen. Jedidiah Tysons

Name tauchte mehr als einmal auf, wurde aber fast genauso
häufig verworfen; ein Mann in einem Gehrock aus dem
vorigen Jahrhundert schien für viele zu sprechen, als er die
Meinung vertrat, dass weder Hawkins noch Tyson, was auch
immer ihr angeblicher Hass aufeinander war, einer Rivalität,
die beiden Männern insgeheim so viel Freude bereitete, ein so
unwiderrufliches Ende hätte setzen wollen.

Lizzie wurde von vielen hart verurteilt wegen der Rolle,
die sie möglicherweise beim Tod ihres Vaters gespielt haben
mochte, bis zu dem Punkt, dass Pickett dachte, es wäre wohl
das Beste, dass sie nicht an der Gesellschaft hatte teilnehmen
können. Während einige davon ausgingen, dass die
unanständigen Aufmerksamkeiten von „diesem Kerl, dem
Dichter" hinter der Tragödie stecken müssten, verwiesen
andere auf Ben Wilsons enttäuschte Hoffnungen, und alle
stimmten zu, dass Lizzies Verhalten mit Sicherheit nicht so
gut gewesen war, wie es hätte sein sollen und dass sie es
hassen würden, sollte eine ihrer eigenen Töchter sich so
benehmen, dass man sie für einen schamlosen Flirt halten
müsste.

Was den „Kerl, den Dichter", anbelangte, war er
ebenfalls anwesend, nachdem es ihm nicht gelungen war,
Lizzies Skrupel (oder besser gesagt, die ihrer Stiefmutter) zu
überwinden und sie zu überreden, doch teilzunehmen, und
neigte sehr dazu zu schmollen. Er forderte zuerst die hübsche
Tochter des Arztes auf (wobei er durch seine Haltung deutlich
machte, welche einzigartige Ehre er ihr zuteilwerden ließ),
und dann Julia (mit weitaus größerer Höflichkeit). Erst
während dieses Tanzes wurde Picketts Aufmerksamkeit von

dem abstoßenden Anblick durch einen späten Gast abgelenkt. Ben Wilson stand im Türrahmen, frisch gewaschen und rasiert und sah in seinen besten Sonntagkleidern ausgesprochen unbeholfen aus, während er mit einem Finger hinter seiner zu fest gebundenen Krawatte herfuhr und seine Blicke über den überfüllten Tanzsaal schweifen ließ. Beim Anblick, wie Julia mit Percival Hartsong tanzte (und Pickett konnte seine Gefühle nur völlig teilen), runzelte er die Stirn, aber er suchte offenbar nicht nach dem Dichter.

Pickett, der eine Gelegenheit sah, jemandem einen Dienst zu erweisen, der sich noch als wertvolle Informationsquelle erweisen könnte, spazierte durch die Menge, um zu ihm zu gelangen. „Solltet Ihr nach Miss Hawkins suchen, sie ist nicht hier", berichtete er dem jungen Bauern. „Es wäre nicht recht, nachdem ihr Vater gerade erst begraben wurde, wie Ihr ja wisst." Dass dieses Gefühl nicht von Lizzie, sondern von ihrer Stiefmutter geäußert worden waren, war eine Tatsache, die Pickett für sich zu behalten beschloss.

„Also ist Lizzie da drüben", sagte Wilson nachdenklich und nickte in Richtung des Hart and Hound.

Pickett nickte. „Sie war dort, als meine Frau und ich ausgingen."

Wilsons grimmiges Gesicht erhellte sich. „Sehr verbunden", sagte er und verließ die Gesellschaft ohne einen Blick zurück.

Pickett wandte seine Aufmerksamkeit jetzt wieder den Tänzern zu und stellte fest, dass Percival Hartsong Julia ihrem nächsten Partner, dem Herzog von Ramsdale, überlassen hatte. Sie und seine Gnaden schienen fröhlich zu plaudern, und als sie sich zum Takt der Musik drehten, traf ihr Blick Picketts auf der anderen Seite des Raums. Sie schenkte ihm ein leichtes Lächeln und sagte etwas zu dem Herzog, woraufhin Seine Gnaden den Kopf drehte und in seine Richtung nickte. Pickett konnte sich ihr Gespräch nur vorstellen: „Ich hatte von Eurer neuen Heirat gehört, aber um ehrlich zu sein, ich konnte es kaum glauben …" „Doch, Euer Gnaden, es ist wahr – oh, seht nur! Dort ist mein Gatte jetzt …" Gut, sie sah *nicht* verlegen aus, noch viel weniger, als würde sie sich seiner schämen, doch das musste sie auch nicht; er empfand es schlimm genug für sie beide.

In der Tat lag Pickett mit seinen Vermutungen völlig falsch. Als der Herzog sich ihre Hand für den nächsten Tanz gesichert hatte, war es Julia eingefallen, dass hier jemand war, der als Mitglied des Hochadels mit einem Sitz im Oberhaus das Frankierprivileg genoss. Entschlossen zu entdecken, was sie über ein Geschäft erfahren konnte, bei dem der Herzog seine Freisstellung anderen zukommen lassen könnte – gegen ein Entgelt – hatte sie seinen angebotenen Arm genommen und ihm erlaubt, sie zum Tanz zu führen. Da Seine Gnaden ein Bekannter des verstorbenen Lord Fieldhurst gewesen war, wenn auch kein besonderer Freund, war sie auf die üblichen Bemerkungen über den Tod ihres ersten Mannes und ihre Wiederverheiratung gefasst, zwei Monate vor Ablauf des Trauerjahres, mit einem Mann, dessen gesellschaftliche Stellung so tief unter ihr war, dass man sie als nicht existent bezeichnen musste.

„Ich bin sicher, dass es Euch nicht überraschen wird,

wenn ich sage, dass Fieldhurst und ich schon seit einiger Zeit nicht immer im besten Einvernehmen waren", antwortete sie dem Herzog, als er eher unsicher Wünsche für ihr zukünftiges Glück äußerte. „Und auch wenn ich mir seinen Tod nie gewünscht hätte – und schon gar nicht auf solche Weise! – kann ich nicht anders als zu empfinden, dass er selbst in gewisser Hinsicht seinen eigenen Untergang herbeigeführt hat."

„Das ist offen gesprochen!", rief der Herzog aus, mehr als nur ein wenig schockiert darüber, solche Gefühle von den Lippen einer Frau zu hören, die er immer für eine zurückhaltende und wohlerzogene junge Dame gehalten hatte.

„In der Tat ist es das, denn ich halte zu viel von Eurer Klugheit, um Euch mit bloßen Plattitüden abzuspeisen. Was meine neue Ehe angeht, während es wohl wahr ist, dass die Türen von Almack's mir zweifellos für immer verschlossen bleiben werden, habe ich doch sehr wenig zu bereuen. In Wahrheit ist es eine Erleichterung, frei von vielen Verpflichtungen zu sein, die eine hohe Stellung mit sich bringen – zum Beispiel Dinergesellschaften auszurichten, die der Karriere meines Mannes dienen sollten."

Die Tanzbewegungen brachten sie in Picketts Sichtweite und damit zu dem Blickwechsel, der seinen Frieden so gestört hatte.

„Wenn Ihr eine Dinergesellschaft geben wolltet, um die Karriere Eures neuen Gatten zu fördern", bemerkte der Herzog stirnrunzelnd, „wäret Ihr zweifellos gezwungen, Euer Haus Taschendieben und Halsabschneidern zu öffnen!"

„Sehr wahr", sagte sie und lächelte Pickett zu, als ihre

Blicke sich über dem überfüllten Raum trafen. „Und er würde sich in solcher Gesellschaft zweifellos wohler fühlen als in der der russischen Hoheiten, von denen er kürzlich geehrt wurde."

„Ja, ich meine mich zu erinnern, etwas darüber in der *Times* gelesen zu haben", räumte Seine Gnaden ein und grüßte Pickett mit einem kurzen Nicken.

„Tatsächlich", fuhr Julia fort, „sind die einzigen Dinge, die ich an meiner ersten Ehe wirklich vermisse, ziemlich banale Dinge, die man kaum bemerkt, bis sie verschwunden sind. Zum Beispiel die Möglichkeit, Briefe kostenlos per Post zu versenden. Ich war schockiert zu entdecken, dass es meine unglücklichen Eltern jeweils einen Schilling kosten wird, Briefe anzunehmen, die ich ihnen aus Banfell schicken möchte!"

Wenn Julia gehofft hatte, dass ihr dies das Angebot einbringen würde, ihre Briefe zum Preis von einem Penny durch den Herzog freimachen zu lassen, musste sie sich enttäuschen lassen.

„Zumindest wenn Ihr in London seid, wäre der Erbe Eures ersten Mannes sicherlich bereit, Euch diesen kleinen Dienst zu leisten", schlug seine Gnaden vor.

Julia schüttelte den Kopf. „Mir scheint, Ihr kennt den neuen Lord Fieldhurst nicht gut. Selbst wenn ihm ein so großzügiges Angebot in den Sinn käme – und ich muss gestehen, dass ich das höchst unwahrscheinlich finde – müsste ich es ablehnen. Er ist davon überzeugt, dass ich Scham und Schande über die Familie gebracht habe und gibt vor, mich nicht länger zu kennen. Ich muss allerdings zugeben, dass der Verlust seiner Bekanntschaft kein großer Schaden ist."

Es war deutlich zu merken, dass der Herzog George, den Cousin ihres verstorbenen Mannes, wenn nicht persönlich, so doch dem Ruf nach kannte, denn er warf den Kopf zurück und lachte laut. Pickett, der verloren an der Wand stand, sah das Lachen und bedauerte einmal mehr ihren Standesunterschied, der dazu führte, dass er nur zuschaute, während andere Männer seine Frau zum Tanz führten.

Allmählich jedoch wurde er gewahr, dass diese Gesellschaft in keiner Weise dem privaten Ball ähnelte, den er vor ein paar Wochen in London besucht hatte. Hier trafen sich Bürger und Höhergestellte, wenn nicht auf gleichem Fuß, so doch mit einem Grad an Vertrautheit, der in der Hauptstadt unerhört gewesen wäre: Bevor der Herzog von Ramsdale Julia auf die Tanzfläche geführt hatte, war er der Partner der Frau des Anwalts gewesen, während Lady Marchant gerade jetzt mit Mr. Copley, dem Schreibwarenhändler, tanzte. Diese demokratische Mischung von Menschen spiegelte sich auch in den Tänzen wider, denn diese Mitglieder des Kaufmannsstandes hatten, wie er selbst, nicht den Vorzug gehabt, Tanzunterricht zu genießen. Stattdessen mussten sie durch Zuschauen, Nachahmen und vielleicht Versuch und Irrtum gelernt haben. Und so kompliziert sahen diese Schritte nicht aus …

Pickett war sich selbst nicht bewusst, zu einem Entschluss gekommen zu sein, doch als der Tanz zu Ende war, fand er sich auf dem Weg durch den Tanzsaal dorthin, wo Julia jetzt von einem halben Dutzend Männern im Rang von Baronet bis zum Bankangestellten belagert wurde, die sie alle um den nächsten Tanz anflehten. Er drängte sich durch die

Menge, streckte seinen Arm nach ihr aus und hob seine Stimme leicht, um über die Aufdringlichkeiten ihrer verschiedenen Verehrer gehört zu werden: „Mrs. Pickett, wenn Ihr mir die Ehre erweisen wolltet?"

Ihr Blick flog zu seinem mit einer stillen Frage und als sie dort die Antwort las, die sie suchte, legte sie ihre Hand sehr feierlich auf seinen Arm. „Die Ehre ist ganz meinerseits, Mr. Pickett." Sie entschuldigte sich bei ihrem Hofstaat von Bewunderern und erlaubte ihm, sie aus der kleinen Gruppe fortzuführen, doch als sie sich relativer Vertraulichkeit sicher sein konnten, fragte sie ihn: „Bist du dir sicher, John?"

„Nein", antwortete er, ohne zu zögern. „Wenn du also je mit mir tanzen wolltest, solltest du es besser jetzt tun, bevor ich Zeit habe, es mir anders zu überlegen."

Sie blickte zu ihm auf, in ihren leuchtenden Augen lag ihr ganzes Herz. „Es ist alles, was ich mir gewünscht habe, weißt du, seit wir den Hart and Hound verlassen haben."

„Ja?", fragte Pickett, verzehrt von Gewissensbissen bei der Erkenntnis, dass sein eigentlicher Grund dafür, sie um den Tanz zu bitten, nicht der Wunsch war zu tanzen, auch nicht, seiner Frau eine Freude zu machen, sondern um es dem Rudel Hyänen, das dort um sie herumschnüffelte, klarzumachen, dass sie *seine Frau* war. „Das hast du nie gesagt."

„Ich wollte nicht, dass du dich unbehaglich fühlst."

Er starrte sie an. „Glaubst du, ich hätte mich dabei wohlgefühlt, an der Wand herumzustehen, während jeder Hanswurst hier dir Kalbsaugen macht?"

„John! Sag nicht, du warst eifersüchtig!", rief Julia aus, von dieser Erkenntnis durchaus erfreut.

„Sagen wir mal, sich deinetwegen zum Narren zu machen ist ein Privileg, das ich mir vorbehalten möchte", sagte er und führte sich dahin, wo man sich gerade für den Tanz aufstellte.

Während man nicht behaupten konnte, dass er auch nur den einfachsten ländlichen Tanz völlig fehlerfrei durchstand, hätten nur dir schärfsten Kritiker behaupten können, dass Pickett einen Narren aus sich gemacht hätte. Genauer gesagt, stellte er fest, dass er diese Tätigkeit sogar genoss und als Julia ihn darauf hinwies (völlig zu Recht), dass es als die Höhe – oder besser die Tiefe – schlechter Manieren angesehen würde, wenn er mit keiner anderen Partnerin außer seiner eigenen Frau tanzte, forderte er die junge Tochter des Arztes zum nächsten Tanz auf, da er annahm, dass ihre Jugend und ihre vermutlich geringe Erfahrung sie weniger dazu neigen lassen würde, seine eigenen Anstrengungen zu verachten. In der Tat war das unglückliche Ergebnis dieser Aufforderung, dass dieses Fräulein den größten Teil der Nacht damit verbrachte, in ihr Kissen zu schluchzen, nachdem ihr Vater sie darüber informiert hatte, dass der Partner, auf den sie all ihre romantischen Hoffnungen gerichtet hatte, tatsächlich ein verheirateter Mann war; doch da Pickett sich dieser Wirkung auf die junge Dame segensreich unbewusst war, fühlte er sich bester Laune, als er und seine Gattin zum Hart and Hound zurückkehrten.

Lizzie ebenso. „Oh, ist es schon vorbei?", fragte sie und ihr Blick huschte an ihnen vorbei durch die Tür, durch die Percival Hartsong zweifellos bald treten würde.

„Nicht ganz", sagte Julia zu ihr. „Es ist erst halb zwölf,

aber wir beschlossen, zurückzukommen, bevor das Gedränge der Kutschen vor dem Gasthof beginnt."

„War es sehr großartig? Ich kann sehen, dass es wohl so war, denn Ihr seht aus, als hättet Ihr Euch gut amüsiert." Ihre Stimme hatte einen Hauch von Wehmut, doch von den Tränen, die zu Beginn des Abends geflossen waren, gab es keine Spur mehr.

„Oh, ich schätze, es war ganz nett", sagte Julia ohne Begeisterung, um sie nicht wieder zu betrüben.

Aber Lizzie schien sie nicht zu hören. „Ich hatte auch eine sehr schöne Zeit", sagte sie und wurde errötete, was ihr sehr gut stand. „Ben Wilson hatte eine Karte gekauft, aber als er sah, dass ich nicht da war, kam er, um mir stattdessen Gesellschaft zu leisten. Und das, nachdem er eine halbe Guinea für die Karte ausgegeben hatte – stellt Euch das vor! Er bat mich, mit ihm am Fluss spazieren zu gehen, wenn es mir nichts ausmachte, weil es so nahe an dem Platz ist, wo Papa hineingefallen ist, und als wir dort waren, hat er mir geholfen, Wildblumen zu pflücken und zu Papas Andenken ins Wasser zu werfen und er hat mir alles von seinen neuen Lämmern mit ihren süßen schwarzen kleinen Gesichtern erzählt. Er hat mir sogar versprochen, mir eines zu schenken!"

„Ja, und wo es bleiben soll, wenn das süße kleine Lamm ein voll ausgewachsenes Schaf geworden ist, weiß ich ganz sicher nicht", warf ihre Stiefmutter ein, allerdings mit einem nachsichtigen Lächeln. „Wir würden es schlachten müssen, und was du dazu sagen würdest, wenn du ihm einen Namen gegeben und es als Haustier aufgezogen hast, kann ich mir nur vorstellen! Trotzdem, ich kann nicht abstreiten, dass das nett von Ben war. Er war immer ein guter Junge und du könntest es weit schlechter treffen."

„Stiefmutter …", begann Lizzie und Pickett und Julia gingen, bevor der unvermeidliche Streit ernsthaft anfangen würde.

„Ich habe Ben Wilson nicht hereinkommen sehen, oder?", fragte Julia, als sie die Privatsphäre ihres eigenen Zimmers erreicht hatten.

Pickett nickte. „Ich glaube, du hast zu dem Zeitpunkt gerade mit einem gewissen Dichter getanzt."

„Was hätte ich tun sollen?", erwiderte sie neckend. „Mein Mann hatte noch nicht den Mut aufgebracht, mich davon abzuhalten. Aber warst du es, der ihm den Vorschlag machte, Lizzies hinter Percivals Rücken den Hof zu machen?"

„Das musste ich nicht", sagte Pickett voller Unschuld. „Er ist kein Dummkopf, wie du weißt. Nachdem er erkannte, dass Hartsong ihm das Feld überlassen hatte, musste ihm niemand sagen, was er zu tun hatte. Obwohl ich glaube, er hätte größere Chancen auf Erfolg, wenn seine zukünftige Schwiegermutter ihre Meinung für sich behalten und das Hofmachen ihm überlassen würde."

„Ja, sehr wahrscheinlich." Ihr Lächeln verschwand, als ihr ein neuer Gedanke kam. „John, hast du daran gedacht, dass der Stein vielleicht gar nicht für mich – für keinen von uns – bestimmt war?"

Offensichtlich nicht. Er stand plötzlich still da und musterte sie mit aufkeimendem Verständnis. „,Geht dorthin zurück, woher Ihr gekommen seid'", zitierte er die anonyme Botschaft. „Kein Name und keine Erwähnung von London oder einem anderen Ort. Du meinst, es hätte der junge Wilson sein können, der hoffte, seinen Rivalen zu verscheuchen und aus Versehen das falsche Fenster erwischt hatte? Aber jeder, der an dem Tag, als wir ankamen, in der Schankstube war, muss gehört haben, wie Ned Hawkins sagte, in welches Zimmer er uns bringen würde. Hawkins hatte eine dröhnende Stimme und gab sich keine Mühe, leise zu sprechen. Das scheint jede Möglichkeit auszuschließen, dass Wilson unser Zimmer mit Hartsongs verwechseln könnte."

„Nicht unbedingt", widersprach sie. „Ich bin nicht sicher, ob Ben Wilson etwas anderem als der jungen Dame, die er gern zur Braut hätte und die mit Percival Hartsong flirtete, viel Aufmerksamkeit schenkte."

Pickett konnte diese Beobachtung nicht bestreiten, war aber dennoch nicht überzeugt. „Es scheint, ich weiß nicht, für ihn untypisch zu sein", sagte er und versuchte, seine Zweifel in Worte zu fassen. „Ich kann mir nicht vorstellen, wie Ben Wilson herumschleicht und Steine wirft. Mir scheint, er würde viel eher dem Kerl ein paar Veilchen verpassen."

Julia, die keine Brüder hatte, kannte den Ausdruck nicht. „Veilchen?"

„Blaue Augen schlagen", erklärte Pickett.

„Oh. Ja, ich nehme an, du hast recht."

„Trotzdem sollten wir die Möglichkeit in Betracht ziehen – nur, um sie ausschließen zu können, wenn nichts anderes", räumte Pickett ein. „Ich wünschte nur, ich könnte mir eine plausible Ausrede ausdenken, um am Morgen einen Besuch auf seinem Hof zu machen."

„Lämmer", sagte Julia prompt.

„Wie bitte?“

„Lämmer“, sagte sie erneut. „Die süßen kleinen Lämmchen mit ihren kleinen schwarzen Gesichtchen. Du musst ihm nur erzählen, wie Lizzie von ihnen schwärmte und deiner Frau den brennenden Wunsch einflößte, diese niedlichen Geschöpfchen selbst zu sehen.“

Pickett strich sich nachdenklich über das Kinn. „Das könnte funktionieren“, sagte er schließlich. „Natürlich, wenn Wilson zustimmt, muss ich dich auf seinen Hof mitnehmen und du würdest dich mit angemessener Begeisterung aufführen müssen.“

Ihr Gesicht wurde lang. „Aber morgen willst du mich nicht mitnehmen?“

„Ich wünschte, das ginge, aber Wilson könnte eher mit mir reden, wenn ich allein komme.“

„Ja, und wenn er etwas Nützliches in meiner Hörweite sagt, man weiß ja nie, wann ich von einem überwältigenden Drang ergriffen werden könnte, ein schönes Schwätzchen mit Lizzie oder ihrer Stiefmama zu halten, nicht wahr?“

Er warf ihr einen vorwurfsvollen Blick zu. „So habe ich es nicht gemeint. Aber, was Ben Wilson angeht, kennen wir ihn nicht gut genug, um sicher zu sein, wie sein Verstand funktioniert, nicht wahr? Selbst in seinen besten Zeiten ist er recht maulfaul.“

„Na schön, lass mich nur den ganzen Morgen allein im Gasthof Trübsal blasen. Ich werde mich morgen Nachmittag dafür rächen, wenn ich von dir verlangen werde, mich in einem dieser Boote, von denen Mr. Hetherington versichert, dass man sie mieten kann, über den See zu rudern.“

„Du bist ein harter Verhandlungspartner", sagte er und schüttelte in gespielter Sorge den Kopf. „Ich kann dich auf den See hinaus mitnehmen, wenn du das möchtest, aber wenn ich uns beide ins Wasser befördere, denke daran, dass du nur dir allein die Schuld geben kannst. Du weißt, dass ich noch nie ein Boot gerudert habe."

„Ich habe volles Vertrauen in dich", versicherte sie ihm.

„Ich bin froh, dass du hier bist", sagte er in plötzlichem Ernst. „Ich sollte es nicht sein – ich hätte dich in die Postkutsche nach London setzen und dich dort lassen sollen, ohne Rücksicht auf deine Tränen. Was für ein Mann ist das, der seine Frau wissentlich der Gefahr aussetzt, um sich nicht ihrer Gesellschaft zu berauben?"

Sie schlang ihre Arme um seine Taille. „Die Art von Mann, die ich mag", sagte sie und hob ihr Gesicht seinem Kuss entgegen.

12

In dem John Pickett eine Schafzucht besucht

Pickett wagte es nicht, Mrs. Hawkins nach dem Weg zur Wilson-Farm zu fragen, damit Lizzie es nicht hören und ihn am Ende bitten würde, ihn begleiten zu dürfen. Schließlich war Percival Hartsong ziemlich spät aus dem Golden Feather zurückgekommen und würde kaum vor Mittag sein Zimmer verlassen; in seiner Abwesenheit mochte Lizzie sehr wohl beschließen, dass ihr früherer Favorit besser war als gar kein Verehrer. Und daher ging Pickett, statt seine Gastgeberin nach dem Weg zu fragen, in den Stall des Gasthofs, wo mehr als ein Stallbursche bei seinem Kommen wissend grinste. Da dieses Grinsen mehr als nur einen Hauch von Neid enthielt, störte es ihn nicht; in der Tat vermutete er, dass seine sehr öffentliche Bekundung der Zuneigung zu seiner Frau – oder vielmehr, ihrer Zuneigung zu ihm – sein Ansehen unter diesen Männern, deren Geburt und Kindheit, wenn auch bescheiden, doch vermutlich besser war als seine eigene, verbessert hatte.

Mit dieser Einschätzung lag er durchaus richtig. „Der

Wilson-Hof?", wiederholte einer, ein muskulöser Rotschopf, der vor Picketts Eintreten damit beschäftigt gewesen war, ein Geschirr zu reparieren. „Ja, ich kenne den Ort. Es ist ein Spaziergang von ein paar Meilen. Oder, wenn Ihr warten könnt, bis ich hier fertig bin, kann ich Euch mitnehmen – wenn Ihr nichts dagegen habt, auf einem Karren zu fahren."

„Lass nur, Tom", warf ein Neuankömmling ein, „ich fahre zum Hof des alten Allanby, um Kohl für Ma zu holen. Ich kann Euch ein Stück des Weges mitnehmen", sagte er zu Pickett gewandt, „vorausgesetzt, wie Tom sagt, dass Ihr nichts dagegen habt, Euch auf einen Karren zu setzen."

Pickett hätte ihm versichert, dass dies nicht nötig wäre, doch als er erkannte, dass der Sprecher niemand anderes war als Jem Hawkins, der einzige Sohn des Verstorbenen, änderte er hastig seine Pläne. Er nahm das Angebot eilig an und bald schon ratterte der Karren aus dem Hof mit Jem an den Zügeln und Pickett auf der Kutschbank neben ihm. Pickett wartete, bis Jem durch den Verkehr auf der High Street gelenkt hatte – eine Mischung aus Bauernkarren und Fahrzeugen von Handwerkern, zusammen mit den eleganten Gefährten der modischen Besucher des Lake District – und aufs offene Land kam, bevor er erneut sein Beileid aussprach und schließlich sagte: „Ich glaube, die meisten Beileidsbekundungen richten sich an Eure Stiefmutter, aber ich vermute, dass ein Großteil der Last des täglichen Betriebs des Gasthauses jetzt auf Euren Schultern ruht."

„Ja, so ist es wohl", gestand Jem überrascht und erfreut, jemandem zu begegnen, der nach so kurzer Bekanntschaft die Bürden seiner eigenen Position so klar erkannte. „Nicht, dass ich nicht alles über den Betrieb eines Gasthauses wüsste. Ich bin ja hier groß geworden, bin ständig zwischen dem Gasthof und den Ställen hin und her gerannt. Aber ich will Euch nicht anlügen, Mr. Pickett. Ich hatte Ideen, um es rentabler zu machen – und die habe ich noch, was das angeht. Es sind diese Gesellschaften, seht Ihr – wir haben jedes Jahr Gäste verloren, seit Tyson damit begonnen hat, sie zu veranstalten. Oh, wer zum ersten Mal nach Banfell kommt, bleibt bei uns, weil die Postkutsche alle in unserem Hof absetzt. Aber dann gehen sie zu ein oder zwei dieser Veranstaltungen und wenn sie das nächste Mal, oder besser gesagt im nächsten Jahr, wieder zu den Seen kommen, geht dieses Geschäft an das Golden Feather, nicht zu uns."

„Was habt Ihr vor, dagegen zu tun?", fragte Pickett mit erwachender Neugier.

Jem seufzte. „Nun, wir haben keinen Raum, in dem wir Gesellschaften veranstalten könnten, selbst, wenn wir das wollten – was ich nicht möchte, weil ich Jedidiah Tyson nicht die Befriedigung gönne zu denken, dass wir keine eigenen Einfälle hätten, sozusagen, sondern nur ihn nachahmen könnten – aber ganz gleich wie viele Tanzabende, Vorträge und Dichterlesungen und was er noch anbieten mag, er ist noch immer auf der falschen Seite der Straße und es gibt nichts, was er dagegen tun könnte. Also habe ich Pa vorgeschlagen, dass wir nur die Rückwand herausschlagen müssten – nicht die ganze, wohlgemerkt, aber Löcher machen, um große Fenster vom Boden bis zur Decke einzusetzen – um das Beste aus dem zu machen, was wir haben, wenn Ihr wisst, was ich meine."

„Ich weiß nichts über den Betrieb eines Gasthauses, aber es scheint mir ein guter Plan zu sein", sagte Pickett.

„Ja, und ich dachte immer, wenn ich den Hart and Hound einmal erbe, würde ich keine Zeit verlieren, um die Idee umzusetzen. Aber jetzt, wo Pa fort ist und ich das Sagen habe, weiß ich nicht, ob ich etwas ändern oder so weitermachen sollte, wie Pa es tat. Zu Ehren seines Andenkens, könnte man sagen."

„Ich schätze, Euer Dilemma ist nicht ungewöhnlich", sagte Pickett und dachte an einen gewissen Weber, den er kurz nach Weihnachten in London kennengelernt hatte. „Vor nicht langer Zeit lernte ich einen jungen Mann Eures Alters kennen, den Pflegesohn eines Webmühlenbesitzers, der sagte, dass er und sein Pflegevater sich ständig wegen des Geschäfts in den Haaren lägen. Wie Ihr hatte er – hat er – eigene Vorstellungen darüber, wie alles laufen sollte, doch sein Pflegevater ist ein altmodischer Mann und will von Veränderungen nichts wissen."

„Ja, das Gefühl kenne ich", warf Jem ein.

„Ja, aber hört zu: Sein Pflegevater war sich seiner Gefühle bewusst – nach allem, was ich von dem Mann sah, kann ich mir nicht vorstellen, dass er seine Gedanken für sich behielt – machte aber keinen Versuch, sich einen anderen Geschäftspartner zu suchen oder dafür zu sorgen, dass die Webmühle an einen anderen vererbt wird. Und das könnte er leicht tun, vor allem, da dieser junge Mensch nur ein Pflegesohn ist, nicht sein eigenes Fleisch und Blut. Doch obwohl er weiß, was mit seinem Geschäft geschehen wird, sobald er unter der Erde ist, beabsichtigt er dennoch, es dem jungen Mann zu hinterlassen. Ich möchte meinen, dass dies dafür spricht, dass er dem Jungen mehr vertraut, als er zugeben möchte."

Jem wandte seinen Kopf zu ihm, sehr beeindruckt. „Ihr meint", sagte er und fand schließlich die Sprache wieder, „wenn Pa wirklich nicht gewollt hätte, dass ich Löcher in die hintere Wand schlage, dann hätte er dafür gesorgt, dass jemand anders den Hart and Hound erbt? Aber ich bin sein einziger Sohn, wie Ihr wisst."

„Ja, aber Ihr habt sicher auch Cousins. Er könnte ihn sogar Lizzie als Mitgift hinterlassen haben. Obwohl", fügte Pickett hinzu, „zwischen Euch und mir und diesem Laternenpfahl dort, würde ich nicht viel Hoffnung für die Zukunft des Hart and Hound haben, wenn Percival Hartsong ihn in die Finger bekäme."

„Hilfe, nein!", rief Jem grinsend aus. „Er würde ihn wahrscheinlich verkaufen, um ein Buch mit seinen Gedichten zu veröffentlichen. Oder er würde die Schankstube dazu benutzen, sie laut vorzulesen und allen unseren Gästen das Abendessen zu verderben. Was Lizzie an diesem weichen Kerl findet, werde ich nie begreifen. Aber", fuhr er ernsthafter fort, „Ihr meint, indem Pa nicht dafür sorgte, dass er an jemand anderen fiel, hat er mir sozusagen die Erlaubnis gegeben, meine Ideen auszuführen? Mir sozusagen seinen Segen gegeben?"

„Das halte ich für sehr wahrscheinlich", sagte Pickett. Natürlich war da immer noch die Tatsache, dass Ned Hawkins noch ziemlich jung gewesen war und keinen Grund zu der Annahme gehabt hatte, dass sein Tod unmittelbar bevorstand, doch er sah keinen Grund, Jem mit dieser Überlegung zu belasten. Man könnte sogar Ned Hawkins' anonymen Brief in die Bow Street als Beweis dafür nehmen, dass der Gastwirt vermutet hatte, sein Leben könnte in Gefahr sein; wenn dem so war, konnte man davon ausgehen, dass Hawkins auch die Gelegenheit genutzt hätte, seine Angelegenheiten zu regeln, für den Fall, dass seine schlimmsten Befürchtungen sich bewahrheiteten.

„Da steht noch immer ein Tisch an der Rückwand", sagte Jem, dessen Gedanken noch immer bei seinen Plänen für den Hart and Hound waren. „Der, an dem König Charles gesessen hat. Pa war immer richtig stolz darauf und sein Pa vor ihm auch."

„Könnt Ihr nicht anders an den Besuch des Königs erinnern?", schlug Pickett vor. „Eine Tafel an der Wand vielleicht?"

„Da wäre keine Wand mehr, nur Glas, durch das man über die Fjells und den Weg zum Fluss sehen kann. Ich weiß nicht, wie … oh, wartet! Nicht an der Wand, sondern im Boden selbst. Besser noch, eine Plakette, die in den Boden eingelassen wird", fuhr Jem fort, der sich für das Thema erwärmte. „Auf diese Weise, wenn die Tische verstellt werden oder wenn wir eines Tages neue kaufen, würde die Plakette noch immer dort am richtigen Ort sein.

„Eine ausgezeichnete Idee", stimmte Pickett ihm zu.

„Ich werde mich nach einem Baumeister umschauen, sobald ich wieder zurück bin", beschloss Jem und verfiel in nachdenkliche Stille. Pickett nahm an, dass seine Gedanken voller Pläne für den Hart und Hound waren, bis er plötzlich sagte: „Es ist schon seltsam, dass Pa so von der Klippe gefallen ist."

„Oh?", kommentierte Pickett unverbindlich.

„Er hat mich so lange ich denken kann, immer davor gewarnt, zu dicht an den Rand dort zu gehen. Es ist fast, als ob …" Er brach ab und schüttelte den Kopf, als ob er einen Gedanken als zu absurd – oder zu schrecklich – verwerfen wollte, um auch nur darüber nachzusinnen.

Pickett beschloss, dass er keine bessere Gelegenheit bekommen würde. „Jem", wagte er sich vor, „wisst Ihr von jemandem, der einen Grund haben könnte, Eurem Vater ein Leid zuzufügen?"

„Wer ihn hinuntergestoßen haben könnte, meint Ihr", folgerte Jem, der eindeutig kein Dummkopf war. „Ich muss zugeben, dass ich mich das selbst schon gefragt habe. Aber es ergibt keinen Sinn. Oh, er und Tyson streiten sich seit Jahren miteinander, aber das ist nichts, was damit enden würde, dass der eine den anderen umbringt. Und ich vermute, böse Zungen könnten sagen, dass Ben Wilson Grund gehabt hätte, sich zu beklagen, weil Pa diesen Kerl, diesen Dichter nicht gleich zum Teufel gejagt hat, als er begann, hinter Lizzie her zu sein, wo doch er und Lizzie schon so gut wie verlobt waren, aber Pa konnte es sich nicht leisten, zahlende Gäste zu beleidigen – schon gar nicht einen, der es sich in den Kopf setzen könnte, jede Menge Unsinn über ihn zu schreiben! Außerdem ist Ben ein guter Kerl, den ich gern meinen Bruder nennen würde", fügte er energisch hinzu.

„Und sonst ist da niemand?", fragte Pickett und achtete darauf, nicht zu sehr an den Angelegenheiten eines eigentlich

Fremden interessiert zu erscheinen.

Jem schüttelte den Kopf. „Nichts, außer der üblichen Art von Streitigkeiten, wie sie in einem Dorf, das klein genug ist, damit jeder ein bisschen zu viel über die Angelegenheiten des anderen weiß, von Zeit zu Zeit vorkommen, wenn Ihr wisst, was ich meine. Und jetzt", fügte er hinzu und parierte die Pferde durch, „müsst Ihr hier aussteigen, Mr. Pickett. Wenn Ihr diesem Weg dort folgt" – er deutete mit seiner Peitsche auf einen Lehmpfad, der sich durch eine offene Wiese schlängelte, „kommt ihr zu Wilsons Hof. Es ist nur noch eine halbe Meile oder so. Oh, und Mr. Pickett … „

„Ja?", fragte Pickett nach, als Jem zögerte, weiterzusprechen.

„Über das … was ich sagte … ich bitte Euch, es meiner Stiefmutter gegenüber nicht zu erwähnen."

Pickett versicherte ihm, dass es das allerletzte war, was er tun wollte, Mrs. Hawkins mit diesem Gedanken zu belasten, und nachdem er den jüngeren Mann beruhigt hatte, machte er sich auf den Weg. Kurze Zeit später kam er am Anwesen der Wilsons an, einem soliden, quadratischen Bauernhaus, das aus dem allgegenwärtigen grauen Stein gebaut war, mit Schieferziegeln gedeckt und von Schornsteinen an beiden Enden flankiert wurde. Rauch kringelte sich aus einem davon und Pickett sah sich zu der Hoffnung ermutigt, dass der junge Bauer noch zu Hause war und noch nicht mit seinen täglichen Pflichten begonnen hatte. Er trat vor eine Tür, die so niedrig war, dass er zweifellos den Kopf würde einziehen müssen, sollte er gebeten werden einzutreten, und klopfte dann. Eine Kakofonie von Gebell antwortete von drinnen und einen Moment später wurde die Tür geöffnet. Eine winzige, grauhaarige Frau stand dort, begleitet von zwei großen, knurrenden Hunden, die Pickett musterten, als ob sie abschätzen wollten, welche Menge und Qualität an Fleisch aus den Muskeln seines Unterschenkels zu gewinnen wäre – und das Ergebnis ihrer Berechnungen sehr nach ihrem Geschmack fanden.

„Mrs. Wilson?", riet Pickett und warf den Hunden einen misstrauischen Blick zu.

„Ja, und?", wollte sie wissen.

„John Pickett, zu Besuch aus London", sagte er und beugte sich mit der Andeutung einer Verbeugung noch tiefer. „Ich hätte gern ein Wort mit Ben gewechselt, wenn das möglich wäre."

„Er ist schon seit gut drei Stunden draußen auf dem Feld", sagte sie. „Wenn Ihr mit ihm reden wollt, müsst Ihr ihn dort suchen."

„Sehr gut", räumte Pickett ein, der sich nicht gerade auf die Aussicht freute, einen einsamen Schafzüchter auf einem nicht näher bestimmten Feld zu finden. „Äh, wenn Ihr mir die Richtung angeben könntet, wäre ich Euch sehr verbunden."

„Ich lasse Euch von Jack und Davy hinbringen."

„Vielen Dank …", begann Pickett, doch als die Frau wieder sprach, richtete sich das nicht ihn und auch nicht an einen anderen Menschen.

„Jack! Davy!", sagte sie zu den Hunden, die sich an ihre Röcke drückten. „Geht, sucht Ben! Los, lauft schon!"

Die Hunde brauchten keine weitere Ermutigung. Sie rannten durch die Tür und hätten Pickett dabei fast umgeworfen, als sie in ihrer Begeisterung, diesen Befehl auszuführen, an ihm vorbeischossen.

Die Frau murmelte etwas in sich hinein, der einzig verständliche Teil lautete: „... Dorf ist voll Fremder in diesen Tagen ...", und verschwand wieder im Haus.

Picketts hündische Eskorte zeigte keine Neigung, darauf zu warten, dass er ihnen folgen konnte, doch er hatte nichts dagegen, zurückzubleiben; nicht nur, dass er eine Begleitung nicht sonderlich wünschenswert fand, die vor allem daran interessiert schien, ihn für ihre nächste Mahlzeit einzuschätzen, hätte er sich für einen sehr schlechten Bow Street Läufer gehalten, wenn er nicht der Spur zweier sehr lauter Hunde zu folgen imstande gewesen wäre.

Seine Hundeführer verschwanden bald über einem Kamm und bald danach bot das Blöken von Schafen den Beweis für ihre Anwesenheit, zusammen vermutlich mit ihrem Besitzer. Pickett stapfte auf den Kamm hinauf und sah die Herde sich in dem vor ihm ausgebreiteten Tal tummeln, das Weiß ihrer Felle bildete einen schönen Kontrast zu dem Grün des Grases, auf dem sie vor der Unterbrechung gegrast hatten. In ihrer Mitte stand Ben Wilson und rief die Hunde zu sich. Die Eleganz des Vorabends war durch einen brauchbaren Kittel, Hosen und feste Schnürschuhe ersetzt worden. Sein blonder Kopf war bloß, über die Schultern trug er ein Lamm in der Art, wie eine Dame eine Pelerine tragen würde, die Beine über seiner Brust gekreuzt.

„Hallo Wilson!", rief Pickett, als er vom Kamm heruntersteig. „Hallo!"

Ben Wilson drehte sich um und ließ die Hinterbeine des

Lamms los, um eine Hand zum Schutz über die Augen zu legen. „Mr. – Pickett, stimmt doch? Was bringt Euch her?"

„Ich bin gekommen, um Euch um einen Gefallen zu bitten." Pickett stürzte sich in die Ausrede, die Julia erfunden hatte. „Als Mrs. Pickett und ich von der Gesellschaft zurückkamen, erzählte Lizzie uns alles über Eure Lämmer und nun will meine Frau nichts lieber, als sie selbst zu sehen."

„Das gefiel ihr, wie?", fragte Wilson, offensichtlich erfreut. Nachdem er seine Arbeit, was auch immer es war, mit den Schafen beendet hatte, wandte er sich ab und ging auf den Bergkamm zu.

„Oh ja", sagte Pickett und schloss sich ihm an. „Sie ist in Umständen, daher ist es nur natürlich, dass sie sich für Säuglinge interessiert, gleich welcher Art …"

„Die Reaktion des Bauern erstaunte ihn. „Den Teufel ist sie das!", presste er zwischen knirschenden Zähnen heraus, und sein sonnengebräuntes Gesicht nahm einen beängstigenden Rotton an. „Bei Gott, ich werde den Kerl, der sie verdorben hat, umbringen – und ich schätze, ich werde nicht lange nach ihm suchen müssen", fügte er düster hinzu.

Erkenntnis dämmerte auf. „Nein, nein!", sagte Pickett hastig. „Ich meinte meine Frau, nicht Lizzie." Sobald er sicher sein konnte, dass der junge Wilson diese Informationen verarbeitet hatte, fuhr er fort. „Ganz gleich, welche Absichten Hartsong gegenüber Lizzie hat, ich glaube, sie hat doch zu viel Verstand, als sich von schönen Worten verführen zu lassen, solange er ihr nicht zuerst einen Ring an den Finger steckt." Er hoffte nur, dass er mit dieser Einschätzung recht hatte, ebenso um Lizzies wie um Wilsons Willen. „Trotzdem schätze ich, dass Ihr Euch freuen werdet, ihn von hinten zu sehen."

„Ah, das allerdings." Wilson gab ein frustriertes Schnauben von sich. „Wir waren kurz davor zu heiraten, als *er* ins Dorf kam."

„Ich nehme nicht an, dass Ihr daran gedacht habt, seine Abreise, äh, etwas zu beschleunigen?", fragte Pickett unverblümt.

Wilson runzelte die Stirn. „Was meint Ihr damit?"

„Vor zwei Nächten hat jemand einen Stein durch mein Fenster geworfen", erklärte Pickett. „Einen Stein, und daran hing eine Nachricht. Mir kam der Gedanke, nun, wenn Ihr versucht hättet, ihn zu verscheuchen und das falsche Fenster erwischt hättet, könnte Euch das niemand übel nehmen."

Weit davon entfernt, dankbar für das geäußerte Mitgefühl zu sein, biss der junge Bauer die Zähne zusammen und richtete sich kerzengerade und sehr hoch auf. „Es wäre ein rechter Feigling, der seinem Feind nicht offen ins Gesicht sieht", sagte er. „Wenn ich denken müsste, dass der Kerl Lizzie ausgenützt hat, würde ich ihn so verprügeln, dass seine eigene Mutter ihn nicht mehr erkennen könnte. So, wie die Dinge jetzt stehen, weiß er, was ich von ihm denke, ohne dass ich zu solchen Mitteln greifen müsste."

Als Pickett in das strenge, harte Gesicht blickte, hatte er keinen Zweifel daran, dass Wilson nötigenfalls seine Drohung wahr machen würde. Die beiden jungen Männer gingen einige Zeit nebeneinander her, bis Wilson abrupt sagte: „Also Lizzie hat es gefallen, von den Lämmern zu hören?"

„Oh ja. Sie war sehr beeindruckt davon, dass Ihr die

Gesellschaft verlassen habt, obwohl Ihr eine halbe Guinea Eintritt gezahlt hattet, und stattdessen gekommen seid, um die Zeit mit ihr zu verbringen." Pickett warf ihm einen Blick von der Seite zu. „Wenn ich es so ausdrücken darf, es zeigte ein Maß an Rücksicht, das sie bei Percival Hartsong kaum finden wird. Meine Frau meint, er wäre der selbstsüchtigste Mensch ihrer Bekanntschaft – und wenn Ihr die Familie ihres ersten Ehemannes kennen würdet, könntet ihr ahnen, wie viel das bedeutet."

Wilson lachte kurz und bellend auf, doch als er sprach, ging es wieder um Lizzie und seinen Besuch bei ihr während des Tanzabends.

„Hat sie erzählt, dass ich ihr angeboten habe, ihr diesen kleinen Kerl zu schenken?" Mit einem Ruck seines Kopfes deutete der Bauer auf das Lamm, das er auf den Schultern trug. „Seine Mutter hat ihn abgelehnt, kurz nachdem er geboren wurde."

Pickett streckte die Hand aus, um das Tier hinter den Ohren zu kraulen und seine Fingerspitzen versanken in weicher und leicht öliger weißer Wolle. „Ich weiß, wie es sich fühlt", sagte er kryptisch.

„Äh, wie war das?"

Pickett schüttelte den Kopf. „Egal. Aber ja, Lizzie hat uns erzählt, dass Ihr ihr angeboten habt, ein eigenes Lämmchen zu bekommen. Mrs. Hawkins war nicht besonders begeistert von der Vorstellung, aber sie hat es auch nicht rundheraus abgelehnt – sich nur gefragt, was sie damit tun würden, wenn es erst ein ausgewachsenes Schaf wäre."

Wilson dachte einen Moment schweigend über dieses

Hindernis nach. „Könnten es immer noch zurückbringen, wenn es entwöhnt ist", sagte er schließlich. „Möchte keinen Ärger zwischen Lizzie und ihrer Ma stiften. Die Sache ist, ich habe ihm Milch gefüttert, durch ein Loch, das ich in den Finger eines Handschuhs geschnitten habe. Muss aber viermal am Tag gemacht werden. Hab die Zeit nicht. Wäre dankbar, wenn sie mir aushelfen könnte."

„Und", folgerte Pickett, „wenn sie das Lamm selbst großgezogen hat, würde Lizzie es wahrscheinlich von Zeit zu Zeit besuchen kommen wollen."

Der Bauer schaute drein wie eines seiner Schafe. „Mhm, kann sein, dass ich mir so etwas gedacht habe."

„Warum kommt Ihr nicht in den Hart and Hound und fragt Mrs. Hawkins selbst?", schlug Pickett vor. „Wenn Ihr es so darstellt, schätze ich, würde sie bereitwillig zustimmen, denn sie zieht Euch dem Dichter als zukünftigen Schwiegersohn bei Weitem vor. Wenn Ihr einen Vorwand braucht, könnt Ihr ruhig sagen, dass Ihr gekommen seid, meine Frau einzuladen, um sich die Schafe anzusehen und eine Zeit zu vereinbaren, die allen recht ist."

„Jau", sagte der Bauer und sein Gesicht hellte sich auf. „Das mache ich gleich heute Nachmittag."

Zu spät fiel Pickett ein, dass er versprochen hatte, Julia auf den See hinaus zu rudern. „Wartet besser bis morgen. Unterdessen ..." Er unterbrach sich, unsicher, wie er die Frage formulieren sollte, von der er wusste, dass er sie so stellen musste, dass sie nicht als Beleidigung aufgefasst werden würde. Er war sich sehr wohl der Neigung der Menschen aus der Schicht seiner Frau bewusst, im Austausch für kleine

Dienste Trinkgelder zu verteilen, doch fühlte er sich mit seinem neuen Reichtum noch nicht ganz wohl. „Unterdessen wird aber die Erfüllung des Wunsches meiner Frau Euch von der Arbeit abhalten. Was schulden wir Euch dafür?"

Sie waren jetzt wieder in Sichtweite des Hauses und Wilson blieb stehen, um wie blind in seine Richtung zu starren, während er über diese Frage nachdachte. Pickett konnte nicht umhin zu überlegen, ob Wilson sich vorstellte, wie Lizzie als Herrin des Hauses dort leben würde, so, wie er (wenig erfolgreich) versucht hatte, sich Julia in seiner Unterkunft von zwei Räumen in der Drury Lane vorzustellen, lange, bevor eine solche Möglichkeit auch nur entfernt denkbar geschienen hätte.

„Mir scheint", sagte Wilson schließlich, „dass wir uns gegenseitig einen Gefallen tun. Wenn es Euch recht ist, sagen wir, wir sind quitt."

Pickett, der es noch nicht gewöhnt war, sich seinen Weg durch das Leben zu erkaufen, fand diesen Vorschlag wirklich sehr angenehm. Sie schüttelten sich die Hände auf ihr Geschäft, dann machte Pickett sich auf den langen Spaziergang zurück zum Hart and Hound und sah mit gemischten Gefühlen dem Vergnügungsausflug entgegen, der ihn erwartete.

* * *

Julia ihrerseits hatte nach seinem Abschied keine Zeit verloren, um ihr eigenes Vorhaben in Angriff zu nehmen. Sie hatte in Picketts Kleidern gekramt und eine seiner Krawatten ausgesucht, dann die beiden Enden miteinander verknotet, um eine große Schlaufe zu machen. Sie schlang sie sich um den

Hals und ließ ihren rechten Arm hineingleiten, um ihren Unterarm probehalber in den Falten des gestärkten weißen Leinens ruhen zu lassen. Zufrieden zog sie ihren Arm lange genug heraus, um Papier, Feder und Tinte herauszuholen, dann schob sie den Arm in die Schlinge zurück und trug ihre Schreibmaterialien unbeholfen in der linken Hand, um dann die Stufen in die Schankstube hinabzugehen.

Diese war angesichts der frühen Stunde erstaunlich voll: Touristen, wie sie annahm, ebenso wie ein paar Bauern und Arbeiter, die sich für die Arbeit des Tages mit einem herzhaften, von Mrs. Hawkins gekochten und ihrer Stieftochter servierten Frühstück stärkten. Julia ignorierte diese Gruppe, die vermutlich aus Analphabeten bestand und daher für ihre Zwecke nicht geeignet war, sondern wählte einen der wohlhabender aussehenden Bauern aus (was sie aus der Zusammensetzung und Menge seines Morgenmahles schloss), und näherte sich ihm mit hübsch gespielter Zurückhaltung.

„Ich möchte fragen, ob ich Euch um einen Gefallen bitten dürfte", sagte sie entschuldigend und setzte ihre Last mit ein bisschen mehr Ungeschick, als unbedingt notwendig gewesen wäre, auf seinem Tisch ab. „Ich wollte einen Brief schreiben, aber es ist zu dumm! Ich bin gefallen und habe mir mein Handgelenk verstaucht. Wenn ich Euch sagen würde, was ich schreiben möchte, würdet Ihr so gut sein, es aufzuschreiben? Oh, vielen Dank!", rief sie fröhlich aus, als sie eine positive Antwort erhielt. Nachdem der Mann das Papier vor sich hingelegt und die Feder in die Tinte getaucht hatte, begann sie ihr Diktat. „Seid Ihr bereit? 'Liebste Mama, liebster Papa …"

Sie erklärte, ihren erwählten Sekretär nicht allzu sehr belasten zu wollen und diktierte ihm nur ein oder zwei Sätze, bis sie ihr Schreibzeug einsammelte (und scheu seine Beteuerungen zurückwies, dass es ihm wirklich keine Mühe machte, überhaupt keine Mühe), und sah sich nach einem weiteren passenden Kandidaten um. Das bereitete ihr keine Schwierigkeiten, denn diesmal waren die in der Nähe Sitzenden sich ihres Problems voll bewusst und schnell dabei, ihre Dienste anzubieten. Als sie schließlich in ihr Zimmer zurückkehrte, mit etwas, das mit Sicherheit der langweiligste Brief war, der je zu Papier gebracht worden war, hatte sie mehr als ein Dutzend Handschriftproben gesammelt, die ihr Mann prüfen konnte.

* * *

Pickett, der einige Zeit später in den Gasthof zurückkehrte, war bestürzt, als er beim Eintreten in das Zimmer, das er mit seiner Frau teilte, ihren Arm in einer Schlinge entdeckte.

„Was ist das?", fragte er einigermaßen entsetzt und deutete auf den stillgelegten Arm. „Schatz, was ist passiert?"

„Nichts." Sie zog den Arm aus der Schlinge und griff nach dem Stapel Papiere auf dem Schreibtisch. „Das heißt, mein Arm ist nicht verletzt. Ich habe mich aber einer deiner Krawatten bedient. Ich hoffe, das macht dir nichts aus."

Er griff nach der Schlinge gestärkten (wenn auch leider zerknitterten) Leinens, die von ihrem Hals hing und zupfte daran, womit er sie näher an sich zog. „Du bedienst dich also einfach an meinen Kleidern, wie?", knurrte er mit gespielter

Strenge.

„Ja, aber mach dir nichts daraus. Ich erlaube dir dafür, dir meine beste Haube auszuleihen."

„Danke, aber ich verzichte lieber. Ich zweifle nicht daran, dass sie dir besser steht."

„Und du würdest sie vermutlich verbrennen", bemerkte sie und warf ihm einen vorwurfsvollen Blick zu.

„Julia …", begann er entschuldigend.

„Lassen wir das jetzt, denn ich muss dir etwas zeigen." Sie reichte ihm die Papiere und erklärte alles, während er sie durchsah. „Handschriftproben. Ich habe versucht, mich auf die Einheimischen zu konzentrieren, aber als ein paar Touristen sich anboten, konnte ich sie ja kaum abweisen, nachdem ich um Hilfe gebeten hatte, nicht wahr?"

„Kannst du all diese Leute identifizieren?", fragte Pickett und sah sie an. „Welche Handschrift von welcher Person ist, meine ich?"

„Ich glaube schon", sagte sie. „Vielleicht kenne ich ihre Namen nicht, doch ich bin ziemlich sicher, dass ich sie wiedererkennen würde, wenn ich sie noch einmal sähe."

„Mylady", sagte Pickett und fiel wieder in den Gebrauch ihres früheren Titels zurück, wie er es manchmal tat, „du bist ein Wunder! Lass uns sehen, ob eine davon passt."

Doch das Ergebnis dieses Experiments erwies sich als Enttäuschung. Als Julias Brief neben den gelegt wurde, den Pickett Ned Hawkins' Leiche abgenommen hatte, wurde bald klar, dass es keine Übereinstimmung gab.

„Nun, ich schätze, das war es", sagte Julia und betrachtete die vor ihr liegenden Beweise mit einiger

Enttäuschung. „Ich hoffe, du hast bessere Resultate erzielt."

Er schüttelte den Kopf. „Nicht wirklich."

„Zumindest wird dieser Nachmittag besser werden", bemerkte sie und ihre Stimmung hellte sich auf.

„So?"

„Natürlich. Erinnerst du dich nicht? Du hast versprochen, mich auf den See hinaus zu rudern."

„Ich versuche, nicht daran zu denken", murmelte Pickett, ergab sich aber trotzdem seinem Schicksal.

13

Abenteuer an Land und auf dem Wasser

Picketts Erwartungen an diesen Ausflug waren nicht hoch, sein einziger Ausflug auf Wasser war eine Fahrt auf einem Fischerboot vor der schottischen Küste gewesen – eine Erfahrung, die ihn zitternd, seekrank und (wie er sich gern erinnerte) zärtlich zur Erholung in Lady Fieldhursts Bett verpackt hinterlassen hatte, auch wenn diese Lady leider damals nicht im Bett anwesend gewesen war. Trotzdem gab es hier Schwierigkeiten, die bei der früheren Gelegenheit nicht vorhanden gewesen waren, die allererste bestand in der Notwendigkeit, einen Fuß in das lange, schmale Boot zu stellen, um es stabil zu halten, während er seiner Frau beim Einsteigen half. Zumindest hoffte er, dass es ruhig liegen würde; er würde wie ein hübscher Narr aussehen, wenn er mit einem Fuß im Boot und einem am Land dort stünde, während das Boot sich immer weiter vom Anleger entfernte.

Trotzdem, nachdem er einen Shilling und sechs Penny für dieses Privileg bezahlt hatte, holte er tief Luft und trat über die Bordwand, hielt mühevoll sein Gleichgewicht, bis das schaukelnde Fahrzeug sich seiner Last angepasst hatte. Nachdem er dieses Kunststück vollbracht hatte, hielt er Julia die Hand hin und half ihr an Bord. Sie trat mit leichtem Schritt in das Boot (was dadurch wieder in heftige Bewegung geriet) und setzte sich an ein Ende, dann entrollte sie ihren Sonnenschirm und stützte ihn auf ihre Schulter. Nachdem er seine Pflicht gegenüber seiner Frau erfüllt hatte, blieb Pickett nur noch, sein Gewicht auf den im Boot stehenden Fuß zu verlagern und seinen anderen Fuß an Bord zu ziehen – eine Übung, die theoretisch einfach genug klang, die in der Praxis jedoch damit endete, dass er in einem unordentlichen Haufen in der Mitte des Boots landete.

Doch zumindest war er trocken geblieben. Er krabbelte über den Boden zu seinem eigenen Platz gegenüber von Julia.

„Du hast das früher schon gemacht", stellte er fest, in leicht vorwurfsvollem Ton.

Sie nickte. „Als ich ein Kind war, hatte Lord Buckleigh – nicht *dieser* Lord Buckleigh, sondern sein Vater – ein kleines Ruderboot für die Kinder des einheimischen Landadels, um auf seinem Zierteich zu rudern. Als ich ungefähr sieben Jahre alt war, ruderte Jamie Claudia und mich zur Mitte des Sees und brachte dann absichtlich das Boot zum Schaukeln, bis er es umgekippt hatte. Claudia war wütend – sie war damals dreizehn Jahre alt und achtete sehr auf ihre Würde – und wollte eine Woche nicht mehr mit ihm sprechen."

„Und was meinte Julia zu dem unerwarteten Bad?", fragte er, fasziniert von diesem Einblick in das frühere Leben nicht nur seiner Frau, sondern auch seiner Schwägerin und seines Schwagers.

Julia lächelte. „Ich war entzückt über die Gelegenheit, schwimmen zu können, ohne dass Mama dabei war und darauf bestand, dass ich mich wie eine Lady benehmen müsste! Ich kann mich nicht sehr gut daran erinnern, doch man erzählte mir, ich hätte mich geweigert, zurück in das Boot zu klettern, als es wieder umgedreht war, und dass schließlich Lord Buckleighs Reitknecht mir drohen musste, er würde mir folgen und mich mit Gewalt aus dem Wasser holen– oder schlimmer noch, Mama benachrichtigen. Aber ich habe meine kleine Rebellion am Ende teuer bezahlt, weil ich einen fürchterlichen Schnupfen bekam und eine Woche im Bett bleiben musste.“

Pickett war damit beschäftigt gewesen, die Ruder in ihre Lager zu legen, doch bei dieser interessanten Aussicht schaute er von seiner Tätigkeit auf und betrachtete sie nachdenklich. „Eine Woche im Bett, sagst du?“

„Ja, aber ich hatte *Niesanfälle* und meine Nase lief furchtbar und war rot. Wenn du also dazu neigen solltest, Jamies Beispiel zu folgen, muss ich dich warnen, dass es dir nichts nützen würde und ich würde vermutlich auch nicht mehr mit dir sprechen wollen.“

„Oh, in *diesem* Fall …“ Er gab den Gedanken mit einem Achselzucken auf und nahm die Ruder zur Hand.

Er hatte von dem Mann, der ihm das Boot vermietet hatte, kurze Anweisungen erhalten und obwohl er versuchte, sich daran zu halten, erwies sich das Rudern als schwieriger, als es den Anschein gehabt hatte. Es schien irgendwie falsch, mit dem Rücken zu der Richtung zu sitzen, in die er fahren wollte, und als er seine Hände hob, um die Ruder aus dem Wasser zu ziehen, schoss das linke mit solcher Kraft nach oben, dass er und Julia beide mit Wasser besprüht wurden.

„Tut mir leid", sagte er, als sie sich mit dem Handrücken einen Wassertropfen von der Wange wischte, „aber ich hatte dich gewarnt."

Schließlich fand Pickett so etwas wie einen Rhythmus und bald hüpfte das Boot angenehm über das Wasser und ließ den Anleger immer weiter zurück. Der See war lang, schmal und leicht gebogen, da er sich um den Fuß des Fjells bog. Als sie um die Kurve kamen, verschwand das Dorf aus dem Blickfeld und es entstand der Eindruck, dass sie völlig allein in der wilden, malerischen Landschaft wären. Pickett entschied, dass seine Frau vielleicht doch eine gute Idee gehabt hätte.

„Es ist doch schön, nicht wahr?", fragte Julia. Als sie sicher außer Sichtweite des Gasthauses gewesen waren, hatte sie ihren Arm aus der eigentlich unnötigen Schlinge befreit und ließ jetzt ihre Hand lässig durch das Wasser gleiten.

„Das sagt die Dame, die unter ihrem Sonnenschirm sitzt, während ihr Mann alle Arbeit macht." Er hob skeptisch eine Augenbraue in Richtung ihrer tropfenden Finger. „Ist dieser Arm nicht angeblich verletzt?"

„Ich würde sagen, das kalte Wasser wird ihm guttun. Ich erwarte, morgen früh wieder nahezu ganz hergestellt zu sein."

„Das dachte ich mir irgendwie schon."

„Ironie steht dir nicht, Liebster. Werden deine Arme müde? Du kannst immer noch aufhören zu rudern und uns ein wenig treiben lassen. Wir können hier auch über den Fall reden, da wir hier nicht befürchten müssen, belauscht zu werden."

„Ist dir denn etwas eingefallen? Sprich aber leise", warnte er sie hastig. „Der Klang trägt auf dem Wasser weit, weißt du."

„Woher weißt du das?", fragte sie leicht überrascht. „Ich dachte, vor dem letzten Herbst in Schottland wärest du nie auf dem Wasser gewesen."

„Ich bin nie *auf* dem Wasser gewesen, Julia, aber das heißt nicht, dass ich nie *in der Nähe* davon gewesen wäre. Ich habe früher Kohle verladen, Julia, von den Frachtkähnen, die sie von den Schiffen, die auf der Themse ankerten, zum Kai brachten, auf die Karren. Und noch davor habe ich bei Ebbe entlang des Flussufers im Schlamm gestöbert." Als er den verständnislosen Ausdruck auf ihrem Gesicht sah, erklärte er das. „Das ist eine Art Strandräuberei. Wenn die Flut ablief und der Wasserspiegel sank, habe ich im Schlamm nach allem gesucht, was sich verkaufen ließ. Ich erinnere mich, wie ich die Männer auf den Schiffen recht gut einander zurufen hören konnte und wie ich mich fragte, wer sie waren, woher sie kamen und wohin sie gingen." Sein Blick wanderte in die Ferne bei der Erinnerung daran, wie er barfuß im kalten Schlamm am Flussufer herumgewandert war, mit seinen Zehen auf der Suche nach einem Stück Metall oder Knochen herumgestochert hatte, das er zu seinem Vater nach Hause bringen könnte, während er die Männer auf den Schiffen beobachtete und davon träumte, als blinder Passagier eine Reise nach Indien oder China zu unternehmen.

„Diese Zeiten sind vorbei, John", sagte Julia sanft. „Du musst nie wieder dorthin zurückkehren."

Er schüttelte die Erinnerung mit einer Kopfbewegung ab, doch sein Lächeln wirkte etwas gezwungen. „Doch du wolltest mir etwas über den Fall erzählen", erinnerte er sie.

„Ja!", sagte sie eifrig, beugte sich vor und senkte ihre Stimme zu einem verschwörerischen Ton, fast einem Flüstern. „Es betrifft Ben Wilson."

Er schüttelte den Kopf. „Ich habe Wilson gesagt, dass man es ihm verzeihen könnte, wenn er seinen Rivalen mit einem Stein durch das Fenster hätte verschrecken wollen, und er sagte mir vollen Ernstes, dass es die Methode eines Feiglings wäre, sich solcher Mittel zu bedienen, ohne dem Feind ins Gesicht zu sehen – und ich bin nicht sicher, aber wahrscheinlich hat er recht. Nein, Julia, wenn du deine Hoffnungen auf Ben setzte, fürchte ich, dass du dich sehr irrst."

„Oh, der Stein!", sagte sie ungeduldig und tat diesen Akt des Vandalismus als unwichtig ab. „Ich spreche vom Mord an Ned Hawkins. Angenommen, Ben hätte gehofft, dass Ned seine Partei ergreifen und Lizzie ermutigen würde, ihn zu heiraten, statt zu versuchen, Percival Hartsong einzufangen."

„Das hat er doch", widersprach Pickett.

„Das hat Mrs. Hawkins", berichtigte Julia ihn. „Doch ich kann mich nicht erinnern, dass jemand etwas über Neds Meinung zu diesem Thema gesagt hat."

„Sicher würde doch jeder Mann seine Tochter lieber einen Bauern heiraten sehen, als die Geliebte eines mittelmäßigen Dichters zu werden!"

„Ja, aber ganz gleich, wie mäßig seine Gedichte sind, ist doch Mr. Hartsong – oder vielleicht sollte ich sagen, Mr. Gape – der Sohn eines Gentlemans", beharrte Julia. „Du kannst nicht leugnen, dass Lizzie Hawkins ein sehr hübsches Mädchen ist …"

„Ach, ist sie das?", fragte Pickett mit einem deutlichen Mangel an Interesse. „Das war mir nicht aufgefallen."

„Weiser Mann!", sagte Julia zustimmend. „Doch rein als Angelegenheit wissenschaftlicher Beobachtung werde ich dir erlauben, diese Tatsache zuzugeben. Nehmen wir an, dass Ned Hawkins dachte, Mr. Hartsong – oder Mr. Gape, wenn dir das lieber ist – könnte so von ihrem Charme bezaubert sein, dass er ihr die Ehe anbieten würde? Hätte er nicht in dem Interesse des Dichters an seiner Tochter eine Gelegenheit erblicken können, den Status seiner eigenen Familie durch die Einheirat in den Landadel zu verbessern?"

Dem konnte Pickett nicht zustimmen. „Ich würde meine Tochter lieber mit einem Bauern verheiratet sehen, der Verstand hat, als mit einem Narren feiner Abstammung."

„Ich werde dich in, äh, zwanzig Jahren an diese Aussage erinnern", versprach Julia.

Er hätte widersprechen mögen, ihr sagen, dass die unteren Schichten nicht wie ihre dachten, die Abstammung über alles stellte, aber er war nicht sicher, ob er ihr das würde verständlich machen können; ihr Stand war für sie eine zweite Natur, das hatte sie mit der Muttermilch aufgesogen. Andererseits, fügte er in Gedanken hinzu, war dabei wohl keine Muttermilch beteiligt gewesen; sie hatte zweifellos eine Amme gehabt und würde wohl auch eine für ihr eigenes Kind

251

anstellen wollen. Darüber hinaus fürchtete er, dass sie recht haben könnte, zumindest was seine eigenen Ansichten anbetraf: wenn das Baby ein Mädchen sein würde, könnte er hoffen, dass sie eines Tages in die Schicht ihrer Mutter würde einheiraten können, die ihre Mutter, um bei ihm sein zu können, offenen Auges aufgegeben hatte – obwohl er hoffte, dass die kleine Miss Pickett so klug sein würde, sich keinen Dichter auszusuchen, der weder Talent noch Verstand besaß.

„Du bist anderer Meinung", stellte sie fest, als sie seine Emotionen sich auf seinem Gesicht widerspiegeln sah. „Was denkst du?"

„Jem Hawkins hat anscheinend solche Gerüchte gehört, aber misst ihnen nicht viel Wert bei", bemerkte Pickett und dachte sich schnell etwas aus. „Außerdem ist Ben Wilson, was Mr. Colquhoun einen ‚kräftigen, strammen Burschen' nennen würde. Sicher hättest du erkannt, wenn es ein Mann seiner Statur gewesen wäre, der Ned Hawkins über die Klippe stieß."

Sie seufzte. „Das möchte man meinen, aber je mehr ich versuche, mich zu erinnern, desto weniger kann ich es mir vorstellen. Bedenke auch, dass sie in einiger Entfernung standen, und von unserem Picknickplatz gesehen bergauf. Sicher würde das meine Perspektive von … John, du spritzt mich nass!"

„Nicht ich, jedenfalls dieses Mal nicht." Er war sich seit einiger Zeit der grauen Wolken hinter ihr bewusst gewesen, die immer näher zu kommen schienen, obwohl er von ihnen fort ruderte. Jetzt hatte der Regen sie eingeholt, und obwohl Pickett in London geboren und aufgewachsen war, reichte sein Verstand aus, um zu erkennen, dass die Mitte eines Sees nicht der sicherste Ort wäre, wenn sich ein Gewitter entwickeln sollte.

Julia hatte indessen die gleiche Entdeckung gemacht und hob ihren Sonnenschirm, um ihren Kopf zu bedecken. Leider war dieses rüschenbesetzte, gefältelte Objekt zum Schutz gegen die Sonne, nicht gegen den Regen, gedacht. „Möchtest du zu mir unter den Schirm kommen?", fragte sie zweifelnd. „Ich bin nicht sicher, dass er groß genug für zwei ist, aber wir könnten es versuchen."

„Wir beide an einem Ende des Boots?", fragte Pickett und hob skeptisch eine Augenbraue. „Werden wir dann nicht umkippen? Nein, ich versuche, zu der Stelle dort am Ufer zu kommen, wo Bäume stehen. Das ist nicht perfekt, fürchte ich, aber das Beste, was ich tun kann."

Er machte sich angestrengt wieder ans Rudern, doch obwohl es ihm nicht an Kraft fehlte, ließen seine Fähigkeiten bei der Navigation noch zu wünschen übrig. Es brauchte einige Zeit, um das Boot in die kleine Mündung zu lenken, die von überhängenden Ästen geschützt wurde. Nachdem das erst einmal geschafft war, erwies es sich, dass diese Mühe sich durchaus gelohnt hatte.

„John, sieh nur!", rief Julia aus und deutete auf etwas hinter seiner Schulter. „Eine Höhle!"

Er drehte sich um und sah, dass sie recht hatte. Unter den Bäumen öffnete sich ein dunkles Loch im Felsen, direkt über der Wasseroberfläche, eine Öffnung, die fast so hoch war wie Pickett groß. Während er keine Lust hatte, ein wildes Tier aufzustören (welche Art von Tier mochte man überhaupt im Lake District vorfinden?), schien es eine bessere Wahl,

Schutz in einer Höhle zu suchen, als sich unter die Bäume zu ducken.

Der Boden des Boots knirschte auf dem Schiefersand und Pickett zog seine Stiefel aus, sprang ins kalte Wasser, das ihm bis zur Mitte der Unterschenkel reichte, und zog das Boot ans Ufer.

„Bleib hier", sagte er zu Julia. „Ich sehe nach, ob es sicher ist."

„Und in der Zwischenzeit muss ich mir nur Sorgen darüber machen, dass ich bis auf die Haut nass werden könnte."

Pickett wusste, dass das übertrieben war, da die Blätter der Bäume alle außer den entschlossensten Regentropfen ablenkten. Trotzdem verstand er den Hinweis. Er hielt das Boot mit einem bestrumpften Fuß auf dem Bootsrand stabil, streckte Julia eine Hand hin, die über die mittlere Bank zu dem Ende kletterte, das er eben verlassen hatte. Als sie in Reichweite war, schwang er sie über den Rand und in seine Arme, dann stellte er sie auf den trockenen Schieferboden.

„Danke", sagte sie, „weil du mich nicht allein zurücklässt."

Er wusste, dass sie nicht darüber sprach, sie im Boot zu lassen – zumindest nicht *nur* darüber, sie im Boot zu lassen – sondern auch darüber, dass er sie nicht nach London zurückgeschickt hatte, während er die Ermittlungen allein fortsetzte. Er war noch immer nicht völlig überzeugt, dass er die richtige Entscheidung getroffen hatte, aber sie schien jedenfalls diesbezüglich keinerlei Zweifel zu hegen. Er nahm ihre Hand und drückte sie leicht, dann betraten sie gemeinsam die Höhle. Pickett musste den Kopf senken, doch außer dieser kleinen Unannehmlichkeit schien es ein ausgezeichneter Ort zu sein, um den Regen abzuwarten, vorausgesetzt, man hatte nichts gegen pechschwarze Dunkelheit einzuwenden.

„Ich wünschte, ich hätte eine Laterne mitgebracht", sagte er und seine Stimme hallten unheimlich von den Felswänden wider.

„Du hattest keinen Grund zu der Annahme, dass du eine brauchen könntest", merkte Julia an. „Ich denke, es wird nicht so schlimm werden, wenn sich unsere Augen erst einmal an die Dunkelheit gewöhnt haben."

Noch als sie sprach, konnte er mehr und mehr von ihrer Umgebung erkennen: eine Felsnase, die links von ihnen aus der Wand vorsprang und einen großartigen Sitzplatz für seine Frau abgab, und direkt dahinter etwas Blasses, etwas in der Größe eines menschlichen Kopfes …

Julia schnappte nach Luft. „John …" Sie zeigte mit einem zitternden Finger in die Richtung des blassen Objekts, das er gerade bemerkt hatte. Er trat hinzu und hockte sich hin, um es sich genauer anzuschauen.

„Schon gut, Schatz", versicherte er ihr. „Es ist nur ein Sack."

„Oh", sagte sie zittrig. „Ich dachte, es wäre – wäre …" Sie brach ab und schauderte.

„Ein Körper", sagte er und nickte. „Ich weiß. Es sah ein wenig aus wie ein Kopf, nicht wahr?"

Das tat es jetzt nicht mehr, denn er hatte den Sack an dem Zugseil hochgehoben, mit dem er verschlossen war und ihn ans Licht gehoben, das durch den Eingang in die Höhle fiel, und plötzlich war es nicht mehr als ein dicker Beutel aus irgendeinem blassgrauen Tuch. „Doch trotzdem ist es ein seltsamer Fund in einer Höhle, nicht wahr? Sehen wir mal, was wir hier gefunden haben."

Er trat vor zum Höhlenausgang, wo das Licht hereinschien, der Regen aber nicht hinfiel. Er zog an dem Seil und schüttete dann den Inhalt des Beutels aus. Ein Dutzend gefalteter und versiegelter Blätter landeten zu ihren Füßen.

„Briefe", bemerkte er, als er sich hinkniete, um sie zu untersuchen. „Entweder hat die Königliche Post sich ein paar merkwürdige Angewohnheiten zugelegt, oder wir sind über den Schmuggelring gestolpert, den Mr. Hetherington erwähnte."

„Schmuggel?", wiederholte Julia einigermaßen überrascht.

Auf diese Frage hin hob Pickett den Kopf. „Zu diesem Schluss bist du doch auch schon gekommen, oder nicht?"

„Ja, aber ich hatte an Fässer mit Brandy oder Tabakballen gedacht, wie man sie entlang der Küste findet. Doch das hier …" – sie machte eine Geste zu dem kleinen Stapel – „meinst du, dass jemand Briefe schmuggelt?"

„Ich kann mir nicht denken, was sonst sie hier tun sollten", sagte Pickett und wandte sich wieder ab, um seinen Fund durchzusehen. „Diese gehen jedoch nicht nach Frankreich. Sie scheinen alle für London oder andere Orte im Süden bestimmt zu sein. Außerdem ist da der Sack, in dem sie sich befinden."

„Was ist damit?"

„Er sieht nicht aus wie die Säcke, die die Königliche Post

benutzt. Du hast doch in der Postkutsche gesessen, Julia", erinnerte er sie. „Erinnerst du dich daran, wie sie die Postsäcke herabwarfen und neue hinauf?"

„Nein, das ist mir nicht aufgefallen. Ich hatte anderes im Kopf."

Sie meinte natürlich, dass sie sich die Augen ausgeweint hatte. Pickett erinnerte sie nicht an diese Tatsache, doch sein Gesicht wurde sanft, als er den Kopf hob, um sie anzusehen. „Sie waren dunkelbraun und trugen das Zeichen der Königlichen Post."

„Wie schön zu wissen, dass du, während ich mich quälte, weil ich ohne dich nach London zurückkehren müsste, du dir gemerkt hast, welche Farbe die Postsäcke hatten!", erwiderte sie mit gespielter Empörung.

„Nur, weil ich mich fragte, was es mich kosten würde, dir jeden Tag zu schreiben, wie du gebeten hattest, solange dieser Fall noch dauern würde, und das mit einem Shilling pro Brief."

„Oh, aber du hättest nicht so viel bezahlen müssen. Der Stallbursche sagte mir, ich könnte …" Sie unterbrach sich abrupt, selbst in diesem trüben Licht war ihr entsetzter Gesichtsausdruck deutlich zu erkennen.

„Julia", sagte er und musterte sie aus leicht zusammengekniffenen Augen, „was hast du angestellt?"

„Ich – ich habe einen Brief geschrieben", gestand sie schuldbewusst. „An Claudia."

„Ist das alles? Schatz, du brauchst doch meine Erlaubnis nicht, um an deine Schwester zu schreiben!"

„Nein, aber es geht um das, *was* ich geschrieben habe. Es

... es wird dir nicht gefallen."

„Vertrau mir", schlug er vor.

„Ich habe sie gefragt, im Fall, dass ich bei der Geburt sterben sollte ..."

Er ließ die Briefe fallen und erhob sich, dann packte er sie fast grob an den Armen. „Du wirst nicht bei der Geburt sterben", beharrte er. „Das werde ich nicht zulassen."

„Du wirst es nicht verhindern können", widersprach sie vernünftig.

„Du hast mich von der Schwelle des Todes zurückgezerrt, nach dem Feuer", erinnerte er sie. „Glaubst du, ich würde für dich weniger tun?"

„Ich erwarte nicht, dass das nötig sein wird", versicherte sie ihm. „Dr. Gilroy sagt, er sehe keinen Grund, warum ich nicht ein gesundes Kind sicher zur Welt bringen sollte, aber – nun, Frauen denken manchmal so, weißt du, trotz allem. Und wenn ich geschähe, würde die Leibrente, die mir – uns –aus dem Fieldhurst-Erbe gezahlt wird, mit mir sterben. Daher bat ich Claudia, ob sie und Jamie in diesem Fall dir ... dir helfen würden."

„Mir Geld geben, meinst du", sagte er tonlos.

„John, ich habe keinerlei Zweifel daran, dass du eines Tages mit einer Richterstelle belohnt werden und imstande sein wirst, mich und jede Menge Kinder zu versorgen", beeilte sie sich, den Schlag gegen sein Selbstbewusstsein abzumildern, von dem sie gewusst hatte, dass er das Ergebnis dieser Enthüllung sein würde. „Aber ich finde es schwer zu glauben, dass selbst du diese Leistung bis zum Dezember bewirken könntest und mit nur fünfundzwanzig Jahren! Ich wollte nur sicher sein, wenn das Schlimmste geschähe, dass du die Mittel hättest, um unser Kind als Gentleman – oder Lady, je nachdem, aufzuziehen."

Er schwieg so lange, dass sie sich zu fragen begann, ob er ihr überhaupt antworten wollte. „Ich möchte, dass dieses Baby so aufgezogen wird, wie es jedes Kind von dir verdient", sagte er schließlich. „Wenn meine Zustimmung, nötigenfalls Hilfe von Jamie und Claudia anzunehmen, dir das Leben in den nächsten sechs Monaten leichter macht, dann schicke deinen Brief ruhig ab."

Sie trat über den Haufen Briefe hinweg und schlang die Arme um seine Taille. „Danke", flüsterte sie.

„Aber", er packte sie an den Schultern und schüttelte sie leicht – „du wirst *nicht* im Kindbett sterben, verstanden. Ich werde die Bertrams noch viele Jahre viel Geld kosten."

Er sprach durchaus leichtfertig, doch sie wusste, dass es ihn störte, dass er sie nicht mit seinem eigenen Einkommen versorgen konnte, zumindest nicht in der Art, wie sie es gewohnt war. „Wäre es nicht nett, wenn es ein Junge würde?", sagte sie im gleichen scherzhaften Ton, den er benutzt hatte. „George wird wütend auf mich sein, dass ich dir so brav ein Kind schenke, nachdem ich das für Frederick nie getan habe – als ob es meine Schuld gewesen wäre! – doch wenn es ein Junge ist, darf er kein Wort des Vorwurfs äußern, denn wenn ich Frederick einen Sohn geschenkt hätte, würde jetzt dieses Kind und nicht George Lord Fieldhurst sein."

„,George wird wütend sein'", zitierte er sie nachdenklich. „Hast du es deiner Familie denn noch nicht erzählt?"

„Oh, *meine* Familie weiß es. In der Tat ist Mama durchaus bereit zuzugeben, dass du in mancher Hinsicht Frederick als Ehemann überlegen bist – was heißt, dass sie insgeheim überglücklich ist bei der Aussicht, noch ein Enkelkind auf ihrem Schoß wiegen zu dürfen. Aber was die Familie meines ersten Ehemannes angeht, nein, ich habe ihnen noch nichts davon gesagt."

Er hob wissend eine Augenbraue. „Angst, dass Cousin George dir die Ohren voll predigt?"

Sie erwiderte seinen Blick ebenso. „Ahnst du, wie sehr er es hasst, wenn du ihn so nennst?"

„Aber natürlich! Warum glaubst du, tue ich das?"

„Böser Mensch!", tadelte sie ihn, lachte aber dabei. „Aber nein, ich habe keine Angst, obwohl ich zugeben muss, dass ich mich auf die Tirade, die, wie ich weiß, von dieser Ankündigung ausgelöst werden wird, nicht freue. Vorläufig bin ich zufrieden damit, dass es unser kleines Geheimnis ist – nur du, ich und unsere Familien und engen Freunde wissen davon. Oh, und Mrs. Hetherington."

„Du hast es ihr gesagt?"

„Sie hat es erraten. Es stellte sich heraus, dass sie mehrfach in diesem Zustand war, obwohl sie nie ein Kind austragen konnte – sie sagte etwas über innere Verletzungen, die sie in ihrer Jugend erlitten hätte, die arme Frau – daher erkannte sie die Anzeichen."

Pickett, der sah, wie ihr Gesicht ernst wurde, fürchtete, sie würde jetzt anfangen, sich über die Möglichkeit einer Fehlgeburt Gedanken zu machen, brachte das Thema schnell wieder auf näherliegende Fragen. „Doch ich glaube, du wolltest mir gerade erzählen, dass du den Brief bereits an Claudia abgeschickt hättest und für weit weniger als einen Shilling. Habe ich recht?"

Julias Stimmung hob sich sofort. „Ja, genau, denn der Stallbursche – er kümmerte sich um die Schankstube, während Mrs. Hawkins und Lizzie auf der Beerdigung waren – sagte, er würde nur einen Penny kosten. Kannst du dir das vorstellen? Nur einen Penny, um einen Brief den ganzen Weg von Cumberland nach Somersetshire zu schicken! Er sagte auch, er würde sie schneller erreichen. Ich muss gestehen, ich dachte, dass ein geschäftstüchtiges Parlamentsmitglied diese Frankierung verkauft – obwohl, wie das einen Brief schneller an sein Ziel bringen könnte, konnte ich mir nicht vorstellen. Als ich bei der Gesellschaft mit dem Herzog von Ramsdale tanzte, sagte ich etwas darüber, wie ich es vermisse, kostenlos Briefe verschicken zu können, in der Hoffnung, dass er mir anbieten würde, meine Briefe, die ich vielleicht versenden möchte, für einen Penny pro Stück freizumachen, aber er hat nichts Derartiges geäußert, leider."

„Keiner dieser Briefe ist freigemacht." Pickett sah auf den kleinen Stapel Briefe hinab, von denen keiner die Unterschrift trug, die ihn kostenlos zugestellt werden lassen würde. „Außerdem möchte ich meinen, dass ein Penny pro Brief kaum genug für einen Adligen oder ein Parlamentsmitglied wäre, um sich die Mühe zu machen. Bei diesem Preis kommt kaum mehr als ein Shilling zusammen. Nein, ich glaube, wir haben es hier mit einer netten, kleinen Postschmuggelaktion zu tun. Es wäre nicht das erste Mal, dass ein geheimer Postdienst außerhalb der Königlichen Post

Geschäfte macht."

Er hob zwei zufällige Schreiben auf, brach die Siegel und überflog die Zeilen. Sie enthielten beide nichts von besonderem Interesse, jedoch trug einer davon ein Datum oben, das darauf schließen ließ, dass er vor zwei Tagen geschrieben worden war.

„Ist das dann der Grund, warum Ned Hawkins nach dir geschickt hat?" Julia setzte sich auf einen Stein in der Nähe, diesmal recht resigniert bei dem Anblick, wie ihr Mann die Post anderer Leute las. „Aber du sagtest doch, dass Schmuggel nicht in die Zuständigkeit der Bow Street fiele."

„Das würde er auch nicht – zumindest nicht Schmuggel über den Kanal. Bei Schmuggel innerhalb des Landes könnte ich es nicht sagen. Ich bin nie gebeten worden, einen solchen Fall zu untersuchen, doch da ich die Hälfte meiner Zeit als höherer Beamter praktisch in den Diensten einer gewissen Witwe meiner Bekanntschaft verbracht habe …"

„Oh, wie wenig schmeichelhaft!", rief Julia aus. „Und ich habe mir eingebildet, dass du einen Grund *suchtest*, um mich wiederzusehen!"

Er warf ihr einen vielsagenden Blick zu, der versprach, dass er sich mit diesem Vorwurf zu passenderer Zeit und an einem Ort, der seinen Zwecken besser entsprechen würde, befassen wollte. „Aber ich kann mich auch nicht erinnern, dass einer der anderen Läufer irgendetwas über inländischen Schmuggel erwähnt hat. Und wenn ich nicht sicher bin, wer bei so etwas ermitteln würde, kann ich mir nicht denken, dass Ned es gewusst haben sollte. Trotzdem bleibt die Tatsache, dass er nur den einen Brief bei sich hatte, als er starb. Wenn er die Existenz eines Postschmuggels beweisen wollte, wäre ein einziger Brief sicher nicht überzeugend gewesen. Nein, mit diesem Brief muss es etwas Besonderes auf sich haben." Er seufzte. „Ich wünschte nur, ich wüsste, was es war."

„Er schien völlig gewöhnlich, sogar langweilig", stimmte Julia zu.

Pickett sah unwillig auf die beiden Exemplare in seiner Hand hinab. „Diese beiden scheinen nicht besser zu sein."

„Also was wirst du als Nächstes tun?"

„Ich denke", sagte Pickett und stopfte die Briefe wieder in den Sack zurück, den er dann verschloss, „dass es davon abhängen wird, wer kommt, um das hier zu holen."

14

In dem Pickett auf einen Schmuggler trifft

Pickett erhob sich am nächsten Morgen und streckte die Arme im vergeblichen Versuch, seine schmerzenden Muskeln zu lockern. Es war sehr lange her, dass er etwas getan hatte, das körperlich so anstrengend war wie der gestrige Ruderausflug, und die Aussicht, diese Erfahrung zu wiederholen – nur diesmal ohne die angenehme Ablenkung von Julias Gesellschaft – erfüllte ihn mit Furcht. Er unterdrückte ein Stöhnen und griff nach seinen Kleidern.

„John?"

Anscheinend hatte er das Stöhnen nicht so gut unterdrückt, wie er gedacht hatte. „Habe ich dich geweckt? Tut mir leid. Ich habe ein bisschen Muskelkater." Und das, fügte er innerlich hinzu, war die größte Untertreibung, die er je gehört hatte.

„Armer Schatz", sagte Julia mitfühlend. „Musst du wieder mit dem Boot hinaus? Sicher muss es doch einen Weg geben, um die Höhle über Land zu erreichen."

„Muss es", stimmte er ihr zu, „doch ich kenne ihn nicht und möchte keinen Verdacht erregen, indem ich Fragen stelle."

„Und du bist ganz sicher, dass du mich nicht mitnehmen möchtest? Ich gebe zu, ich würde dir beim Rudern des Boots keine große Hilfe sein, aber ich könnte dafür sorgen, dass die Zeit angenehmer vergeht."

„Das würdest du sicherlich." Er hielt, das Hemd in der Hand, inne, um sich vorzubeugen und sie zu küssen. „Doch ich weiß nicht, wo ich da hineingerate, oder wie diese Person – oder diese Personen – reagieren werden, wenn sie sich entdeckt sehen."

„In anderen Worten", sie strich sich ihr zerzaustes Haar aus dem Gesicht, um ihn besser mit einem bösen Blick zu mustern – „du willst mir nicht erlauben, blindlings in die Gefahr zu laufen, aber du hast keine Bedenken, es selbst zu tun."

„Oh, ich habe reichlich Bedenken", versicherte Pickett ihr. „Doch ich habe eine Pflicht, und muss sie erfüllen, unabhängig vom Risiko für mich."

„Gib wenigstens zu, dass ich recht hatte, als ich versuchte, dich zu überreden, deine Pistole mitzunehmen!"

Er schüttelte den Kopf. „Ich würde sie heute ohnehin nicht mitnehmen. Eine Waffe in einer Höhle abzufeuern ist ganz und gar nicht sicher, weißt du. Die Wahrscheinlichkeit ist zu groß, in der Dunkelheit danebenzuschießen, sodass die Kugel dann von der Wand abprallt."

Als sie merkte, dass er sich nicht umstimmen ließ, schlüpfte sie aus dem Bett, nahm seinen braunen Sergerock

zur Hand und hielt ihn ihm hin, damit er mit den Armen in die
Ärmel fahren konnte. „Darf ich nicht wenigstens bis zum Pier
mitgehen? Ich könnte meinen Skizzenblock mitnehmen und
zeichnen, während ich auf deine Rückkehr warte."

„Dein Arm ist doch verletzt, erinnerst du dich?"

„Oh, aber heute ist er schon viel besser, wie ich
vorhergesagt habe." Sie schob den Ärmel ihres Nachthemds
hoch und hielt ihm einen schlanken Arm zur Untersuchung
hin.

So verlockend es war, die Innenseite ihres weißen
Handgelenks an seine Lippen zu drücken, weigerte er sich
doch, sich ablenken zu lassen. „Julia, einmal ist schon auf dich
geschossen worden. Ich werde dich nicht allein am Ufer sitzen
lassen, ein leichtes Ziel für jeden, der es schon einmal
versucht und dabei versagt hat. Ich muss dich bitten,
hierzubleiben – nicht in diesem Zimmer vielleicht, aber doch
im Gasthof – bis ich zurückkomme."

„Und wann soll das bitte sein?"

Er zuckte mit den Schultern. „Wann immer jemand
kommt, um diesen Postsack zu holen."

„Und wenn niemand kommt?"

„Dann werde ich dasselbe morgen und übermorgen tun.
Nicht, dass ich glaube, dass es so lange dauern wird", fügte er
rasch hinzu, um ihren Protest zum Schweigen zu bringen,
bevor sie ihn hatte aussprechen können. „Ich kann mir nicht
vorstellen, dass jemand Briefe in einer Höhle so dicht am
Wasser lange liegen lässt, nicht, wenn sie wollen, dass sie
noch lesbar sind, wenn sie ausgeliefert werden. Einer der
Briefe datierte von zwei Tagen zuvor – nun, jetzt drei Tagen

– daher denke ich schon, dass jemand sehr bald kommen wird, um sie zu holen."

„Und welche Ausrede soll ich in der Zwischenzeit erzählen, warum wir so viel Zeit getrennt verbringen, während einer Zeit, die angeblich unsere Flitterwochen sein sollen?

„Angeln", sagte er prompt. „Der Mann, der die Boote vermietet, hat auch Angelzeug. Ich werde mir eine Rute ausleihen und Köder kaufen."

„Ich hatte keine Ahnung, dass du etwas vom Angeln verstehst", sagte Julia, für einen Moment abgelenkt.

„Ich nicht. Mr. Colquhoun aber wohl, und von ihm weiß ich, dass es nicht ungewöhnlich ist, dass Angler den ganzen Tag bei ihrem Sport verbringen. Sobald ich außer Sichtweite des Dorfes gerudert bin, lasse ich eine Schnur gerade lange genug ins Wasser hängen, um sie überzeugend nass werden zu lassen, werfe die Köder über Bord – das sollte den Fischen gefallen, meinst du nicht? – und rudere dann weiter zur Höhle. Du kannst hierbleiben und dich bei Mrs. Hawkins und Lizzie – am besten in der Schankstube, mit möglichst vielen Zeugen – darüber beklagen, wie sehr dein Ehemann dich vernachlässigt."

Sie seufzte. „Ich kann sehen, dass du eine Antwort auf jedes Argument, das ich vorbringen könnte, nachgedacht hast."

„Ich habe es versucht", gab er zu und nahm seinen Hut."

„Ich werde Mrs. Hawkins um etwas zum Einreiben bitten, und wenn du wiederkommst, massiere ich es dir in die Schultern."

„Ich werde dich beim Wort nehmen."

„John, aber du bist vorsichtig, ja?" Sie hing an seinem Revers und hob ihr Gesicht zu einem Kuss.

Er gehorchte ihr bereitwillig. „Ich werde mein Bestes tun."

Und dann war er fort, schloss die Tür hinter sich und stieg die Stufen so leise hinab wie möglich, um zu vermeiden, das Haus aufzuwecken. Julia stand am Fenster, um ihn auf den Pfad hinaustreten zu sehen, der zum Wasser hinab führte, dabei war sie sich einer völlig unlogischen Erleichterung bewusst, dass der Weg zum See ihn in die entgegengesetzte Richtung von der Stelle bringen würde, wo sie Ned Hawkins über den Felsrand hatte gestoßen werden sehen. Da kam er jetzt, eine große, schlanke Gestalt, dessen lange, leichte Schritte ihr in den letzten drei Monaten zunehmend vertraut – und unendlich teuer – geworden waren. Sie drückte mit der Handfläche gegen die Fensterscheibe, als ob sie durch das Glas greifen und ihn berühren könnte. Und vielleicht tat sie es auch, denn er drehte sich zu einem letzten Blick um und hob zum Abschied eine Hand, bevor der Pfad hinter einer Biegung außer Sichtweite geriet.

„Komm gesund zurück zu mir", flüsterte sie und wandte sich dann vom Fenster ab, um wieder ins Bett zu klettern.

* * *

Bis er den Anleger erreichte, war die Sonne aufgegangen, und der gleiche Mann, der ihm am Tag zuvor das Boot vermietet hatte, war wieder auf seinem Posten. Pickett zahlte einen Shilling und sechs Pennys für die Bootsmiete und weitere sechs Pennys für die Benutzung des

Angelzeugs und den Köder und fuhr auf den See hinaus. Seine Arme und Schultern protestierten gegen diese erneute Beanspruchung, der sie sich ausgesetzt sahen und er dachte sehnsüchtig an das versprochene Einreibemittel, ganz zu schweigen von den Händen, die es auftragen würden. Während er ruderte, lösten sich seine schmerzenden Muskeln jedoch etwas, anscheinend fanden sie sich mit ihrem Schicksal ab, und schließlich erreichte er die Höhle. Er zog die Ruder ein und sprang an Land, dann zog er mit einiger Mühe das Boot aus dem Wasser und ließ es versteckt in einem Dickicht aus Bäumen, die am Wasserrand wuchsen, wo es (wie er hoffte), für jeden, der wegen der Briefe käme, nicht zu sehen sein würde.

Er war erleichtert, den Sack so zu finden, wie er ihn verlassen hatte, obwohl er sich selbst gesagt hatte, dass der Regen des gestrigen Tages die baldige Abholung verhindert haben dürfte, doch ganz sicher war er sich dessen nicht gewesen und jetzt dankbar – und nicht wenig erleichtert – zu entdecken, dass seine Annahme richtig gewesen war.

Nachdem er sich von dieser Tatsache überzeugt hatte, legte er ihn so wieder hin, wie er ihn zuerst entdeckt hatte, oder doch soweit, wie er sich erinnern konnte. Dann begab er sich tiefer in die Höhle und setzte sich mit dem Rücken an die Wand hin, um darauf zu warten, dass etwas geschah. Es würde wohl ein langer, langweiliger Morgen werden. Einen Augenblick wünschte er sich, dass er sich ein Buch oder etwas anderes mitgebracht hätte, um seine Gedanken zu beschäftigen, doch er erinnerte sich daran, dass er keine Laterne hatte und es auch andernfalls nicht hätte wagen dürfen, sie anzuzünden. Er hätte sich auch nicht dichter an den Höhleneingang setzen dürfen, wo das Licht besser war, aus Vorsicht, um seine Anwesenheit nicht zu verraten.

Nein, er würde besser daran tun, die Zeit zu nutzen, um sich ins Gedächtnis zu rufen, was er bisher über den Fall wusste – was, wie er befürchtete, nicht viel war. Er hatte sich weniger darum gekümmert, Ned Hawkins' Mörder zu finden, als darum, für Julias Sicherheit zu sorgen: zuerst, um den Mann zu identifizieren, der auf sie geschossen hatte, dann, um festzustellen, wer den Stein in ihr Fenster geworfen hatte – einen Stein, der durchaus dazu bestimmt gewesen sein mochte, sie zu treffen. Mr. Colquhoun würde meinen, dass er das Ganze von hinten aufrollte, doch das ließ sich für ihn leicht sagen; Mr. Colquhoun war schließlich nie mit Julia, Lady Fieldhurst, verheiratet gewesen.

Außer einer vergeblichen Suche nach einer Handschrift, die zu dem Brief passte, der in Neds Tasche gewesen war und eine zuerst vielversprechend aussehende Spur wegen des Konkurrenten des Gastwirts, die im Sande verlaufen war, hatten sich seine meisten Anstrengungen auf die rivalisierenden Liebhaber, Percival Hartsong (alias Edward Gape), und Ben Wilson, gerichtet, vor allem, weil jeder von ihnen Grund gehabt hatte, Ned Hawkins' Gunst erringen zu wollen – und jeder ein Motiv gehabt hätte, wenn auch nur ein schwaches, Ned über den Felsrand zu stoßen, nachdem sein erwünschter Schwiegervater seine Hoffnungen vernichtet hatte. Zufällig waren beide in der öffentlichen Schankstube gewesen, als er und Julia ankamen und hatten daher gehört, wie er eine Londoner Adresse angab, aus der man eine

Verbindung zum Amt in der Bow Street ableiten konnte, und beide hatten ihn später dabei begleitet, als sie die Leiche „entdeckt" hatten (war es möglich, dass er nicht der einzige der drei gewesen war, der schon gewusst hatte, was sie finden würden?), und infolgedessen bei der Untersuchung ausgesagt. Doch nichts davon war an sich ein Grund für einen Verdacht und selbst zusammengenommen war es nicht mehr als der schwächste Indizienbeweis.

Außerdem wären einige der Taten, deren er sie so verdächtigen würde, ausgesprochen untypisch für sie. Der Dichter schien zu stolz auf seine eigene kostbare Empfindsamkeit, um sich die Hände mit Mord zu beschmutzen – jedoch, wer konnte wissen, was dieser Mann unter dieser Schicht von Affektiertheit wirklich war? – und Ben Wilson, den Julia verdächtigte, den Stein durch ihr Fenster geworfen zu haben, weil er es mit Percival Hartsongs verwechselt hätte, hatte schon die bloße Idee ausgesprochen verächtlich zurückgewiesen. Und tatsächlich schien der junge Bauer in Picketts Vorstellung weit eher bereit, seine Gefühle direkter, mit seinen Fäusten, zu vermitteln. Und sie waren auch nicht die einzigen in der Schankstube gewesen, die hätten gehört haben können, wie Pickett die Adresse in der Bow Street angab. Mr. Hetherington war mit seiner Bibel dort gewesen, ebenso wie mehrere andere Männer, von denen jeder …

Das Knirschen von Schritten auf dem Schieferboden vor der Höhle unterbrach Picketts eher fruchtlosen Gedankengang und er drückte seinen Rücken nur fester gegen die Höhlenwand und hielt die Luft an, um seine Anwesenheit nicht zu verraten.

Ein Mann betrat die Höhle, und obwohl Pickett nur seine Umrisse sehen konnte, die sich gegen das Sonnenlicht hinter der Höhlenmündung abzeichneten, erkannte Pickett ihn sofort, zumindest teilweise aufgrund des großen Buches, das er unter dem Arm trug. Der Neuankömmling setzte sich auf den Felsen, auf dem Julia erst am Tag zuvor gesessen hatte, nahm den Postsack und zog die Kordel auf. Dann öffnete er das Buch, nahm etwas heraus und fügte es dem Sack hinzu. Nachdem er dies erledigt hatte, zog er den Sack wieder zu, schlang ihn sich im Aufstehen über die Schulter und wandte sich wieder dem Höhlenausgang zu, anscheinend zum Abmarsch bereit.

Pickett hielt es für an der Zeit, seine Anwesenheit bekannt zu geben. „Mr. Hetherington, ich fürchte, ich muss Euch fragen, wohin Ihr mit diesem Sack gehen wollt."

Der ältere Mann zuckte zusammen, als er angesprochen wurde, obwohl er geglaubt hatte, allein zu sein, doch erholte sich schnell, als er die Stimme des Sprechenden erkannte.

„Nanu, Mr. Pickett! Was bringt Euch her?"

„Ich könnte Euch dieselbe Frage stellen."

„Ach ja, das könntet Ihr, aber schließlich ist meine Anwesenheit hier nicht so überraschend wie Eure; schließlich habe ich keine hübsche junge Braut, die sich über meine Abwesenheit wundern könnte."

Pickett reagierte nicht darauf und der ältere Mann seufzte. „Ja, nun, ich habe mich schon gefragt, wie lange es dauern würde, bis ihr über unser kleines Geschäft stolpert. Patrick Colquhoun spricht in den höchsten Tönen von Euch, wisst Ihr – scheint Euch für eine Art zweiten Sohn zu halten."

Wenn er gehofft hatte, Pickett mit Schmeichelei zu entwaffnen, nachdem es ihm nicht gelungen war, ihn abzulenken, gelang ihm das vorzüglich. „Ich glaube nicht ...", stotterte Pickett. „Ich würde mir nicht anmaßen ..."

„Unsinn! Colquhoun kann Dummköpfe nicht ausstehen, also liegt es nahe, dass Ihr einiges im Gehirnkästchen haben müsst, andernfalls hätte er nie so viel Interesse für Euch aufgebracht."

„Mr. Hetherington", sagte Pickett ungeduldig, „Ihr müsst doch wissen, dass das, was Ihr hier tut, ungesetzlich ist."

„Und was genau glaubt Ihr, hier entdeckt zu haben?"

„Einen Schmuggelring, dessen Zweck es ist, Briefe unabhängig von der Königlichen Post zu befördern."

Hetherington neigte den Kopf wie ein Tutor, der einem besonders vielversprechenden Schüler zu einer richtigen Antwort gratulierte. „Sehr gut. Es aber als ‚Ring' zu bezeichnen, würde ihm zu viel der Ehre antun. Es ist gar nicht so gut organisiert – nur eine Abmachung, dass, wer nach Penrith geht, alle für London bestimmten Briefe mitnimmt."

„Und wenn sie Penrith erreichen?"

Er zuckte mit den Schultern. „Ich vermute, jemand, der nach Süden reist, wird die Briefe mitnehmen. Ganz einfach, wirklich."

„Und ganz illegal, wie Ihr mit Sicherheit wisst."

„Oh ja, das weiß ich. Aber so viel im Gesetz ist nur eine Frage des Grades, meint Ihr nicht auch? Habt Ihr nie eine Nachricht mit einem privaten Boten geschickt – um Zeit zu sparen, vielleicht, oder um sicher zu sein, dass sie ihr Ziel erreichte? Ich kann in Eurem Gesicht lesen, dass Ihr das schon getan habt. Was ist bitte der Unterschied zwischen dem einen und dem anderen?"

Wenn man es so ausdrückte, fiel es Pickett schwer, eine Antwort zu finden. „Der Umfang eines solchen Unterfangens, vielleicht …"

„Genau! Nur eine Frage des Umfangs, und Banfell ist nicht so groß, dass es die Königliche Post so viel an Einnahmeverlust kostet. Nicht wie in Manchester, wo es heißt, dass vier von fünf Briefen nie das Innere eines Postbüros zu sehen bekommen."

„Wenn wir vom Umfang sprechen", sagte Pickett wenig überzeugt, „habt Ihr eine Ahnung, wie hoch die Strafe wäre, wenn dieses Verfahren entdeckt würde?"

Hetherington nickte. „Fünf Pfund für jeden Brief."

Was bedeutete, dass das bei dem Inhalt des Sacks ungefähr einem Jahreslohn für Pickett entsprochen hätte. „Warum geht Ihr ein solches Risiko ein?"

„Um die Wahrheit zu sagen, Mr. Pickett, ich sehe es als eine Art Dienst an der Allgemeinheit. Wisst Ihr, was es kostet, einen Brief mit der Königlichen Post von Banfell nach London zu schicken?"

Hier zumindest befand Pickett sich auf festem Boden. „Einen Shilling."

„Genau! Wenig genug für Euch oder mich, vielleicht", räumte der ältere Mann ein, was Pickett sich erneut fragen ließ, was genau Mr. Colquhoun über ihn erzählt hatte, „doch eine beträchtliche Ausgabe für Leute wie Mrs. Hawkins oder Ben Wilson und nahezu unerschwinglich für die wirklich

Armen."

Pickett wusste aus bitterer Erfahrung, dass es weit leichter war, sich an die Gesetze zu halten, wenn man einen vollen Magen und Geld in den Taschen hatte. Mr. Hetherington musste sein Schweigen für Zustimmung gehalten haben, denn er fuhr fort, das Thema auszuführen.

„Ich könnte Euch eine Frau zeigen, die regelmäßig ein leeres Blatt Papier mit der Königlichen Post an ihren Bruder schickt, der in einem anderen Teil des Landes lebt, und sie erhält oft auch eines von ihm. Wenn dieser Brief – wenn man ihn so nennen will – zugestellt wird, weigert er sich, die Gebühr für den Empfang zu zahlen, und sie tut das Gleiche. Auf diese Weise können beide sicher sein, dass es dem anderen gut geht, ohne gezwungen zu sein, für einen Brief zu zahlen. Ich frage Euch, ist ein System gerecht, wenn es ehrliche Bürger dazu zwingt, etwas zu tun, was eine strenge Auslegung des Gesetzes als Postbetrug interpretieren müsste? Wenn nicht – wenn es in der Tat *un*gerecht ist – verdient es dann Gehorsam?"

„Mr. Hetherington, ich fürchte, Ihr fragt den Falschen", gestand Pickett und dachte schnell weiter. „Ich habe kein Interesse an dem, was Ihr Euch zu tun entschieden habt, außer, Euch vor dem Risiko zu warnen, das Euch bei Entdeckung droht. Doch ich frage mich, ob Ihr mir im Gegenzug für mein Schweigen einige Informationen geben könntet."

„Was wollt Ihr denn wissen?"

„Ich glaube – das heißt, ich habe Anlass zu der Vermutung – dass Ned Hawkins' Tod kein Unfall war, ungeachtet der gegenteiligen Ergebnisse der Untersuchung.

Habt Ihr eine Vorstellung, warum jemand ihn hätte tot sehen wollen?"

„Außer diesen beiden streitsüchtigen jungen Männern, die es auf die Tugend seiner Tochter abgesehen haben, meint Ihr?" Er schüttelte den Kopf. „Nein, könnte ich nicht sagen."

„Ich sah Euch mit Eurer Bibel im Hart and Hound an dem Tag, als ich ankam", erinnerte Pickett ihn. „Ich schätze, der Gasthof ist ein guter Ort, an dem man Briefe sammeln und verteilen kann."

„Ach ja, meine Bibel." Mit einem Ruck seines Handgelenks klappte Hetherington den abgenutzten Ledereinband auf. Die Innenseiten waren gänzlich ausgeschnitten worden, um einen Hohlraum zu schaffen. „Die Leute aus der Umgebung bringen ihre Briefe direkt hier in die Höhle, aber für die im Dorf lebenden kann es unpraktisch sein. Ich richte es so ein, dass ich dreimal in der Woche im Hart and Hound bin, um alle Briefe mitzunehmen, die jemand in den Sack gelegt haben möchte." Er zerrte am Zugseil und hob den Sack höher auf seinen Rücken.

„Wusste Ned Hawkins davon?", fragte Pickett.

„Natürlich."

„Ist es möglich, dass er dagegen war, sein Haus zu einem solchen Zweck benutzen zu lassen und dass jemand es für angebracht hielt, ihn als, äh, Hindernis zu beseitigen?"

Der ältere Mann fuhr auf. „Wir sind nicht die Hawkhurst-Bande, Mr. Pickett!"

„Nein, natürlich nicht", versicherte Pickett ihm hastig, da ihm bewusst war, dass er Hetherington gekränkt hatte. „Ich meinte nur …"

„Nur wenige Männer hatten so viel Grund wie Ned Hawkins, sich zu wünschen, dass dieses Vorgehen weitergeführt würde", erklärte Hetherington jetzt in ruhigerem Ton. „Es brachte ihm einen ständigen Strom an Gästen ein, denn jeder, der Briefe von dort versenden wollte, hätte nicht die Aufmerksamkeit auf sich lenken wollen, indem er ein Wirtshaus besuchte und nicht einmal einen einzigen Krug Ale kaufte."

„Nein, wohl nicht", sagte Pickett und erkannte das Argument an.

„Verlasst Euch darauf, Ned Hawkins ist dem Rand des Felsens zu nahe gekommen und in einem Augenblick der Unachtsamkeit abgestürzt. Tragisch, ja, aber kein Grund, ein Geheimnis dahinter zu vermuten. Wenn Ihr mich jetzt entschuldigen wollt, ich muss los, wenn ich in Penrith sein will, bevor der Mann, den ich dort treffen möchte, nach London abreist. Vielleicht könntet Ihr und Eure charmante junge Frau uns bald wieder zum Diner besuchen, sagen wir, morgen Abend? Bis dahin, bin ich sicher, darf ich auf Eure Diskretion vertrauen."

Pickett versicherte ihm das, doch blieb noch eine Weile, nachdem der ältere Mann fort war, in der Höhle, um über diese neue und unerwartete Entwicklung nachzudenken. Schließlich schüttelte er den Kopf, als wollte er einen klaren Gedanken fassen können, verließ die Höhle, zog das Boot aus dem Versteck und machte sich an die lange Ruderfahrt zurück.

* * *

Julia war in der Zwischenzeit nach seinem Abmarsch

zurück ins Bett gegangen, doch es dauerte eine Weile, bis sie wieder einschlief. Daher war der Morgen schon weit fortgeschritten, bis sie wieder erwachte, sich anzog und auf der Suche nach Frühstück nach unten ging. Sie fühlte sich ein bisschen schuldig, da sie Rührei und Schinken genoss, während ihr Mann gezwungen gewesen war, mit leerem Magen aufzubrechen, doch sagte sich, dass ihn das kaum überraschen würde; wie er selbst bemerkt hatte, war sie dieser Tage immer hungrig – zweifellos die Folge davon, dass Klein-Pickett ebenso nach seinem morgendlichen Mahl verlangte.

Der Gedanke an Pickett erinnerte sie das Einreibemittel, das sie ihm versprochen hatte, als Mrs. Hawkins also aus der Küche kam, um ihr Kaffee nachzuschenken, fragte Julia, ob sie etwas davon hätte.

„Oh ja, Mrs. Pickett", versicherte die Witwe des Gastwirts ihr. „Ich glaube, es ist auch ein Brief für Euch gekommen. Wenn es Euch nichts ausmacht, ein wenig zu warten, werde ich ihn gleich holen."

Diese Versicherung erwies sich als übertrieben optimistisch, denn Mrs. Hawkins war noch nicht zurück, als Julia ihr Frühstück beendet hatte; sie fragte sich, ob die Frau wieder dabei wäre, mit ihrer Stieftochter zu streiten. Julia stand vom Tisch auf, unsicher, ob sie auf ihre Gastwirtin warten oder zurück in ihr Zimmer gehen sollte, und Mrs. Hawkins oder Lizzie ihn ihr nach oben bringen lassen sollte, als der Stein des Anstoßes zwischen den beiden Frauen, der Dichter selbst, die Schankstube betrat, offensichtlich auf der Suche nach seinem eigenen Frühstück.

„Guten Morgen, Mr. Hartsong", sagte Julia und

beschloss zu warten, da die Ankunft des Dichters sehr wahrscheinlich Mrs. Hawkins' Rückkehr beschleunigen würde. „Es verspricht, ein schöner Tag zu werden, nicht wahr? Gott sei Dank hat sich der gestrige Regen nicht entschlossen, hier zu verweilen!"

Der Dichter, wie es schien, hatte anderes im Kopf. Entschlossen durchquerte er den Raum und baute sich vor ihr auf. „Ich habe über das, was Ihr gesagt habt, nachgedacht, Mrs. Pickett."

„Oh?" Julia konnte sich um ihr Leben nicht vorstellen, wovon er sprach. „Und was war das?"

„Euer Vorschlag, dass ich einen Weg finden sollte, die Gesellschaft zu schockieren, um das Publikum zu gewinnen, das mein Talent verdient."

Julia war sich ziemlich sicher, nichts über das Publikum gesagt zu haben, das sein Talent verdiente, doch sie konnte sich erinnern, ein paar Bemerkungen über schockierendes Verhalten gemacht zu haben, in der Hoffnung – einer vergeblichen, wie sich herausgestellt hatte – ein Geständnis zu bewirken. „Und habt Ihr über etwas ausreichend Schockierendes nachgedacht, das Ihr tun könntet?"

„Ja", verkündete er. „Ich werde mir eine Geliebte nehmen."

Julia runzelte die Stirn. „Ich denke, es wäre sehr falsch von Euch, wenn Ihr Euch gegenüber jemandem, der Eure größte Bewunderin ist, so schäbig benehmen würdet, und es wäre eine unverzeihliche Beleidigung für das Andenken an ihren Vater, wenn Ihr seine Tochter verführen wolltet, solange Ihr Gast in seinem Hause seid."

„Ach, Lizzie" – er entließ seine einstige Muse mit einer abschätzigen Bewegung seiner tintenbefleckten Hand – „warum sollte es jemanden kümmern, wenn ich einem Dorfmädchen die Tugend raubte? Nein, ich denke an eine *Lady* – eine verheiratete Lady, in der Tat, eine, die leicht skandalumwittert ist durch die Tatsache, dass man sie erst vor Kurzem verdächtigte, ihren ersten Ehemann ermordet zu haben ..."

Als Julia ihn sprachlos vor Empörung anstarrte, ergriff der Dichter (zweifellos in der Annahme, sie wäre durch die ihr bevorstehende Ehre überwältigt) ihre Arme. „Sagt nur, dass Ihr die Meine sein wollt, und wir werden das ganze literarische London in Aufregung versetzen!"

„Mr. Hartsong!", rief Julia aus und strengte sich an, sich aus dem Griff eines drahtigen, aber überraschend starken jungen Mannes zu befreien, der entschlossen schien, ihr Gesicht mit Küssen zu bedecken. „Lasst mich sofort los, oder ich werde Euch eine Ohrfeige geben!" Sie versuchte, die Tat den Worten folgen zu lassen, doch es blieb eine leere Drohung, da er ihre Arme an ihre Seiten gepresst hielt. Sie warf wilde Blicke durch den Raum auf der Suche nach Hilfe, doch die Schankstube war so früh am Morgen leer.

„Warum so schüchtern, Mrs. Pickett? Ihr hättet doch keinen solchen Vorschlag gemacht, wenn Ihr nicht bereits Gedanken in dieser Richtung gehabt hättet."

„Ich habe nie ..." – hier war sie gezwungen, sich lange genug zu unterbrechen, um ihren Mund von seinem wegzudrehen – „ich habe nie etwas Derartiges geäußert ..."

„Verzeihung, Mr. Gape?"

Eine überraschend bescheidene Stimme unterbrach ihren Protest und eine ebensolche Hand klopfte ihm leicht auf die Schulter. Der Dichter wandte sich ab, um den Störer anzufunkeln, und als er das tat, landete John Picketts linke Faust mit einem – in Julias Ohren sehr erfreulichen – Knirschen auf seiner Nase.

15

In dem ein großes Licht aufgeht

Jeder der aristokratischen Gentlemen, der seine Künste in Gentleman Jackson's Boxsalon in der Bond Street übte, hätte Picketts Technik sicher bedauerlich gefunden, doch selbst der anspruchsvollste von ihnen oder Englands Meister höchstselbst hätten etwas gegen das Resultat einwenden können.

„Meine Nase!", kreischte der Dichter, ließ Julia abrupt los und schlug beide Hände über seinen misshandelten Rüssel. Innerhalb von Sekunden quoll leuchtend rotes Blut zwischen seinen Fingern heraus und lief über seine Hand, von wo aus es in seinem Rockärmel verschwand. „Ach, meine Nase!"

„Sucht Euch eine andere Frau", sagte Pickett ohne Mitgefühl und zog Julia an seine Seite. „Diese ist bereits vergeben."

„Hallo, was soll das denn hier?", wollte Mrs. Hawkins wissen, die mit einem Glas des gewünschten Einreibemittels und einem gefalteten Stück Papier aus der Küche kam. „Ich habe noch nie ein solches ... ach du lieber Himmel! Mr. Hartsong, was ist passiert?"

„Percival?", rief Lizzie, die die Schankstube auf den Fersen ihrer Stiefmutter betrat. Sie blieb beim Anblick ihres blutenden und zerzausten Geliebten abrupt stehen. „*Percival!* Was ...? Wer ...?"

Die Antwort auf diese unzusammenhängenden Fragen hätte klar sein müssen. Pickett hatte Julia inzwischen losgelassen, doch er blitzte den Dichter noch böse an und rieb sich mit der rechten Hand die zerkratzten Knöchel der linken.

„Mr. Pickett!", rief Lizzie aus und zog die offensichtliche Schlussfolgerung. „Schämt Euch!"

„Der einzige, der sich schämen sollte, ist Mr. Gape", gab Julia zurück. Sie hatte in der Vergangenheit darauf geachtet, den Dichter nicht zu beleidigen, indem sie den von ihm bevorzugten Namen für sich ihn verwendete und nicht den, den er von seinen Eltern hatte, aber jetzt hatte sie keine solchen Skrupel mehr. Zu dem Objekt dieser unfreundlichen Bemerkung fügt sie hinzu: „Nächstes Mal, wenn Ihr die Neigung verspürt, eine Dame mit Euren Aufmerksamkeiten zu beehren, schlage ich vor, dass Ihr Euch zuerst gründlich vergewissert, dass sie auch dafür empfänglich ist."

Lizzie, die daran dachte, den Blutfluss zu stoppen, griff nach Julias Serviette und drückte sie auf die Nase ihres Liebsten, was ihn erneut vor Schmerz aufheulen ließ. „Ich bin sicher, Percival würde nie – Ihr müsst ihn missverstanden haben", beharrte sie und warf Pickett über ihre Schulter einen missbilligenden Blick zu.

Pickett wehrte sich umgehend gegen diese

Rechtfertigung seines Gegners. „Es ist schwer, etwas ‚misszuverstehen‘, wenn eine Dame sich gegen die Arme eines Mannes wehrt, der sie gegen ihren Willen küssen möchte – vor allem, wenn die Dame zufällig die eigene Frau ist.“

Lizzie hätte Mr. Hartsong sicher dazu gedrängt, sich gegen eine so offensichtlich falsche Beschuldigung zu wehren, wenn nicht sein misshandeltes Gesicht (oder das, was über der blutgetränkten Serviette zu sehen war) eine solche Armsündermine gezeigt hätte, dass die Übeltat des Dichters nicht länger zu leugnen war.

„Percival!“, rief Lizzie aus. „Ach, wie konntet Ihr? Nachdem Ihr mir gesagt hattet, dass *ich* Eure Muse wäre!“

Pickett, der ein wenig den Eindruck hatte, zufällig in eine Komödie am Drury Lane geraten zu sein, hätte einen Hauch von Mitgefühl für Mr. Hartsong/Gape empfinden können, wenn eine andere Frau als Julia das Ziel der unerwünschten Nachstellung des Gentlemans gewesen wäre. Als ob noch etwas gefehlt hätte, um das Melodrama zu vervollständigen, öffnete sich die Tür und Ben Wilson betrat die Schankstube.

„Was zum – Lizzie!“ Der blonde Riese durchquerte den Raum in drei Schritten. „Was ist passiert?“

„Ich wurde HÖCHST GRAUSAM GETÄUSCHT!“, verkündete Lizzie, die offensichtlich eine Liebhaberin von Romanen mit höchst dramatischem Vokabular war.

„Kein Wunder, dass sie Hartsong so wundervoll fand“, war Picketts leise Bemerkung zu Julia.

Ben Wilson schaute von Lizzies tränenbeflecktem Gesicht auf das blutige seines Rivalen. „Oh?“

„Percival – Mr. Hartsong, meine ich – hat Mrs. Pickett amouröse Avancen gemacht!" Sie warf sich an die breite Brust des Bauern. „Ach, Ben! Du hast versucht, mich zu warnen, aber ich wollte nichts hören. Wirst du mir je verzeihen können?"

Ben Wilson war ein Mann weniger Worte, doch wenn die Bereitwilligkeit, mit der er sie in den Arm nahm, ein Urteil zuließ, würde er ihr nicht nur verzeihen, sondern hatte das bereits getan. „Wenn es dir recht ist, Lizzie, gehe ich zum Pfarrhaus und spreche mit dem Pfarrer, damit das Aufgebot vom nächsten Sonntag an verlesen werden kann." Es war der längste Satz, den Pickett ihn je hatte aussprechen hören. „Eines muss ich jedoch vorher noch tun."

„Alles, was du willst", erklärte Lizzie inbrünstig. „Was ist es?"

Er ergriff Picketts Hand und schüttelte sie kräftig, dann nickte er in die Richtung der schnell anschwellenden Nase des Dichters. „Wollte das seit mindestens zwei Wochen schon tun."

* * *

Die kleine Gruppe löste sich bald danach auf. Lizzie und ihr Zukünftiger wanderten Arm in Arm Richtung Pfarrhaus, während Mrs. Hawkins wieder in das hintere Schlafzimmer zurückging, das sie einmal mit ihrem Ehemann geteilt hatte, um ihrem Verstorbenen einen Ausgang mitzuteilen, von dem sie wusste, dass er damit sehr einverstanden gewesen wäre. Mr. Hartsong seinerseits suchte Zuflucht in seinem eigenen Zimmer, wo er sich in einem leidenschaftlichen und verbitterten Erguss in jambischen Pentametern gegen die unbeständige Natur des schöneren Geschlechts ausließ, ein Werk das (obwohl er das jetzt noch nicht wissen konnte) in weniger als zwei Monaten von der *Edinburgh Review* (dort in der irrtümlichen Annahme angenommen, dass jedes Gedicht von so hervorragender Scheußlichkeit nur eine absichtliche Parodie und daher das Werk eines Genies sein könnte) gelobt werden würde; ein Gedicht, dessen übertriebene Verse bald auf den Lippen jedes modischen Gecken in der Hauptstadt sein würden.

Julias eigene Gefühle bewegten sich mehr in der gleichen Richtung wie Ben Wilsons, obwohl ihre eher wärmeren Ausdruck fanden. Sobald die Tür zu ihrem Zimmer sich hinter ihnen geschlossen hatte, warf sie sich in die Arme ihres Mannes und küsste ihn mit einer Leidenschaft, die Lizzies neu entdeckte Begeisterung für ihren Schafzüchter vergleichsweise lauwarm erscheinen ließ.

„Wofür ist das?", fragte Pickett atemlos und löste sich aus einem Ansturm, der seine Sinne verwirrte.

„Ich versuche, die Küsse dieses grässlichen Dichters abzuwischen", sagte Julia und streckte erneut die Arme nach ihm aus.

Er packte sie an den Schultern und hielt sie energisch auf Armeslänge von sich ab. „Nun, wische sie nicht an mir ab! Ich will sie nicht mehr als du."

„Ganz im Ernst, John, du kamst gerade zur rechten Zeit. Ich bin noch nie in meinem Leben so froh gewesen, jemanden zu sehen!"

So besänftigt ließ Pickett sich doch wieder küssen. „Schatz", sagte er schließlich, „ich vertraue dir völlig, aber fragen muss ich doch: Was hat dem Kerl den Eindruck vermittelt, du könntest seine Aufmerksamkeiten willkommen heißen?"

„Außer bloßer Einbildung, meinst du? Ich fürchte, ich hatte angedeutet, er könnte vielleicht Aufmerksamkeit für seine Gedichte bekommen, wenn er etwas täte, was die Gesellschaft schockierend finden müsste. Nicht *das*, natürlich", fügte sie schnell hinzu. „Um die Wahrheit zu sagen, ich dachte, wenn er in irgendetwas Schändliches verwickelt wäre, könnte er dazu neigen, es mir anzuvertrauen. Ich hätte mich nicht schlimmer irren können!"

„Oh, wenn du etwas Schändliches möchtest, kann ich dir davon jede Menge bieten."

„John! Jemand ist wegen der Briefe gekommen!"

„Ja, und das war auch gut so, sonst würde ich immer noch in einer Höhle sitzen, während meine Frau sich eines zudringlichen Versschmiedes erwehren muss!"

„Aber wer war es?"

„Nicht so schnell! Sagtest du nicht etwas über ein Einreibemittel?"

„Liebe Güte! Da war auch ein Brief, fällt mir gerade ein. Ich fürchte, ich habe in dem Durcheinander beides unten vergessen. Wenn du dein Hemd schon einmal auszieht, gehe ich nach unten und hole es."

Sie kam ein paar Minuten später zurück und fand Pickett von der Taille aufwärts nackt auf dem Stuhl vor dem Schreibtisch sitzen. Anscheinend hatte er seinen entblößten Zustand etwas kühl gefunden, denn er hatte nicht nur das Feuer entfacht, sondern auch die einzelne Kerze, die näher bei ihm auf dem Schreibtisch stand, angezündet. Sie legte den Brief auf den Tisch, öffnete dann das Glas mit dem Einreibemittel und begann, ihm die Salbe, die stark nach Minze roch, auf die Schultern aufzutragen. Pickett schloss die Augen und ihm entrang sich ein Stöhnen, das halb schmerzlich, halb völlig selig war.

„Senke deine Stimme", mahnte sie ihn leise. „Wer immer im anderen Zimmer sein mag, wird einen völlig falschen Eindruck davon bekommen, was wir hier drinnen tun!"

„Das hat dich letzte Nacht nicht gestört", sagte Pickett und erhielt einen festen Klaps zwischen die Schulterblätter.

„Du wolltest mir sagen, wer wegen der Briefe kam", erinnerte sie ihn.

„Du würdest es mir nicht glauben, wenn ich es dir sagte."

„Dann muss es Mr. Hetherington gewesen sein."

„Julia!" Er wirbelte auf dem Stuhl herum, was ihr einen sehr schönen Blick auf seine bloße Brust gewährte. „Wie hast du das erraten?"

„Du sagtest, ich würde dir nicht glauben, also habe ich einfach die unwahrscheinlichste Person genannt, die mir einfiel. Obwohl, vielleicht doch nicht so unwahrscheinlich, wenn ich darüber nachdenke", fügte sie hinzu. „Schließlich wusste er von Schmugglern, denn er warnte uns vor ihnen."

„Er warnte uns vor dem Schmugglermond – das heißt, Neumond, gar kein Mond – um unsere Aufmerksamkeit davon abzulenken, dass die Briefe bei hellem Tageslicht weggebracht werden."

„Trotzdem, hätte er das Thema nicht angeschnitten, hätten wir vielleicht nie etwas davon erfahren."

„Oh, er war überzeugt, dass ich irgendwann darüber stolpern würde – da ich so brillant bin und so weiter. Ein Eimer Schmeichelei, wie Mr. Colquhoun sagen würde."

„Was willst du also jetzt tun?"

„Tun?"

„Liebling, wie kann ich dir den Rücken einreiben, wenn du dich ständig wieder zu mir umdrehst? Ja, ich fragte, was du jetzt zu tun gedenkst. Es *ist* illegal, wie du weißt, und du *bist* ein Bow Street Läufer."

„Ich werde nichts ‚tun'! Er ist ein Freund von Mr. Colquhoun, Schatz, und er hat uns für morgen Abend zum Abendessen eingeladen."

„Sehr witzig", tadelte sie ihn und massierte die Salbe mit vielleicht etwas mehr Druck in seine Oberarme, als streng genommen nötig gewesen wäre.

„Außerdem bin ich nicht sicher, ob er nicht recht hat, wenn er sagt, dass er der Allgemeinheit einen Dienst erweist", fuhr Pickett fort. „Es scheint doch schlimm zu sein, dass die Post von Banfell nach London so teuer ist – und wie er sagte, bürdet das Familien wie den Hawkins und den Wilsons große Lasten auf, wenn sie geschäftlich oder mit Verwandten weiter im Süden zu tun haben."

„Was Briefe angeht", sagte Julia, „einer kam für uns heute Morgen. Er liegt dort auf dem Tisch, wenn du ihn lesen möchtest."

Während sie weiter ihre Magie auf Picketts schmerzende Schultern bewirkte, nahm er den Brief und brach das Siegel. „Es ist von Mrs. Hetherington", bemerkte er und entfaltete das einzige Blatt. „Ich wette, der kam nicht mit der Königlichen

Post."

„Höchstwahrscheinlich nicht", stimmte sie zu, bevor sie mit schlechtem Gewissen hinzufügte: „Aber ich hätte ihr am Tag, nachdem wir bei ihnen eingeladen waren, schreiben sollen, um für ihre Gastfreundschaft zu danken. Sie muss mich für erschreckend schlecht erzogen halten! Ich nehme an, dies ist ihre Art, mich sanft darauf aufmerksam zu machen."

Pickett las die üblichen gesellschaftlichen Höflichkeiten durch, die er inzwischen als die gewöhnliche Sprache der Klasse seiner Frau zu erkennen begann, was Mrs. Hetheringtons „aufrichtige Dankbarkeit" für „das Vergnügen Eurer Gesellschaft" anbetraf.

„Du wirst nach morgen Abend Gelegenheit haben, dich in besserem Licht zu zeigen", sagte er. „Inzwischen können einer Frau in ihren Flitterwochen sicher einige Unterlassungen verziehen werden." Als er das Ende des Briefs erreicht hatte, warf er ihn auf den Tisch zurück und überließ sich wieder der Pflege durch seine Frau. Doch plötzlich setzte er sich kerzengerade auf, schnappte sich erneut den Brief und wühlte hastig in den Papieren auf dem Schreibtisch, bis er das bei Ned Hawkins' Leiche gefundene herauszog. Er hielt sie nebeneinander hoch, damit Julia es sehen konnte. Hinter den beiden Briefen leuchtete die Flamme der Kerze durch das Papier und gab ihm einen goldenen Schimmer.

„Siehst du das?", fragte er über seine Schulter.

Julia ließ ihre Hände auf seinen Schultern ruhen und beugte sich vor, um die Briefe intensiv zu mustern. „Die Handschrift", sagte sie. „Es ist dieselbe."

„Genau. Warum sollte Mrs. Hetherington einen Brief über die Leistungen von Kindern schreiben, die sie nicht hat, und mit ‚E.G.B.‘ unterschreiben?"

„Vielleicht hat sie es als Freundlichkeit für jemand anderen getan", schlug Julia vor. „Erinnerst du dich, wie ich den Arm in der Schlinge trug? Vielleicht konnte E.G.B. aus irgendeinem Grund nicht schreiben und daher diktierte er den Brief laut, während sie die Worte schrieb. Er ist doch in recht plauderhaftem Ton gehalten, nicht wahr? Als ob jemand die Worte spräche, statt sie nur aufzuschreiben."

„In diesem Fall würde ich schätzen, dass seine Frau oder Tochter – Penelope hieß sie, oder? – die wahrscheinlichste Person wäre, die als Sekretärin fungieren könnte."

„Ich könnte mir vorstellen, dass sie nicht anwesend waren – vielleicht bei der Schneiderin oder dabei, sich um andere Einzelheiten für Miss – oh, aber wir kennen den Nachnamen nicht, richtig? – für Penelopes Einführung in die Gesellschaft zu kümmern."

„Ich kann nicht sagen, dass es mir gefällt, aber ich schätze, es liegt noch im Bereich der Möglichkeiten", räumte Pickett, wenn auch widerwillig, ein. „Was uns zu der nächsten Frage bringt: Was wollte Ned Hawkins mit einem von Mrs. Hetheringtons Briefen in seiner Tasche?"

Julia zuckte die Achseln. „Ihn zu dem Postsack hinunterbringen, denke ich."

„Aber das ergibt keinen Sinn. Einerseits liegt der Pfad zum Anleger – und damit auch zur Höhle – in der entgegengesetzten Richtung vom Gasthof als die Stelle, an der Ned Hawkins stand, als er von der Klippe gestürzt wurde."

„Vielleicht hatte er Mrs. Hetherington besucht, um ihn abzuholen."

„Warum sollte er das, wenn sie ihn einfach ihrem Mann hätte geben können?"

„Vielleicht war der Brief etwas, das sie ihn nicht sehen lassen wollte", schlug Julia vor.

Pickett hob wissend eine Augenbraue zu ihr. „Heimliche Korrespondenz vor ihrem Ehemann verstecken? Mylady, du schockierst mich zutiefst!" Als er ihren vorwurfsvollen Blick sah, kehrte er rasch wieder zu ihrem eigentlichen Thema zurück. „Doch soweit wir es sagen können, ist es nur ein Bericht über familiäre Nachrichten. Was hätte er daran zu beanstanden finden können?"

„Na gut, du hast mich überzeugt", sagte Julia entschieden. „Er muss verschlüsselt sein. Keine andere Erklärung ergibt einen Sinn."

Pickett seufzte. „In diesem Fall sind wir wieder da, wo wir angefangen haben, denn ich habe jeden Code, den ich kenne – was, wie ich zugeben muss, nicht viel ist – versucht und konnte keine versteckte Nachricht finden. Außerdem ist da die Botschaft, die an dem Stein befestigt war. Ich kann mir nicht vorstellen, dass Mrs. Hetherington mitten in der Nacht aus dem Haus schleicht, um Steine in Fenster zu werfen."

Julia schüttelte den Kopf. „Es war keine Frau – und ganz sicher nicht Mrs. Hetherington! – die Ned Hawkins von der Klippe gestoßen hat. Es kann nichts anderes als Zufall sein, Ähnlichkeiten in der Handschrift, vielleicht als Ergebnis davon, beim gleichen Lehrer das Schreiben gelernt zu haben …"

„Mrs. Hetherington ist in Irland aufgewachsen, erinnerst du dich? Nein, da ist etwas Wichtiges hier, das ich übersehe, etwas, das ich nicht recht … nicht recht …"

Er unterbrach sich und starrte den Brief in seiner Hand an. Als das Papier sich durch die dahinter stehende Kerze erwärmte, begannen Striche – sehr schwach, doch trotzdem deutlich erkennbar – unter bestimmten Buchstaben aufzutauchen:

Mein lieber James,

ich hoffe, dass dieser Brief dich und deine Familie bei guter Gesundheit vorfindet. Ich wurde in letzter Zeit sehr von einem Anfall von Katarrh geplagt, der mir eine bös entzündete Nase und einen andauernden Husten einbrachte, doch ich hoffe, mit Gottes Willen wird mein Leiden bald der Vergangenheit angehören. Zum Glück hat keines meiner Kinder die Krankheit ihres Vaters bekommen und ich vertraue darauf, dass ihre gute Gesundheit so lange andauern wird, dass sie den 55. Geburtstag ihres Erzeugers am nächsten Donnerstag werden genießen können. Es tut mir nur leid, dass George, mein Ältester, uns keine Gesellschaft wird leisten können, da seine neue Stellung erfordert, dass er in Edinburgh bleibt, zumindest einstweilen. Es ist schwer zu glauben, dass er selbst bald seinen 34. Geburtstag feiern wird. Meine arme erste Frau, Elizabeth (Gott hab sie selig), wäre sicher stolz auf den Mann, zu dem er geworden ist.

Was den Rest der Familie betrifft, wird Penelope im nächsten Frühjahr anfangen dürfen, auszugehen, wenn sie uns nicht lange vorher bis zu Tode quält. Meine gute Frau ist auch kaum besser, da sie nur ständig über die Notwendigkeit predigt, ein passendes Haus in Mayfair zu mieten, ganz zu schweigen von Schneiderinnen, Floristen und verschiedenen anderen, deren Künste zu zweifellos exorbitanten Kosten in Anspruch genommen werden müssen, um unser Mädchen angemessen in die Welt einzuführen. <u>Ich habe mich immer für einen gut situierten Mann gehalten, doch ich könnte bankrott sein, bevor dies endlich erledigt ist.</u> Ich hoffe nur, dass sie in ihrer ersten Saison eine passende Partie findet; ich fürchte, ich habe weder die Mittel noch die Geduld, ihr eine zweite zu ermöglichen.

Meine gute Frau teilt mir mit, dass du noch nichts von dem gesegneten Ereignis wissen kannst, das am sechsten Juni stattfand. Damit sie mich nicht beschuldigt, ein unnatürlicher Vater zu sein, muss ich dir unverzüglich berichten, dass meine ältere Tochter Lavinia eines gesunden Sohnes entbunden wurde, der nach dem stolzen Vater seiner Mutter Evelyn heißen soll. Meine Frau sagt vorher, ich würde so aufgeblasen werden durch meine eigene Wichtigkeit, dass es mit mir nicht mehr auszuhalten sein würde. Da ich ihren Glauben in mich nur ungern enttäuschen möchte, meine Rolle, wenn auch bescheiden, in ihrem neu entdeckten Talent als Prophetin zu spielen, werde ich mein Bestes tun, dabei nicht zu versagen.

Und jetzt, nachdem ich dich zur Genüge mit meinen Prahlereien über meine Familie gelangweilt habe, muss ich ein Geständnis machen. Es betrifft (wie du vielleicht vermutest, da du bereits früher seine Bekanntschaft gemacht hast), meinen jüngsten Sohn, Edward. Edward ist zurzeit in Eton, doch ich fürchte, es könnte falsch sein anzunehmen, dass er dort eine Erziehung bekommt. Obwohl ich derzeit 50 Pfund im Jahr zahle, von 22 weiteren für gelegentliche Ausgaben, wäre es wohl übertrieben, den unglücklichen Jungen einen Gelehrten zu nennen. Ich vermute, er verbringt mehr Zeit mit jugendlichen Streichen als mit Griechisch oder Latein. Doch dann erinnere ich mich an den Unfug, den du und ich früher gemacht haben, und kann nicht allzu hart zu ihm sein. Im Herzen ist er ein guter Junge und ich habe den Verdacht, dass an ihm nichts Unrechtes ist, das mit der Zeit nicht in Ordnung kommen wird. Bis dahin muss ich nur seinen entschlossenen Bemühungen widerstehen, seinen leidgeprüften Vater in ein frühes Grab zu schicken. Unterdessen verbleibe ich, wie immer,

Dein sehr gehorsamer Diener,

E. G. B.

„Julia?" Pickett wagte es nicht, den Blick abzuwenden, wagte nicht, sich zu bewegen, damit nicht die Striche verblassten und ebenso schnell verschwanden, wie sie aufgetaucht waren. „Bring mir Feder und Papier, bitte?"

Sie verschwendete keine Zeit damit, Fragen zu stellen, sondern beeilte sich zu gehorchen, und Pickett segnete sie im Stillen für ihren Scharfsinn. Er nahm das Schreibzeug, das sie aus ihrem Reiseschreibtisch geholt hatte und begann, die unterstrichenen Buchstaben und Worte abzuschreiben. Er hatte noch keine der neuen Federn, die sie für ihn gekauft hatte, zurechtgeschnitten, daher musste er mit einer ihrer eigenen schreiben – was dazu führte, dass die Krümmung der Feder ihn daran hinderte zu sehen, was er schrieb, bis er das

Ende des Briefs erreicht hatte, die Feder beiseitelegte und seine Arbeit betrachtete:

CARLISLECASTLEISTUNVERTEIDIGT55REGZFI
NWESTINDIES34THFTREGZFREISTDIENSTAGNHAL
BINSELHAUPTTORINSWANDBATTERIEIMMRTINNE
RESTORNACHWESTENELFKANONENABERSECHSU
NTEREEBENEFUNKIONIERENVIELLNICHTWAFFEN
KAMMERERSTERSTOCKWENIGERALS50MAENNER
NBEWACHT22FRANZOESISCHEGEFANGENEERDGE
SCHOSSGOTTMITEUCHUNDEGB

Die Wörter zu trennen würde etwas Arbeit kosten, ebenso wie das Entziffern einiger der unverständlicheren Abkürzungen, und Pickett hatte keinen Zweifel daran, dass ein großer Teil dieser Aufgabe Leuten überlassen bleiben würde, die besser in dieser Tätigkeit geübt waren als er. Doch selbst für einen Anfänger war eines zur Genüge deutlich.

„Das ist es, Julia", sagte er unsicher und schaute über seine Schulter hinweg zu ihr auf. „Es ist Verrat."

16

In dem das letzte Stück an seinen Platz fällt

Carlisle Castle ist unverteidigt", las Julia über seine Schulter hinweg. „So viel ist offensichtlich, und etwas über Westindien, aber was soll der Rest bedeuten?"

„Finden wir es heraus, ja?"

Im Zimmer gab es nur einen Stuhl, daher ließ Julia sich auf Picketts Knie nieder (seinem rechten, um seine Schreibarbeit mit der linken Hand nicht zu behindern), und machte Vorschläge, als er die Botschaft erneut abschrieb und diesmal die erkennbaren Worte trennte. Schließlich lautete die Nachricht so:

CARLISLE CASTLE IST UNVERTEIDIGT, 55. REGIMENT ZU FUSS IN WESTINDIEN 34. REGIMENT ZU FUSS REIST NÄCHSTEN DIENSTAG HALBINSEL HAUPTTOR INSWAND BATTERIE IMMRT INNERES TOR NACH WESTEN ELF KANONEN ABER SECHS IN UNTERER EBENE FUNKTIONIEREN VIELLEICHT NICHT WAFFENKAMMER ERSTER STOCK TURM

VON WENIGER ALS 50 MÄNNERN BEWACHT 22 FRZ GEFANGENE ERDGESCHOSS GOTT MIT EUCH UND EGB

„Da hast du es", sagte Pickett. „Die Festung ist unverteidigt oder wird es demnächst sein, da das 55. Regiment zu Fuß in Westindien ist und das 34. nächsten Dienstag zur Halbinsel aufbricht."

„Was soll inswand heißen?", fragte Julia und betrachtete das Papier mit nachdenklichem Stirnrunzeln. „,Innere Wand?' Nein, das kann nicht stimmen. ,Haupttor in der inneren Wand' ergibt keinen Sinn."

„,In der Südwand', vielleicht?", schlug Pickett vor. „Ich nehme nicht an, dass du Carlisle Castle je besichtigt hast, oder?"

Sie schüttelte den Kopf. „Nein, denn es ist nicht wie Belvoir Castle, weißt du – es war nie eine bewohnte Burg. Ich glaube, es wurde im Mittelalter erbaut, um die nördliche Grenze gegen räuberische Schotten zu verteidigen – obwohl das heute ziemlich schwer zu glauben scheint, nicht wahr?"

Pickett grinste sie an. „Darüber weiß ich nichts. Ich sollte denken, ein paar tausend Mr. Colquhouns, die über die Grenze strömen, wären ziemlich erschreckend. Einer kann beängstigend genug sein, wenn er in der richtigen Stimmung ist – oder der falschen, je nach deinem Standpunkt." Er fuhr sich mit den Fingern durch die braunen Locken und fügte, plötzlich ernüchtert, hinzu: „Und was wird er sagen, wenn ich ihm erzählen muss, dass die Frau seines alten Freundes in eine verräterische Verschwörung verwickelt ist …"

„Es war ein Mann, der Ned Hawkins von der Klippe

gestoßen hat", beharrte Julia. „Und selbst wenn es eine Frau in Männerkleidung gewesen wäre, hätte es niemals Mrs. Hetherington sein können. Sie ist viel zu gebrechlich."

„Da stimme ich dir zu. Aber sie hat Diener, weißt du, Diener, die bestochen oder bedroht werden oder die sogar ihre irischen Sympathien teilen könnten. Sie hat einen französischen Koch aus Dublin mitgebracht, erinnerst du dich? Es wäre nicht das erste Mal, dass Iren und Franzosen gegen die Engländer zusammenarbeiten. Oder was ist mit dem Kerl, der beim Abendessen ihr Fleisch geschnitten hat? Ich könnte mir vorstellen, dass dieser Grad von Abhängigkeit durchaus zu einer Zuneigung führen könnte, die über die gewöhnlich zwischen Herrin und Diener bestehende weit hinausgeht."

„Aber bist du dir ziemlich sicher, dass es Verrat ist?" Julias Stimme verriet eine Spur der Verzweiflung. Pickett konnte es ihr nachfühlen: Er mochte die Frau auch. „Vielleicht wollte sie nur ihr Sorge ausdrücken darüber, dass die Festung im Falle einer französischen Invasion unbesetzt wäre. Die Leute an der Südküste leben in einem Zustand ständiger Sorge darüber – nicht, dass Angst sie davon abhalten würde, sich mit geschmuggeltem Tabak und Brandy zu versorgen, die es über den Kanal schaffen, aber trotzdem …"

„Und daher", meinte Pickett skeptisch, „weil sie sich vor einer französischen Invasion fürchtet, schreibt sie einen verschlüsselten Brief, in dem sie im Einzelnen die Verteidigungsanlagen der Festung beschreibt, bis zur Anzahl und dem Standort der Kanonen?"

Julia musterte das Papier, wo er die Entschlüsselung

aufgeschrieben hatte, genauer. „Wo steht das?"

„Da." Er deutete mit dem gefiederten Ende der Schreibfeder darauf. „,Batterie direkt innerhalb des Tores, nach Westen ausgerichtet.' Gefolgt von der Anzahl der Kanonen, der Lage der Waffenkammer und eine Schätzung der verbleibenden Truppen. Es gefällt mir nicht besser als dir, Schatz, aber wie man es auch dreht und wendet, das ist Verrat."

„Also was geschieht jetzt?"

Pickett deutete auf den Originalbrief mit den schwach braunen Unterstreichungen. „Dies muss dem Richter übergeben werden – nicht Mr. Colquhoun, sondern dem hiesigen Inhaber dieser Stellung – zusammen mit dem Stein und der Nachricht, die daran befestigt war. Und dann" – er sackte mit einem Seufzer in seinem Stuhl zusammen – „werde ich Mr. Hetherington sagen müssen, dass seine Frau als Verräterin gehängt werden wird."

Sie legte ihren Arm um seine Schultern und drückte ihn zum Ausdruck ihres stillschweigenden Mitgefühls. „Du hast so etwas schon früher gemacht, nicht wahr? Jemandes Frau verhaften müssen, meine ich."

„Ich hätte meine eigene verhaften sollen! Julia, hast du dich nie gewundert, wieso ich an jenem Tag im genau richtigen Moment auf deiner Türschwelle aufgetaucht bin? Ich hatte einen Haftbefehl in der Hand. Ich war zu deinem Haus gekommen in der Absicht, ihn zu vollstrecken."

„Aber du wusstest, dass ich unschuldig bin!", protestierte sie, überrascht von dieser Enthüllung.

„Oh, das wusste ich, durchaus", erinnerte er sich bitter,

„aber ich hatte keine Beweise. Und obwohl alle Beweise, die gegen dich sprachen, reine Indizienbeweise waren, hatte ich nichts, um sie zu entkräften."

Sie hob den Brief auf und fuhr mit der Fingerspitze über die belastenden braunen Striche. „Könnte dies nicht auch nur ein Indiz sein? Ein Fehler im Papier, das Flecken verursacht, vielleicht ..."

„Flecken, die die genauen Details einer militärischen Anlage beschreiben? Tut mir leid, Schatz, aber nein. Nichts ist derart zufällig. Trotzdem bin ich nicht so gefühllos, dass ich hergehen und eine Lady verhaften kann, nachdem ich an ihrem Tisch gegessen habe. Ich werde Mr. Hetherington dies morgen vorlegen und sehen, was er dazu zu sagen hat."

„Morgen?"

„Heute ist er mit dem Postsack nach Penrith gegangen", erinnerte Pickett sie. „Ich werde ihn nicht heimkehren lassen zu der Entdeckung, dass seine Frau wegen Verrats verhaftet wurde. Ich habe drei Tage in Kent verbracht, um den Mord an deinem ersten Ehemann zu untersuchen, musst du wissen."

„Kent?" Sie blinzelte bei der plötzlichen, scheinbar unzusammenhängenden Bemerkung. „Was wolltest du dort?"

Er stieß ein freudloses kleines Lachen bei der Erinnerung aus. „Ich habe nach Strohhalmen gegriffen. Und obwohl Mr. Colquhoun mir versichert hatte, dass er in meiner Abwesenheit niemand schicken würde, um dich zu verhaften, konnte ich das nicht ganz glauben. Er wusste, dass ich – dass ich dich bewunderte – und er war gar nicht damit einverstanden. Ich konnte das Gefühl nicht ganz abschütteln, dass ich nach London zurückkommen würde, nur, um zu erleben, dass man dich in Newgate eingesperrt hätte und ich machtlos wäre, etwas dagegen zu unternehmen. Ich möchte keinen anderen Mann das durchmachen lassen, Julia, ganz gleich, was seine Frau getan haben könnte."

Ihr Gesicht wurde weich, als sie ihn ansah. „Ich hatte nicht gedacht – ich hatte immer angenommen, du wärest nur gründlich und wolltest bei Fredericks Mord keine voreiligen Schlüsse ziehen. Mir war nie klar, dass du es so persönlich genommen hast."

Er schenkte ihr ein eher zerknirschtes Lächeln. „Wie solltest du auch? Ich meine, sieh dich an und sieh mich an."

„Ich sehe lieber uns an", sagte sie und streichelte seine zerzausten Locken mit liebevollen Fingern.

„Damals gab es noch kein ‚uns'. Ich hatte keinen Grund anzunehmen, dass das je geschehen könnte." Er blickte zu den Papieren, mit denen der Schreibtisch übersät war, und seufzte. „Hier wird es jedoch kein glückliches Ende geben. So viel steht fest."

Sie glitt leicht zögernd von seinem Knie. „Ich schätze, dann sollte ich dir besser Gelegenheit geben, dich anzukleiden. Wenn du vorhast, Mr. Hetherington morgen zu besuchen, schätze ich, willst du heute Nachmittag den Richter aufsuchen und ihn einen Haftbefehl ausstellen lassen."

„Noch nicht gleich", sagte Pickett nachdenklich. „Ich möchte zuerst hören, was Mr. Hetherington zu sagen hat."

„Aber wird ihm das nicht Zeit verschaffen, zu, ich weiß nicht, sie wegzubringen, bevor du kommen und sie festnehmen kannst? Sie vielleicht nach Irland zu bringen oder sogar nach Frankreich?"

„Vielleicht."

Ihre Augen wurden schmal, als ihr ein Verdacht kam. „Eigentlich hoffst du, dass er das tun wird."

Er bestätigte diesen Vorwurf nicht, noch widersprach er ihm, und sie erinnerte sich an eine ähnliche Unterhaltung, die erst vor ein paar Tagen stattgefunden hatte, in dem Gästezimmer, das sie ursprünglich bewohnt hatten.

„Ich hatte dich gefragt, was du getan hättest, wenn du hättest erkennen müssen, dass ich Frederick doch getötet hätte", sagte sie langsam. „Du sagtest, du hättest angenommen, dass der Fall nie aufgeklärt worden wäre. Und das ist es, was du für Mr. Hetherington tust, nicht wahr? Aber macht dich das nicht nachträglich zu einem Mithelfer?"

„Ziemlich wahrscheinlich. Aber wenigstens werde ich in der Lage sein, mit meinem Gewissen zu leben." Seine Lippen verzogen sich zu einem gequälten Lächeln. „Ich wusste nie, dass meine Moral so dehnbar ist. Anscheinend bin ich doch der Sohn meines Vaters."

* * *

Es gab wenig anderes an diesem Tag, was sie tun konnten, außer, sich wie das Flitterwochenpärchen zu benehmen, das sie ja sein sollten, obwohl Julia den Verdacht hatte, dass ihr Mann mit seinen Gedanken woanders war. Sie wanderten Arm in Arm durch das Dorf, sahen in die Schaufenster der Geschäfte und hielten an, um einen völlig nutzlosen Porzellanteller zu kaufen, in dessen Mitte ein gemaltes Abbild des Sees und der umliegenden Fjells prangte.

„Was hast du damit vor?", fragte Pickett, als er erfuhr, dass ihm die Ehre zuteilwerden sollte, diese neueste

Errungenschaft seiner Gemahlin zu tragen.

Julia zuckte die Achseln. „Ich schätze, ich werde es Lizzie zur Hochzeit schenken. Ich glaube nicht, dass Mr. Hartsong es gern als Erinnerung an seinen Aufenthalt in Banfell hätte, nicht wahr? Es sei denn, natürlich, dass du es ihm sozusagen als Olivenzweig anbieten möchtest."

„Das würde nur funktionieren, wenn es mir leidtäte – und das tut es nicht", sagte Pickett und verhärtete sein Herz. „Aber bei Lizzie bin ich mir nicht so sicher. Wozu sollte sie einen bemalten Teller brauchen, wenn sie das Original sehen kann, wenn sie nur aus dem Fenster schaut?"

„Liebe Güte, da hast du wohl recht. Ich dachte nur, wir sollten uns wie Touristen benehmen, wenn wir die Gelegenheit dazu bekämen." Sie warf ihm einen Blick von der Seite zu. „Ich schätze, wir werden bald wieder nach London zurückfahren."

Er nickte. „Übermorgen, nehme ich an."

Nachdem sie in den Gasthof zurückgekehrt waren, ließen sie sich von Mrs. Hawkins einen neuen Picknickkorb geben, nahmen aber diesmal den Weg zum See für ihr Picknick, statt an dem Platz Halt zu machen, von dem aus Julia gesehen hatte, wie Ned Hawkins in den Tod gestoßen wurde. Doch trotz des Wechsels der Umgebung blieb Pickett distanziert und zurückgezogen, seine Gedanken waren offensichtlich bei der bevorstehenden Konfrontation. Julia wünschte sich, einen Weg zu finden, seine Last zu erleichtern, zumindest für eine Weile, doch obwohl er absolut höflich war – sogar aufmerksam – konnte sie ihn anscheinend nicht erreichen. Erst viel später in der Nacht, lange, nachdem sie sich in ihr

Zimmer zurückgezogen hatten, bot sich eine Gelegenheit dazu.

Als Julia der Gesellschaft den Rücken gekehrt hatte, indem sie unter ihrem Stand heiratete, hatte Julia stattdessen einen leidenschaftlichen, wenn auch unerfahrenen jungen Liebhaber bekommen. Es lag jedoch keine Leidenschaft in der leicht nach Minze duftenden Umarmung, die sie mitten in der Nacht aufweckte. Es war ein Flehen nach Geborgenheit, schlicht und einfach. Und sie reagierte darauf in der einzig möglichen Weise.

* * *

Einige Stunden später stand Pickett auf und zog sich an, dann küsste er Julia lange, bevor er sich zu Fuß auf den Weg zu Hetheringtons Anwesen machte.

„Bist du sicher, dass du nicht zuerst frühstücken möchtest?", fragte Julia.

Er schüttelte den Kopf. „Ich könnte nichts essen, auch, wenn ich es versuchte."

„Wir können nach deiner Rückkehr gemeinsam essen", versprach sie ihn und zwang sich zum Lächeln. „Klein-Pickett wird bis dahin zweifellos sein Recht fordern."

„Du musst nicht auf mich warten", sagte er. „Vielleicht ist mir nach meiner Rückkehr noch weniger zum Essen zumute."

Er küsste sie erneut und sie kämpfte gegen den Drang an, sich an ihn zu klammern, da sie wusste, dass es das Beste wäre, wenn er diesen unangenehmen Gang sobald wie möglich hinter sich bringen könnte. Daher lächelte sie ihn ermutigend an und wünschte ihm einen guten Weg, dann kleidete sie sich für den Tag in ein Ausgehkleid aus pomonagrünem Kerseymere (und bemerkte mit gemischten Gefühlen, dass es etwas enger am Busen anlag als früher) und ging die Treppe hinunter, um ein leichtes Frühstück einzunehmen.

Sie kehrte in ihr Zimmer zurück, um Picketts Rückkehr abzuwarten, fragte sich, ob er das Haus der Hetherington schon erreicht hätte – und wenn ja, welchen Empfang er dort gefunden hatte, nachdem der Grund seines Besuchs klar geworden war. Die Briefe waren säuberlich an einer Ecke des Schreibtischs aufgestapelt und warteten darauf, an diesem Nachmittag dem Richter übergeben zu werden. Julia hob den obersten auf und musterte das harmlos aussehende schwarze Gekritzel mit den schwachen, braunen Strichen unter den Buchstaben. Nachdenklich runzelte sich ihre Stirn. Etwas war seltsam daran, etwas anderes, als die durch die Hitze der Kerze enthüllte geheime Botschaft …

Plötzlich wusste sie es. Wie hatte ihr das entgehen können? Es war offensichtlich, so sehr offensichtlich … Als sie auf das Blatt Schreibpapier vor sich starrte, schienen die kühnen schwarzen Schriftzüge ein Eigenleben anzunehmen, sich wie eine Schlange über das Papier zu winden. *Es gibt keine Schlangen in Irland, oder?*, dachte sie unzusammenhängend. St. Patrick hatte sie alle ins Meer getrieben, wo sie ertrunken waren … alle, außer einer, die über das irische Meer nach England gelangt und sich im Lake District niedergelassen hatte … Das Papier entglitt ihrer Hand und flatterte zu Boden, während sie mit den tintenschwarzen Schlangen kämpfte, die sich in Knoten zusammenknäulten, die am Rande ihres Sichtfelds herumtanzten.

Es war so offensichtlich gewesen, und doch war es ihnen entgangen, ihnen beiden, und jetzt lief er völlig unvorbereitet der Gefahr entgegen.

„Nicht jetzt, Kleines", murmelte sie dem Baby zu und verbannte die dunklen Flecken mit reiner Willenskraft. „Nicht jetzt. Zuerst müssen wir versuchen, deinen Papa zu retten."

17

*In dem die Ereignisse
eine höchst beunruhigende Wendung nehmen*

Pickett kam am Hause der Hetheringtons an und hatte das Pech, dass der Diener gerade die Tür für ihn aufriss, als Mrs. Hetherington das mit Marmor gefliese Foyer durchquerte. Zu seinem Leidwesen schien sie wirklich erfreut zu sein, ihn auf dem Portikus stehen zu sehen.

„Nanu, Mr. Pickett!" Ihr irischer Akzent, den er zuerst so zart und melodisch gefunden hatte, diente jetzt nur dazu, ihn daran zu erinnern – als ob er eine Erinnerung gebraucht hätte – was er gleich tun wollte. „Was für eine angenehme Überraschung! Aber hat Mrs. Pickett Euch nicht begleitet?"

„Nein, l–leider nicht", sagte Pickett. „Ich bin gekommen, um … ich wollte mit Eurem Gatten sprechen über – über etwas – etwas Geschäftliches."

„Natürlich. Kommt doch herein! Du kannst gehen, James", entließ sie den Diener mit einem Nicken. „Ich werde Mr. Pickett zu Mr. Hetheringtons Arbeitszimmer begleiten. Ich glaube, er ist dabei, die Pachtquittungen zu notieren", fügte sie, zu Pickett gewandt, hinzu, „doch ich bin sicher, dass die Unterbrechung ihm willkommen sein wird."

Pickett war sich ebenso sicher, dass dem nicht so sein würde, doch er hatte keine andere Wahl, als der Verräterin durch das Foyer zu dem gleichen Raum zu folgen, indem er zuerst die Bekanntschaft des Freundes seines Richters gemacht hatte. Anders als bei jener Gelegenheit war Mr. Hetherington bereits anwesend und saß an seinem Schreibtisch. Die braunen, bodenlangen Vorhänge, die die hohen Fenster bedeckten, waren zurückgezogen, doch obwohl die Sonne diese Seite des Hauses nicht vor dem Nachmittag erreichen würde, war das indirekte Licht genug, um den Mann als Silhouette abzuzeichnen und ihm ein eher finsteres Aussehen zu verleihen, das nicht dazu beitrug, Picketts Herz leichter zu machen.

„Robert, mein Lieber, schau, wer zu Besuch gekommen ist", kündigte sie an. „Mr. Pickett, mein Mann sagte mir, dass er Euch und Mrs. Pickett spontan für heute zum Diner eingeladen hätte. Dürfen wir hoffen, dass Ihr gekommen seid, um persönlich diese Einladung anzunehmen?"

Pickett schüttelte den Kopf. „Ich – ich fürchte, nicht."

„Wie schade! Vielleicht dann an einem anderen Abend? Ich würde Euch so gern wieder singen hören!"

„Ich – ich denke, wir werden sehr bald nach London zurückkehren."

Mrs. Hetherington bedauerte das angemessen und schloss dann mit: „Aber ich darf Euch nicht hier herumstehen lassen, wenn Ihr Geschäftliches mit meinem Mann zu besprechen habt! Robert, du wirst mich wissen lassen, wenn du mit Mr. Pickett fertig bist, ja? Wir können ihm wenigstens Tee anbieten, bevor wir ihn zu seiner Frau zurückschicken."

Mr. Hetherington versprach, ihren Gast nicht gehen zu lassen, bevor sie ihn mit diesem Getränk erfrischt hätte, und sie war damit zufrieden und verabschiedete sich. Nachdem die Tür sich hinter ihr geschlossen hatte, wandte Mr. Hetherington sich an seinen unerwarteten Besucher. „Nun, Mr. Pickett, welchem Umstand verdanke ich das Vergnügen Eurer Gesellschaft? Ich glaube, meine Frau erwähnte etwas von Geschäften?"

„Das tat sie, doch ich fürchte, es ist eine Angelegenheit, die mir kein Vergnügen bereitet."

„Oh?"

Picketts Augen hatten sich inzwischen ausreichend an das Licht gewöhnt, um das Gesicht seines Gastgebers klar erkennen zu können. Pickett wünschte, es wäre anders; dem Mann in die Augen sehen zu müssen, machte das hässliche Geschäft nur noch schlimmer. Er holte tief Atem und erzählte die ganze Geschichte, angefangen bei dem anonymen Brief, der ihn aus der Bow Street hierher gebracht hatte, weiter zu dem Brief, den er bei Ned Hawkins' Leiche gefunden hatte und dessen Geheimnis sich erst durch die zufällige Nähe einer Kerzenflamme enthüllt hatten und dessen Handschrift leider genau dieselbe war wie die Mrs. Hetheringtons.

„Wenn ich das sagen darf", schloss er, „ich mag Eure Frau sehr gern und ich empfinde es als sehr schade, dass ihre Gastfreundschaft mir und meiner Frau gegenüber zu so unerwarteten und tragischen Konsequenzen führen muss."

„Ich auch", sagte der ältere Mann seufzend. Er öffnete

eine der Schubladen an seinem Schreibtisch und beugte sich hinab, um den Inhalt zu durchwühlen. „Doch vielleicht kann sich Patrick Colquhoun mit dem Wissen trösten, dass sein junges Wunderkind doch längst nicht so schlau war, wie er glaubte."

Welche Reaktion Pickett auch erwartet haben mochte, diese war es nicht. „Ich, äh, da muss ein Irrtum vorliegen ..."

„Ja, so ist es – und Ihr seid es, der sich im Irrtum befindet."

Hetherington richtete sich auf seinem Stuhl auf, und Pickett starrte in den Lauf einer kleinen Pistole. In Minutenschnelle huschten ihm tausend Bilder durch den Kopf: Mrs. Hetheringtons arthritische Hände; ein Diener, der neben ihrem Stuhl stand, um das Fleisch zu zerschneiden, weil sie das nicht konnte; das Klavier, das sie nicht mehr spielen konnte; und das schlimmsten von allen, seine eigene Frau mit ihrem perfekt gesunden Arm in einer provisorischen Schlinge, die aus einer seiner Krawatten gefertigt war. Sie war so erfreut über ihre eigene Klugheit beim Sammeln von Handschriftproben gewesen, die sie bekommen hatte, indem sie andere dazu aufforderte, ihren Brief für sie zu schreiben ...

„Ihr wart es", sagte er und empfand mehr als nur ein wenig Übelkeit bei der Erkenntnis, was er übersehen hatte. „Ihr seid E.G.B., Eure Frau kann nicht schreiben."

„Oh, E.G.B. ist keine Person", sagte Hetherington und warf ihm ein eher mitleidiges Lächeln zu, das er einem netten, aber besonders langsamen Kind schenken könnte. „Es steht für ‚Erin go bragh' – oder ‚*Éire go Brách*', falls Ihr die gälische Form bevorzugt. Grob übersetzt bedeutet es ‚Irland auf ewig', und es ist ein beliebter Ausdruck unter allen, die die Sache der irischen Unabhängigkeit unterstützen. Was meine Frau angeht, sie kann tatsächlich schreiben. Doch nicht sehr lange und nicht ohne Schmerzen, daher habe ich während der letzten paar Jahre ihre Korrespondenz erledigt. Habt Ihr das nicht vermutet? Tsts, Mr. Pickett, ich hätte mehr von Euch erwartet, nachdem ich die Empfehlung Eures Richters gelesen hatte – die wirklich glühend war, im Übrigen."

„Ihr seid Mr. Colquhouns Freund!", beharrte Pickett. „Ihr wart über jeden Verdacht erhaben!"

„Wie Caesars Frau?" Er schüttelte den Kopf, aber die Waffe schwankte nicht. „Ich bin sicher, Patrick Colquhoun würde Euch sagen, dass niemand über jeden Verdacht erhaben ist, Mr. Pickett. Ich schätze, ein paar mehr Jahre in der Bow Street hätten Euch das gelehrt. Wie ich zuvor sagte: Ihr habt die falschen Fragen gestellt."

Die falschen Fragen, in der Tat. Kein Wunder, dass Ned Hawkins so gezögert hatte, sich zu erkennen zu geben, als der Bow Street Läufer, um den er nach London geschickt hatte, kaum sein Gepäck abgestellt hatte, als er schon danach fragte, wie er genau mit dem Mann Kontakt aufnehmen könnte, den Hawkins ihn zu untersuchen angefordert hatte!

„Leider", fuhr Hetherington fort, „werdet Ihr nicht lange genug leben, um von einer auf die harte Weise erlernten Lektion zu profitieren."

Picketts Augen blieben wie gebannt auf dem kleinen, kalten Metallkreis hängen, der auf ihn gerichtet war, doch sein Gehirn nahm seine Umgebung hektisch war. Die Tür zum Arbeitszimmer hinter ihm war geschlossen – er erinnerte sich daran, gesehen zu haben, wie Mrs. Hetherington sie hinter sich schloss – doch selbst, wenn sie weit offen gestanden hätte, würde er sich nicht rechtzeitig erreichen können. Ebenso boten die hohen Fenster an der gegenüberliegenden Wand keinen Fluchtweg, da Mr. Hetherington, der noch immer hinter seinem breiten Schreibtisch saß, ihm den Weg dorthin blockierte.

„Wenn Ihr mich erschießt", sagte Pickett langsam, „wird Eure Frau die Schüsse hören und herkommen, um nachzufragen." Er wünschte, seine Stimme hätte nicht so zittrig geklungen. Wenn er schon sterben müsste, konnte er das ebenso gut tapfer tun, so, dass Julia und Mr. Colquhoun stolz auf ihn sein würden. Der Gedanke gab ihm Mut und er richtete sich etwas gerader auf, was Hetherington zwang, sein Ziel ein wenig nach oben zu korrigieren.

„Ja, das wird sie wohl. Doch Ihr habt mir selbst die Ausrede dazu geliefert. Das ‚Geschäft', das Ihr mit mir hattet", erklärte er, als er Picketts fragendes Gesicht sah. „Ihr wolltet eine Pistole von mir kaufen. Leider wird sie versehentlich losgehen, wenn ihr sie untersucht. Ein Jammer, dass Ihr so unvorsichtig seid, aber das sind junge Leute ja häufig, wie Ihr wissen dürftet."

„Wenn wir schon von Unvorsichtigkeiten sprechen", sagte Pickett, „ich frage mich, wie Ihr zulassen konntet, dass dieser Brief in die falschen Hände geriet."

Hetherington brummte verärgert. „Ich habe keine Ahnung, was Neds Verdacht erweckt hat und schätze, ich werde es nie erfahren", sagte er gereizt.

„Vielleicht wurde er durch Eure Bereitwilligkeit, das

Risiko auf Euch zu nehmen, einen solchen ‚Dienst an der Allgemeinheit' wie illegale Postzustellung ohne dahinterliegendes Motiv zu leisten", vermutete Pickett ein wenig scharf, nachdem er jetzt nicht mehr von seinen guten Manieren behindert wurde.

„Oh, diese Postbeförderung existiert schon seit Jahrzehnten", sagte Hetherington abweisend. „Nur ich machte erst seit Kurzem mit. Und wenn ich ein wenig prahlen darf, ich habe an dem Verfahren Änderungen vorgenommen, die es weit effizienter machten – und das Risiko der Entdeckung wesentlich verringern, jedenfalls Entdeckung durch jemanden, der in der Lage wäre, es lieber zur Anzeige zu bringen."

„Glückwunsch", warf Pickett trocken ein.

Hetherington lachte in sich hinein. „Ich mag einen Mann, der in einer Krise kühlen Kopf bewahrt! Ich kann verstehen, warum Patrick einen solchen Narren an Euch gefressen hat. Doch wie Ihr richtig vermutet, hatte ich meine eigenen Gründe, dass ich meine Korrespondenz nicht der Königlichen Post anvertrauen wollte. Aus welchem Grund auch immer, Ned Hawkins wurde misstrauisch und ging zur Höhle, holte meinen Brief aus dem Sack und las ihn. Es ist unwahrscheinlich, dass er den Code erkannt hat – man muss mit Zitronensaft oder einer anderen sauren Flüssigkeit schreiben, die das Papier schwächt und es dunkel werden lässt, wenn man es der Hitze aussetzt. Doch nachdem er meine Handschrift erkannt hatte, las er zweifellos von den Leistungen meiner Kinder und, da er wusste, dass ich keine habe, erkannte er, dass an dem Brief mehr sein musste, als auf den ersten Blick erkennbar war, und vermutete das Schlimmste. Jedenfalls war er auf dem Weg zu meinem Haus, um mich zur Rede zu stellen wegen seiner Entdeckung, als wir uns auf dem Pfad an der Klippe begegneten. Ich schätze, Ihr kennt den Rest; es war Eure Frau, die mich den Kerl hinabstoßen sah, nicht wahr? Ich habe es mir schon gedacht, konnte aber nie ganz sicher sein. Aus diesem Grund habe ich sehr gezögert, die mögliche Bedrohung zu eliminieren, ich hätte mich ja irren können, aber jetzt …"

„Julia stellt keine Gefahr für Euch dar", warf Pickett rasch ein. „Sie weiß, dass jemand Ned Hawkins gestoßen hat, konnte Euch aber nicht identifizieren."

„Ich bin erleichtert, das zu hören, um ihretwillen ebenso wie um meinetwillen. Es wäre sehr schade, wäre ich gezwungen, einer so charmanten Lady etwas anzutun. Ich fand die bloße Vorstellung so übel, dass ich eines Abends zum Gasthof geschlichen bin und einen Stein durch Euer Fenster geworfen habe, in der Hoffnung, Euch beide so zu erschrecken, dass Ihr nach London zurückfahrt, und mir damit die Notwendigkeit ersparen würdet, drastischere Maßnahmen zu ergreifen. Leider habt Ihr Euren Gefühlen erlaubt, Eure Intelligenz zu überwältigen."

Ich hätte sie in der Postkutsche lassen sollen, dachte Pickett verzweifelt. *Ich hätte sie nach London zurückschicken sollen, selbst wenn es mich umgebracht hätte. Interessante Wortwahl, das …*

Hetherington rutschte auf seinem Stuhl herum. „Aber ,tempus fugit', wie es so heißt, und ich würde diese Angelegenheit gern erledigen, bevor Brigid zurückkommt.

Habt Ihr noch ein letztes Wort zu sagen, Mr. Pickett?"

Es schien, dass seine Zeit abgelaufen war. „Werdet Ihr mir zuvor noch eine Frage beantworten?", fragte Pickett, mehr im Versuch, das Unvermeidliche hinauszuzögern als wirklich, um eine echte Neugier zu befriedigen.

Hetherington zuckte sorglos mit den Schultern, was Pickett als ein Ja auffasste.

„Warum?", fragte er einfach. „Ihr habt hier ein gutes Leben, ein Leben, um das Euch viele beneiden würden. Warum solltet Ihr alles riskieren, um ein Land zu verraten, das gut zu Euch war? Bei Eurer Frau könnte ich es vielleicht verstehen …"

„Ihr wisst *nichts* über meine Frau!", fauchte der ältere Mann und Pickett dachte, seine Maske wäre verrutscht und hätte dabei einen Blick auf den verbitterten Mann hinter dem umgänglichen Äußeren ermöglicht. „Meine arme Brigid hat wenig Grund, die Engländer zu lieben. Sagt mir, ist Euch die Schlacht von Carrickfergus bekannt?"

„Nein, ich fürchte nicht", gestand Pickett.

„Das dachte ich mir. Wenige Leute erinnern sich noch daran, da England sich bei der Affäre kaum in vorteilhaftem Licht zeigte. In Belfast erinnert man sich jedoch noch gut daran. Es war vor fast fünfzig Jahren, während des Siebenjährigen Krieges. Ein französischer Freibeuter namens Thurot nahm die irische Stadt Carrickfergus ein und eroberte ihre Burg. Er hielt sie fünf Tage lang, bis die Royal Navy erschien, um ihn zu vertreiben. In der Zwischenzeit machte er es für Belfast unangenehm genug durch seine Forderungen nach Vorräten und Lösegeld."

„Oh?" Pickett war sich nicht sicher, worauf sein Gegner hinaus wollte mit all dem, doch dachte, es könnte nur zu seinem Vorteil sein, den Mann reden zu lassen. Vielleicht könnte er – Pickett – bis zu dem Moment, wo Hetherington auf den Punkt kam, sich wie durch ein Wunder einen Ausweg aus seinem Dilemma einfallen lassen.

„Der Vater meiner Frau band sein Schicksal an Thurot", fuhr Mr. Hetherington fort. „Er hegte Groll gegen die Engländer, der aus der Zeit der Hungersnot fünfzig Jahre zuvor stammte, als ein später Frost die gesamte Ernte vernichtete. Brigid war noch nicht geboren, aber die drei älteren Kinder ihrer Eltern starben bei der folgenden Hungersnot und den ausbrechenden Krankheiten."

„Es tut mir sehr leid, das zu hören", sagte Pickett. „Doch kann man den Engländern kaum die Schuld am Wetter geben."

„Nein, obwohl es viele gab, die dachten, Whitehall hätte weit mehr tun können, um das Leid zu lindern. Auf jeden Fall tragen die Engländer doch die Schuld für das, was darauf folgte. Als sich die Franzosen aus Carrickfergus zurückzogen, wurde Brigids Vater verhaftet und sein gesamtes Eigentum beschlagnahmt. Doch obwohl die Engländer bereits ihr Erbe gestohlen hatten, waren sie noch nicht mit ihr fertig." Hetheringtons Atem ging schnell und heftig und Pickett erkannte mit einem üblen Gefühl im Magen, was er gleich würde hören müssen. „Er wurde bis zur Hinrichtung in der Burg festgehalten, wo sie ihn eines Tages besuchte. Ein halbes Dutzend britischer Soldaten lauerten ihr auf dem Weg auf. Sie hielten sie stundenlang gefangen und als sie einen von ihnen

317

im Gesicht kratzte, rächte er sich, indem er ihr die Finger brach. Sie war noch nicht vierzehn Jahre alt."

„Oh Gott", hauchte Pickett. Es war ein Wunder, dass der Mann noch bei Verstand war. Wenn Julia so etwas zugestoßen wäre …

Aber nein, an so etwas wollte er nicht denken. Es war das – falsche Fragen zu stellen, zuerst an Julias Sicherheit und erst weit später an Ned zu denken, sich vorzustellen, was er hätte tun können, wenn Julia eines solchen Verbrechens schuldig gewesen wäre, als er durch das Band der Liebe und die Ehegelübde verpflichtet war, sie zu schützen und für sie zu sorgen – was ihn genau hierher gebracht hatte: vor die Mündung einer Pistole.

Und weil er unfähig gewesen war, sich genügend von dem Fall zu distanzieren, um ihn objektiv zu betrachten, würde er jetzt mit seinem Leben für die Sünden seiner längst verstorbenen Landsleute büßen müssen. Trotzdem weigerte Pickett sich, dem Mann die Befriedigung zu gewähren, ihn um eine Gnade anzuflehen, von der er wusste, dass sie ihm nicht gewährt werden würde. Und so starrten sie einander an, Pickett wappnete sich für den Schuss, von dem er wusste, dass er seine Existenz beenden würde, sein Gegner verloren in den Gedanken an lange vergangenes Unrecht. Das einzige Geräusch im Raum war das Ticken der Uhr über dem Kaminsims, ein Geräusch, das Pickett fast übernatürlich laut vorkam, da es mit unerbittlicher Präzision all die verlorenen Momente zählte, die er nie erleben würde: Er würde Julia nie wiedersehen, nie wieder in ihrem Armen liegen, niemals seinen kleinen Sohn oder seine Tochter sehen, sie nicht aufwachsen sehen ...

Plötzlich erschütterte das Klirren von zerbrechendem Glas die Stille. Pickett verschwendete keine Zeit damit, sich zu fragen, warum. Er stürzte sich über den Schreibtisch, packte Hetheringtons Arm und riss ihn mit jeder Unze an Kraft, die er besaß, zur Seite. Wie lange sie kämpften, wusste er nicht – es schienen Stunden vergangen zu sein, aber vermutlich waren es nur Minuten, bis das Patt durchbrochen wurde, als die Tür sich öffnete und eine leise, irisch gefärbte Stimme fragte: „Robert, was war das?"

Ein Schuss löste sich mit ohrenbetäubendem Knall aus der Waffe und der Ausdruck namenlosen Entsetzens auf Hetheringtons Gesicht ließ Picketts Blut zu Eis werden. Die Pistole fiel aus der Hand des Mannes und er drängte sich an seinem Schreibtisch vorbei, den Namen seiner Frau mit erstickter Stimme rufend.

Pickett, der noch immer bäuchlings auf dem Schreibtisch lag, kam auf die Füße und drehte sich noch rechtzeitig um, um zu sehen, wie Mrs. Hetherington langsam in die Knie brach. Der Ausdruck auf ihrem Gesicht war der völligen Erstaunens und auf der Brust ihres eleganten Kleides blühte ein purpurroter Fleck auf wie eine obszöne Blume.

„*Brigid, a muhuirnín*", flüsterte ihr Mann zärtlich und zog sie in seine Arme.

Pickett wandte instinktiv seinen Blick ab und blinzelte dann, als er die Trümmer ansah, die ihm das Leben gerettet hatten. Eines der hohen Fenster war zerbrochen und die Glasscherben auf dem Teppich verstreut. Ein Stein von der Größe seiner Faust lag mitten am Boden, offensichtlich der

Grund für all den Schaden, und auf der Terrasse direkt vor dem Fenster …

Auf der Terrasse direkt vor dem Fenster stand Julia und starrte ihn aus großen, erschrockenen Augen, die in einem Gesicht bar jeder Farbe standen, an. „Du – du lebst!", stammelte sie. „Du lebst."

Ohne auf das unter seinen Füßen knirschende Glas zu achten, durchquerte er mit drei großen Schritten den Raum, ohne sich damit aufzuhalten, das Fenster zu öffnen, duckte sich durch das klaffende Loch und trat über die Schwelle.

„Ich lebe, ja", versicherte er ihr und fing sie in seinen Armen auf, als sie auf ihren Füßen schwankte.

Sie streichelte sein Gesicht mit einer zitternden Hand. „Es war Mr. Hetherington."

„Ja, ich – ich weiß."

„Er ist nicht der Einzige, der mit Steinen werfen kann", sagte sie mit einer Spur ihres normalen Temperaments.

Er musste ein wenig darüber lächeln. „Nein, das ist er nicht – und ich bin sehr dankbar dafür."

„John, die Schlangen –"

„Schlangen?", wiederholte Pickett, völlig ratlos.

„Ich – ich kann sie nicht länger fernhalten", sagte sie und wurde schlaff in seinen Armen.

„Schon gut", murmelte er und wiegte sie in seinem Griff. „Sie können dir nichts tun."

Er ließ einen Arm unter ihre Knie gleiten und hob sie ganz hoch, dann wandte er sich wieder dem Fenster zu, gerade rechtzeitig, um zu sehen, wie Hetherington die leblosen Augen seiner Frau mit sanfter Hand schloss. Tränen liefen auf dem Gesicht des Mannes hinab, doch Hass brannte in seinen Augen, als er zu seinem früheren Gegner aufsah.

„Es – es tut mir leid, Sir ...", begann Pickett.

„Es tut Euch leid? *Es tut Euch leid?* Ihr wisst überhaupt nicht, was das ist!

„Es war ein Unfall ..."

Hetheringtons Blick wanderte zu Julia, die bewusstlos in Picketts Armen lag. „Nein, Ihr wisst es nicht, noch nicht, aber Ihr werdet es erfahren. Ihr habt eine Frau hier, eine Frau, die Ihr liebt. Soll ich ihr antun, was Ihr meiner angetan habt? Soll ich Euch um ihr Leben betteln lassen, so wie Ihr mich um Brigids betteln lassen wolltet? Nein, nicht heute", sagte er, als Pickett einen raschen Blick zu der auf dem Teppich liegenden Pistole warf und innerlich rechnete, wie lange es dauern würde, bis Hetherington sie sich schnappen und erneut laden könnte. „Doch eines Tages, wenn Ihr es am wenigsten erwartet, wenn Ihr überzeugt seid, dass es sicher ist, in Eurer Wachsamkeit nachzulassen ..."

Seine Stimme wurde mit jeder neuen Drohung lauter und Pickett war nicht wenig erleichtert, als er bemerkte, dass der Butler, zwei Diener, ein Hausmädchen mit weit aufgerissenen Augen herbeigelaufen waren und jetzt zusammengedrängt in der Tür des Arbeitszimmers standen.

„Schickt nach dem Richter", befahl Pickett dem Butler. Er schaute zu dem leblosen, zu einem Haufen zusammengefallenen Körper hinab, der einst die Dame des Hauses gewesen war. „Dies – dies war ein Unfall, doch es gibt andere Anklagen gegen Euren Herrn, die das nicht sind. Und achtet darauf, dass er hier bleibt, bis der Richter eintrifft", fügte er hinzu und drückte Julia fester an sich. „Lasst ihn nicht entkommen."

Einer der Diener, derselbe, der seiner Herrin beim Diner das Fleisch geschnitten hatte, blickte von der Schusswunde in ihrer Brust zu der Waffe, die neben dem Schreibtisch seines Herrn auf dem Boden lag und zog offensichtlich seine eigenen Schlüsse. „Er wird nirgendwo hingehen", verkündete er heftig und biss die Zähne zusammen.

Nicht, dass Mr. Hetherington Anzeichen dafür gemacht hätte, einen solchen Versuch zu wagen; nachdem sein Ausbruch vorüber war, schien aller Kampfgeist ihn verlassen zu haben und er schluchzte über der toten Frau, die er auf seinem Schoß wiegte. Doch während sie auf das Eintreffen des Richters warteten, hatte Pickett etwas Dringenderes zu tun, als in seinen Armen sich etwas zu rühren begann.

„John, geht es dir gut?", fragte Julia. „Hat er dich nicht verletzt?"

„Mit mir ist alles in Ordnung", versicherte er ihr und wandte sich leicht ab, um ihr die Sicht auf die Leiche der Frau zu ersparen. Er nahm an, dass er sie wieder auf die Füße stellen sollten, nachdem sie sich von ihrer Ohnmacht erholt hatte, aber in Anbetracht von Hetheringtons Drohungen brachte er es nicht übers Herz, sie loszulassen. „Aber was machst du hier? Wohlgemerkt, ich beschwere mich nicht darüber", fügte er hastig hinzu. In der Tat, ohne ihr Eingreifen zur rechten Zeit würde jetzt er statt Mrs. Hetherington dort tot am Boden liegen.

„Mir wurde klar, dass die Handschrift für Mrs. Hetherington zu kühn war, als dass sie das mit ihren verkrüppelten Händen hätte zustande bringen können, und ich dachte mir, dass ihr Mann den Brief für sie geschrieben haben musste. Ich bin praktisch den ganzen Weg vom Hart and Hound hierher gelaufen, statt darauf zu warten, dass Jem Hawkins mit dem Wagen zurückkäme. Und als ich hier ankam, sah ich Mr. Hetherington dich mit einer Waffe bedrohen! Oh John, in meinem ganzen Leben habe ich keine solche Angst gehabt!"

Pickett fand, das wäre viel gesagt, wenn man bedachte, dass sie in dem Jahr, seit sie sich kannten, mit der Aussicht auf eine Mordanklage gelebt, am Rand eines Felsen gegangen hatte und in einem brennenden Theater gefangen gewesen war.

„Ich bringe dich zurück zum Gasthof, damit du dich ausruhen kannst", sagte er zu ihr. Ich kann nicht bei dir bleiben – ich muss hierher zurückkommen und dem Richter ein paar Zusammenhänge erklären – aber dann kannst du deine Taschen packen. Morgen fahren wir zurück nach London." Nach London, wo er sich der Aufgabe gegenüber sehen würde, Mr. Colquhoun zu erklären, was hier passiert war – und wie seine eigene schlechte Arbeit dazu geführt hatte. Trotzdem musste er zugeben, dass das Ergebnis hätte schlimmer sein können – viel schlimmer. Er stieß einen erleichterten Seufzer aus. „Morgen fahren wir heim."

EPILOG

Indem John Pickett Rechenschaft ablegen muss

Und das war es", schloss Pickett kläglich. Fast eine Woche war seit der katastrophalen Auflösung vergangen und nun stand er vor der Richterbank und erstattete dem finster dreinschauenden Mr. Colquhoun Bericht. „Ihr habt mich gewarnt – mehr als einmal – wegen der Gefahren, wenn man einen Fall zu persönlich nimmt, aber genau das habe ich getan. Ich habe diesen Fall ungefähr so übel vermasselt wie nur möglich. Es – es tut mir leid, Sir."

Der Richter schaute von dem schriftlichen Bericht in seiner Hand auf, um seinen jüngsten Läufer über den Rand des Drahtgestells der Brille, die er zum Lesen trug, zu mustern. „Niemand erwartet, dass Ihr perfekt seid, Mr. Pickett. Ihr seid nur vierundzwanzig Jahre alt …"

„Fünfundzwanzig", berichtigte Pickett ihn.

Die buschigen weißen Augenbrauen hoben sich. „Fünfundzwanzig?"

Pickett nickte. „Seit dem letzten März."

„Nun, in diesem Fall hättet Ihr es besser wissen sollen."

Als Pickett einen Augenblick verblüfft war, führte der Richter seine Worte weiter aus. „Mir scheint, der Fehler liegt zum Teil bei mir, weil ich Euch den Eindruck gab, dass meine Bekanntschaft mit Robert Hetherington weit enger wäre, als sie tatsächlich war. Es stimmt, dass wir uns zeitweise besucht haben und unsere Frauen sich einmal recht nahestanden. Doch dann wurde meine Isabella geboren und James nicht viel später und es kann für ein kinderloses Paar sehr schmerzlich sein, sich in der Gesellschaft einer wachsenden Familie zu finden. Wir entfremdeten uns und erst, als ich Euch in den Lake District schicken wollte, erinnerte ich mich daran, dass Hetherington dort ein Anwesen erworben hatte. Ich dachte, es könnte Euch helfen, einen Kontakt in der Gegend zu haben; ich hatte nicht berücksichtigt, was Jahrzehnte der Enttäuschung und Verbitterung einem Mann antun können, und dafür muss ich mich bei Euch entschuldigen."

Pickett konnte diese Selbstbeschuldigung nicht hinnehmen. „Es ist ganz allein meine Schuld, Sir. Ich konnte nicht aufhören, an Julia zu denken, daran, was ich empfunden hätte, was ich getan hätte, wenn sie eines Verbrechens schuldig gewesen wäre – nicht des Verrats, aber des Mordes an ihrem ersten Ehemann. Ich habe jede Objektivität verloren, und meinetwegen ist eine unschuldige Frau tot."

„Sie war vielleicht nicht ganz so unschuldig, wisst Ihr", merkte der Richter an. „Während wir hier sprechen, wird die Verschwörung untersucht und es könnte sich durchaus herausstellen, dass sie bis zum Hals mit darin steckte."

Pickett hoffte fast, dass dem so wäre – nicht, um sein Gewissen zu erleichtern (zumindest nicht *nur* aus so

325

eigensüchtigem Grund), sondern weil ihm erschien, dass der Frau eine gewisse Rache zugestanden hätte. „Selbst wenn, Sir, hätte sie das Recht verdient, sich ihren Anklägern zu stellen, ihr Handeln zu verteidigen. Vielleicht wären Geschworene, nachdem sie ihre Geschichte gehört hatten, milde gewesen." Ein Schatten huschte über sein Gesicht. „Nachsichtiger als ich es war, auf jeden Fall."

Mr. Colquhoun durchblätterte den schriftlichen Bericht in seiner Hand. „Ist es Euch also gelungen, ihn zu entwaffnen? Ich fürchte, ich habe den Teil verpasst, wo steht, dass Euer Finger den Abzug betätigt hat."

„Nein, aber unzweifelhaft war ich es, der den Arm ihres Mannes wegstieß und daher die für mich bestimmte Kugel sie traf."

Mr. Colquhoun betrachtete seinen untröstlichen jungen Läufer für einen langen Moment schweigend. „Zeigt es mir", sagte er schließlich.

„W-wie bitte?"

„Zeigt es mir", sagte der Richter erneut. Er streckte seinen Zeigefinger wie eine Pistole aus und zielte über die Richterbank auf Pickett. „Entwaffnet mich, so, wie Ihr es bei Robert Hetherington versucht habt."

„Besser nicht, Mr. Pickett", rief Harry Carson, ein Mitglied der berittenen Wache, ihm frech zu. „Wenn Ihr das tut, gibt es ein fürchterliches Chaos.

Pickett drehte sich um und sah, dass sich jedes Mitglied der Bow Street Truppe, das nicht gerade in einer Ermittlung unterwegs war, versammelt hatte, um zuzusehen.

„Ich – ich kann nicht …", protestierte Pickett schwach.

„Genau das wollen wir auf die Probe stellen", erklärte Mr. Colquhoun. „Macht mit mir genau das Gleiche, was Ihr mit Hetherington gemacht habt. Wann immer Ihr bereit seid, Mr. Pickett."

Etwas war anders, anders als das Offensichtliche, und nach ein paar Sekunden Überlegung wurde Pickett klar, was es war. „Er hatte seinen Arm nicht ausgestreckt. Er war am Ellbogen abgewinkelt."

„Was hieß, dass ihr ungefähr einen Fuß weiter greifen musstet", sagte der Richter und hielt seine „Waffe" entsprechend.

Pickett starrte die auf ihn zeigende Hand an. Die Ereignisse jenes Morgens waren nie weit aus seinen Gedanken, daher brauchte er nur einen Augenblick, um die Realität verschwinden zu lassen und durch ein Bild der sehr realen Pistole in den Händen eines Mannes, der nicht nur Picketts Leben, sondern jedes Glück, das er je gekannt hatte, bedrohte, zu ersetzen. Er holte tief Luft und warf sich über die Richterbank, was das hölzerne Geländer unter seinem Gewicht stöhnen ließ und seinen sorgfältig geschriebenen Bericht in alle Richtungen verstreute, als er den Unterarm des Magistrats packte. Mr. Colquhouns Arm wurde sofort schlaff und Pickett fiel mit dem Bauch auf den Schreibtisch und schlug dabei mit dem Kinn auf.

Als das Publikum in erstauntem Lachen ausbrach, rappelte er sich mit so viel Würde, wie er aufbringen konnte, wieder auf. „Ihr habt es nicht einmal versucht!"

„Nein, das habe ich nicht", gestand der Richter reuelos. „Wenn Hetherington das ebenfalls getan hätte, wäre sein

Schuss in den Boden gegangen. Das hat er aber nicht. Er hat sich gewehrt, und es war sein Widerstand, nicht Euer Versuch, ihn zu entwaffnen, der den Tod seiner Frau verursacht hat. Es war in der Tat ein tragischer Unfall, doch einer, an dem der Ehemann, nicht Ihr, die Schuld trägt."

„Soll es dazu führen, dass ich mich besser fühle, wenn ich weiß, dass ich einen Mann, der doppelt so alt wie ich war, nicht überwältigen konnte?"

Mr. Colquhoun betrachtete seinen Schützling mit einem Zwinkern in seinen blauen Augen. „Wollt Ihr Absolution oder nicht, Mr. Pickett?"

Pickett warf einen Blick auf das Geländer, das er mit beiden Händen umklammerte. „Die Bank ist etwas höher als Mr. Hetheringtons Schreibtisch", sagte er.

„Ich bezweifle, dass es einen großen Unterschied machen würde. Erinnert Ihr Euch, ob Eure Füße den Boden berührten?"

Pickett erinnerte sich daran, wie er von dem Schreibtisch gerutscht war, um den Grund für den entsetzten Gesichtsausdruck seines Feindes zu finden. „Nein, Sir."

„Da habt Ihr es", sagte der Richter entschieden. „Ihr mögt den Vorteil von Jugend und Kraft gehabt haben, doch er hatte den festeren Halt, da er hinter dem Schreibtisch saß, während Ihr darauf lagt."

Mr. Colquhoun mochte die Angelegenheit für erledigt halten, aber es gab ein Element, das Pickett nicht so leicht von der Hand weisen konnte, nicht, solange Robert Hetherington noch lebte. Das versammelte Publikum begann sich zu zerstreuen, als alle erkannten, dass die Vorstellung beendet war, und Pickett wartete, bis sie außer Hörweite waren, bevor er dem Richter leise anvertraute: „Ihr solltet jedoch wissen, Sir, dass er – dass er Julia bedroht hat. Er kündigte an, sich an ihr zu rächen – nicht sofort, sagte er, sondern später, nachdem ich Zeit gehabt hätte, mit meiner Wachsamkeit nachzulassen."

„Ich nehme an, dass er bis dahin sechs Fuß tief unter der Erde sein wird – und möge Gott sich seiner Seele erbarmen", sagte der Richter. „Mr. Pickett, Ihr habt selbst gesagt, dass er im Gefängnis bleiben wird, bis das Geschworenengericht in Carlisle tagt. Ich werde nachfragen und Euch wissen lassen, wenn er hingerichtet wurde."

Pickett stieß einen Seufzer aus. „Vielen Dank, Sir. Darauf hatte ich gehofft."

„Und jetzt", sagte Mr. Colquhoun und warf einen Blick über die Schulter auf die große Uhr, die an der Wand über seiner Bank hing, „habe ich vor, nach Hause zu gehen und mein Abendessen einzunehmen. Ich schlage vor, Ihr tut das Gleiche."

„Ja, Sir", sagte Pickett und wandte sich ab, bereit, den Worten die Tat folgen zu lassen.

„Ach, John", rief der Richter, als dieser die Tür erreichte.

„Sir?", fragte Pickett und blieb stehen, um sich umzudrehen.

„Habt Mrs. Pickett und Ihr vor, Euch dies zur Gewohnheit zu machen? Einander abwechselnd das Leben zu retten?"

Ein leichtes Lächeln erschien auf Picketts Lippen. „Man kann es nur hoffen, Sir."

„Also ist jetzt alles in Ordnung bei Euch?"

„Noch nicht ganz", gestand Pickett, „doch ich hoffe, bald."

Und mit diesem Versprechen verließ er das Amtsgebäude in der Bow Street und wandte seine Schritte der Curzon Street zu und der Frau, die die Macht hatte, dafür zu sorgen.

www.ingramcontent.com/pod-product-compliance
Lightning Source LLC
Chambersburg PA
CBHW031100260626
47172CB00001B/141